圆梦之路

刘恒森◎著

天津出版传媒集团

天津人民出版社

图书在版编目（CIP）数据

圆梦之路 / 刘恒森著. -- 天津 : 天津人民出版社,
2023.5

ISBN 978-7-201-19400-4

Ⅰ.①圆… Ⅱ.①刘… Ⅲ.①报告文学 – 中国 – 当
代Ⅳ.①I25

中国国家版本馆CIP数据核字（2023）第075237号

圆梦之路
YUANMENG ZHI LU

出　　版	天津人民出版社
出 版 人	刘　庆
地　　址	天津市和平区西康路35号康岳大厦
邮政编码	300051
邮购电话	（022）23332469
电子信箱	reader@tjrmcbs.com
责任编辑	岳　勇
装帧设计	燕　子
印　　刷	成都市兴雅致印务有限责任公司
经　　销	新华书店
开　　本	710毫米×1000毫米　1/16
印　　张	14
字　　数	200千字
版次印次	2023年5月第1版　2023年5月第1次印刷
定　　价	66.00元

序

刘 晟

　　这是一幅全面展示我区高速公路建设从无到有，走向辉煌的瑰丽画卷。这是一部全方位多角度地书写江津区高速公路工程建设指挥部在中共江津区委、区政府的坚强领导下，在高速公路工程建设中，坚持"组织、协助、监督、管理"岗位职责，团结引领工程建设的建设、设计、施工、运营等各个方面的同志，紧紧依靠沿线地区党的组织及广大市民群众，提高政治站位，创新工作方式，提高服务水平，去夺取江津高速公路建设胜利的一个个激动人心、振奋精神的生动场景。这是我们国家首部反映一个地区高速公路工程建设发展全貌的长篇报告文学。

　　江津是重庆西南的一个市辖区。江津区域内的第一条高速公路是2009年开始建设的。谁也不曾想到截至2021年底江津区域3200平方公里内居然建设起近300公里长的高速公路。无论是从每百平方公里内的高速公路数还是每万人口所拥有高速公路数（江津区常住人口138万）这两个世界通用考核指标中的任何一个来看，江津区都一不小心就冲到世界先进水平，顿使江津人深感骄傲和自豪。更令江津人深感幸福和实实在在便利实惠的是：曾经被人评价为"走遍天下路，唯有江津苦"的交通，如今变成坦途。江津人在江津区域内驱车20分钟上高速，1个小时出省，这个曾经做梦都没有想过的事情居然变成了现实。同时值得一书的是：万里长江在江津区域内干流长72公里，江津人又一个不小心在长江干流上建设起10座跨江大桥。这在长江全流域范围内也是不多见的，硬是把曾经的

"天堑变通途"的梦想变得如家常便饭般轻而易举，把"江之要津"这块金字招牌擦得更加灿烂辉煌，硬是让江津"当惊世界殊"。

2009 年，正在规划建设中的重庆市内环高速公路将有一段经过江津区域。中共江津区委十分清楚地认识到这是促进江津快速融入主城，接受主城辐射，接受主城产业转移，加快江津发展的大好时机。同时又是贯彻执行中央在设立重庆为直辖市时交代的"加快城乡融合，带动周边地区发展"的战略部署的大好时机。中共江津区委决定组建江津区高速公路工程建设指挥部，代表区委、区政府为高速公路工程建设提供"组织、协调、监督、管理"服务，促进江津区域内的高速公路真正成为发展的"高速公路"。

2010 年，重庆二环高速公路的筹备建设，国家建设成渝城市群，以及打造国家新的经济增长极战略构想的实施，为我区公路的高速发展提供了千载难逢的机会和条件。为适应我区高速公路建设发展的新形势需要，区委、区政府从领导班子到成员结构都对区高速公路建设指挥部做了调整与加强。

交通条件的不尽人意一直是制约我区国民经济发展和人们生活水平提高的因素之一。彻底改变我区交通运输环境的要求，从来没有像现在这样的迫切。时不我待，形势逼人。

新的领导班子首先从提高政治站位出发，充分认识到江津高速公路建设指挥部所担负的时代重任和历史使命。

无论是从江津区地处渝川黔结合部、渝川黔旅游"金三角"的核心区、国家"一带一路"倡议发展的"海上丝绸之路"上、国家西部地区南下通道的必经之地等特殊的地理位置的得天独厚出发，还是从重庆市给江津区的发展定位：城乡融合发展的示范高地、城市都市圈发展的领头羊和从国家给成渝城市群的战略定位："全国重要的现代产业基地，西部创新驱动先导区，内陆开放型经济战略高地，统筹城乡发展示范区，美丽中国先行区"出发，无论是从国家战略还是从重庆市交给江津区的使命说来，江津区的高速公路发展都必须，也只能打破常规，以超常速度推进。这让江津高速公路建设指挥部的全体同志深深感觉到当前面临的形势既是压力又是动力。

发展才是硬道理！发展慢了还不行。

创新发展模式才是提高发展质量和速度的最佳选择。而要创新发展模式就首先需要从创新思路开始。思路决定出路。

他们把区高速公路建设指挥部的宗旨由"组织、协调、监督、管理"改变为"组织、协调、监督、服务"。强调"服务"，自加担子和压力，问"服务"要质量要速度。

服务就是政治，服务就是效率。实践证明这个"更改"收到了奇效。

他们这么一改，就使得先前的招商引资模式，改变成了商家追着服务跑，追着项目跑，因为他们知道，项目在哪，良好周到的服务就在哪。这在重庆市各区县中独树一帜。

与此同时，江津区高速公路建设指挥部的良好服务扩展到高速公路工程建设的方方面面，当然也包括沿线镇街乃至村居党政组织和普通企事业单位以及普通老百姓。

江津区高速公路建设指挥部各项工作都走在全市各区县高速公路建设指挥部的前面，在全市总共7次考核中7次荣获总分第一，无人可以撼动。始终做到：无拖欠、无上访、无投诉、无强拆。硬是将"拖欠"顽疾改变为银行追着偿户领款，将"拆迁是世上最难"改变为"以积极争取提前拆迁、腾空工程建设用地为荣"。

以打造良好的投资环境为己任的江津区高速公路建设指挥部全体同志提供的优质服务，甚至都感动了"上帝"：不止一个高速公路建设公司通过一条两条高速公路的建设合作实践，从江津高速公路建设指挥部所提供的优质服务中，看到了江津人干事创业的冲天豪情和日常工作中的扎实高效的服务相结合的真诚，深深地爱上了江津和江津人。这些公司把他们的公司总部由繁华的大都市搬迁到了江津，成了实实在在的江津企业。

特别值得高兴的还有：在这些年新建设的高速公路中，计有江綦高速江津段、重庆外环高速江津段、江习高速江津段等都曾获得一次或多次、一个或多个国家建设工程大奖。每当他们手捧奖杯、奖牌、奖状，都会和江津高速公路建设指挥部的同志分享。"有我的一半也有你的一半。没有你们的优质服务，什么事也都干不成。"

江津区内的港口建设、铁路建设等都一并归高速公路建设指挥部管理、服务，同样取得不俗成绩，待下一部书再和大家分享。

江津高速公路建设正在走向更加辉煌。

江津高速建设指挥部正迎着太阳、迎着胜利阔步前进。

作者系中共江津区委常委、重庆市江津区人民政府副区长、江津高速公路建设指挥部指挥长

前 言

常言道：蓄之既久，其发必速。

地处四川盆地与云贵高原交接过渡地带，大娄山北麓山脉皱褶中的江津壑大沟深、山高坡陡、江河纵横、浅丘深丘山地交错，极端复杂艰险的出行条件，严重地制约着江津社会经济发展模式和发展速度，折磨和摧残着江津人民。改善出行条件和出行方式成了江津人世世代代的梦寐以求。刘国江以毕生精力致力于改善家人的出行条件，6000多级台阶不只是述说爱情的伟大，更多彰显着江津人为了追求幸福敢与世俗拼搏、善与恶劣自然条件斗争的精气神。而紫荆村民"宁愿苦干，不愿苦熬"，为了修通下山公路，硬是把运石头的拖拉机大卸八块，手提肩扛，众人合力抬上山，重新组装。

憋屈千年的劲，积累百代的愿，一俟冲破牢笼，便一泻千里，浩浩荡荡，不可收拾。中共江津区委、区政府想民众之所想，急江津区经济社会发展之所急，于新千年一开始，就将江津区高速公路建设提上议事日程。到"十二五"末，即2015年底，江津建成高速公路3条共90公里，共投资64.4亿元。

而到了"十三五"末，即2020年底，江津共建设高速公路7条共达270.67公里，总投资400亿元。这是一个什么概念呢？没有比较就没有伤害，没有比较就难分高下彼此。一般来说，世界工业化国家高速公路平均每万人1公里。而江津人口150万左右，我们却有270多公里高速公路，每1万人口所拥有高速公路公里数几乎达2公里。

再过一两年，用不着等到"十四五"末，现在已经在建的高速公路一经建设完成，江津区内高速公路通行里程就将超过320公里。人均高速公路拥有量将是发达国家人均值的两倍还多。辖区每百平方公里高速公路拥有量将超过10公里，区内的高速公路互通通道，俗称下道口将达35个，大大地超过我区镇街个数。这就保证了我区每一个镇街，以及工农业园区、风景名胜区、历史文化名镇都和高速公路相通。大多数市民可以实现15分钟上高速，1个小时出省旅行的愿望。

江津高速公路建设高速发展，成就辉煌，效果喜人，是和区委、区政府设立负责全区高速公路建设的"组织、协调、监督和服务"区高速公路建设指挥部的战略决策分不开的，也是和高速公路建设指挥部的同志们坚决贯彻落实区委、区政府的决策，不怕千难万险、不辞千辛万苦、走进千家万户、说尽千言万语、想尽千方百计分不开的。这项工作在历年的全市各区县高速公路建设指挥部工作的综合考核评价总分第一。江津区高速公路建设指挥部在被人们视为"天下第一难"的"征地拆迁补偿安置"工作中做到了"无上访、无投诉、无强拆、无拖欠"的"四无"奇迹。"江津—綦江""江津—习水"等多条高速公路工程建设、管理服务等多次夺得全国优秀的"鲁班"奖、"张春"奖等。

为官一任，造福一方。

中共江津区委、区政府领导在谋划统筹本行政辖区的社会经济发展时，提高政治站位。自觉地将本辖区的发展放在国际经济大循环的框架下考量、筹划，清晰地认识到江津在通往海上丝绸之路经济带上的重要战略位置。江津处于从西安出发的南下云贵，去东南亚出海，西去西亚、非洲、欧洲和成都及周边地区乃至川北、川西地区、川中地区南下云贵，出东南亚和西亚，去非洲、欧洲的重要通道上，起着承北向南的重要作用。江津坚决地服从于和服务于中央的建设成渝经济圈，打造中国新的经济增长极的战略部署，实现重庆市委市政府赋予江津的战略定位：都市新区改革开放的排头兵、经济发展的领头羊、建设成渝经济圈的前哨阵地。江津高速公路建设指挥部在蹇泽西、肖文军、刘胜副区长为指挥长，何建平、李德良区委副巡视员为常务副指挥长的带领下，一茬接一茬，十几年如一日地认真贯彻落实区委、区政府的战略决策部署，创造性地开展工作，取得了令世人瞩目，国人惊艳，江津人为之骄傲的辉煌成就。江津区无论是人均高速公路占有数还是辖区单位面积拥有高速公路公里数在全国和世界都处于领先地位。

尤其值得一提的是，江习高速公路建设项目是全国高速公路发展规划中没有的项目。中共江津区委、区政府根据国家"一带一路"发展需要和建设成渝经济圈战略决策的要求出发，同时又根据本行政区域经济、社会、民生发展需要，高瞻远瞩，审时度势，不失时机地提出建设江习高速公路的设想建议。高速公路建设指挥部坚决担当起把区委、区政府的设想变成现实的重任，把"决策"转换为"执行"。通过长时间的艰苦努力，最终实现将江习高速公路建设项目纳入国家高速公路建设规划之中的目标，并且在重庆市首开"BOT+PPT"建设运营模式先例，即不用国家投资或政府举债，而由市场主体负责建设投资、工程建设、建成后运营，一定时间后交予当地政府。其间，地方政府给予必要的支持、帮助和配合，在工程建设和完工后运营期间，所产生的所有费用由相关市场主体自负盈亏。

江津江习高速公路建设管理运营模式得到了重庆市政府的高度重视和赞赏。此后的江泸高速北线工程建设和运营模式也照抄江习高速，依样画葫芦。

江津高速公路建设的飞速发展，极大地方便了江津及周边地区居民的出行和大大地提速了江津地方社会经济发展。同时也提速了渝川黔经济圈的打造，加快了渝川黔毗邻地区的扶贫开发步伐。令人喜出望外的是，江津区内的十条高速公路既是繁荣昌盛的经济走廊，又是环境优美、四季鲜花盛开的美丽画廊。行走在路上，风景美不胜收，让人心情舒畅。江津人的中国梦是从改变江津的交通条件，建设高速公路开始的。江津人的中国梦就圆在高速公路上。

拥抱江津，梦圆江津，你想，我也想，大家都想。

目 录

题 引

先哲说：一个民族总是要有一些人仰望星空，这个民族才能有希望，因为那里有着他们的梦想。同样，一个民族总是要有一些人埋头苦干的，因为任何梦想的实现都是靠苦干干出来的，这样这个民族才能富裕强大。而我们中华民族呢，全民族也都不忘抬头仰望星空。一个牛郎织女的故事，就最充分地展示出中国人对美好生活的向往。一对情侣被天河分隔两地，相望而不能相亲来往，于是梦想着有一群鸦鹊来搭成一座桥梁。交通问题解决了，牛郎织女相会的愿望就实现了。于是人们便为那搭桥的鸦鹊取名喜鹊，谢谢它们为实现牛郎织女相会的大喜之事所做的贡献。

20世纪70年代初期，还是初中生的郑伟宪坐在白沙染织厂的球场坝，抬头仰望星空，许是摸着生痛生痛的肩膀的缘故吧，幻想的不是牛郎织女的鹊桥相会，而是银河顿时变成了高速公路。如果从白沙城到染织厂所在地马项垭也有条高速公路，还用得着他和伙伴们每个星期天都来给工厂食堂挑煤、粮、蔬菜之类的生活必需品么？10多岁的孩子，七八十斤的担子，五六里远的路程，崎岖坎坷的河滩地，以及老海凼旁边的陡峭山坡，真是累死人不偿命。昨天晚上，在球场放电影，正片放映前的加映短片，放的就是国外的高速公路。

仰望星空，银河幻化成了高速公路。"哎，我们这里什么时候才能有这样的高速公路呢？"郑伟宪好生感慨。

同样感慨的还有李德良。作为农村孩子的他就没有郑伟宪那样免费观看露天电影的幸运了。为了挣得这8分钱的电影票钱，他得去夹滩粮站从粮仓中往笋溪河运粮船上挑几担粮呢。为了看这场电影，他还得跑30多里山路。不过说来也巧，他也是从电影中知道了高速公路，也做着高速公路到山乡的美梦，只是那时候还不知道这个世界上居然还有一个叫郑伟宪的人和他做着同样的梦。

只有周应琪比较特殊。他有一位走南闯北的企业家母亲王大修，乘飞机是家常便饭。机场往往距离城市中心几十公里的路程，而从城市中心去机场的公路又都无一不是高速公路。只是那时候我们还没有称它为高速公路罢了。换句话说，高速公路的名字周应琪是从母亲嘴巴中听来的。更加令人惊叹的是他居然还去体验过——母亲出差他曾缠着当了回跟屁虫。

无论是郑伟宪、李德良、周应琪，还是黄培荣、谢庆容、周升明、刘光明、唐娟，在若干年后都集结在一个叫作"高速公路建设指挥部"的旗帜下，为着实现曾经的高速公路梦想，为着江津区高速公路建设贡献着自己的聪明才智、心血和力量。

这是一个记述这群为实现中华民族伟大复兴，为实现中国人民美好生活愿望和为实现自己关于高速公路梦想的人们，在中共江津区委的领导下献身高速公路事业的故事。

时代选择

2012年2月28日，市委组织部通知（《渝组〔2012〕110号》）：江津区委、区人大、区政协9位同志任巡视员、副巡视员。即人们常说的"转非"，转为非领导职务干部。其中有区委常委、区政法委书记李德良。

这是一次工作岗位的变化，同时也是人生的一个转折点。这个把人生的每一个瞬间都变成一道珍贵的风景，让生命中的难忘故事永远闪耀着心灵彩光的汉子开始思考如何走好人生之路的下一段旅程，创作出另一个闪耀着心灵彩光的令人久久难忘的故事。

他交代完工作准备回家，回到生他养他的故乡。无论工作多么繁忙，每隔一段时间他总是要回故乡走走逛逛、停停看看。这里如同母亲温暖的怀抱。在这里生活、工作、学习、写作、歌唱，始终充满着自豪、幸福、力量。生命的追求、情感的眷恋、奋斗的成就属于故乡的每一寸土地、每一棵绿树、每一朵鲜花、每一滴雨露、每一缕清风、每一抹阳光。

李德良的故乡，一个叫李家庄的地方。先锋镇夹滩村南去五里的山坳里的几间土墙黛瓦房，山居人家。

可是呵，还没等他迈开脚步，区委办公室小王就打电话过来，说区委领导请他去聊聊。

"根据区里高速公路建设发展的需要，区里决定加强高速公路建设指挥部和区高速铁路建设指挥部以及区港口建设指挥部之间的合作，让三部合署办公。即一套班子，三块牌子，合称'区高速公路建设指挥部'。其主要任务是：负责全区高速公路以及高速铁路、长江深水良港建设的招商引资、建设管理、征地拆迁、理赔补偿等工作。通过你们的工作要实现

'让社会群众满意，让业主满意，让施工单位满意，让镇街基层同志满意。'和'零强拆、零拖欠、零上访'目标。

"无论是招商引资，还是拆迁都被人们喻为'天下第一难'。而这高速公路等建设工程的拆迁补偿之难又更比城市房地产开发拆迁难上很多倍！要做好这项工作，非得要有一个政治定力强、思想品质好、廉洁自律、多谋善断、锐意进取、长于协调各方面关系，并且亲民爱民、善于做群众工作、基层工作经验丰富的同志来做领导，团结带领指挥部的同志们，在镇街村居同志的协同下，把好事办好。区委反复研究比较，最后大家一致认为还是得请你来担任这个常务副指挥长，主持指挥部工作。指挥长则由分管副区长担任。"

领导话说得很客气。

"还是那句话，组织的意见就是我的意见。"清晰干脆，没有丝毫拖泥带水。

"要致富，先修路"早已经是人们的共识。处于四川盆地与云贵高原过渡地区的山脉皱褶之中，大娄山北麓的江津人受崇山峻岭、沟壑纵横、溪深河湍的困扰之苦久矣。中共江津区委、区政府苦人民之所苦，急人民之所急，经过一代接一代领导集体带着人们数十年的坚持不懈努力，在3200平方公里的辖区内修了长达6000多公里的公路。实现了公路的村村通和公交车的村村通，极大地方便了全体市民的出行，极大地拉动了全区社会、经济、文化等事业的发展进步。

这6000多公里中，国道、省道甚至县道加起来还不到1000公里。其中5000多公里公路都是全部硬化了路面的乡村公路，修建这些公路的资金全都得靠自筹。于是，我们也毋庸讳言这样一个现实：政府因此背上了沉重的债务负担。光是每年支付债务利息，就是令人咋舌的天文数字。

随着时代发展进步，高速公路以其高速、舒适、便捷的天然优势展现在人们面前，"社会经济发展快，得靠高速带"成为人们的共识与期待。可是每公里动辄几千万乃至上亿元的投资却令人望而却步，望"路"兴叹。巨大投资即使是作为当今世界发达经济体的工业化国家也不堪重负，平均每万人口有1公里的高速公路就已经是先进水平了。

就目前情况而言，江津区境内已经通车运营的高速公路，无论是内环高速还是渝泸高速的江津至白沙段，无一例外的都是由政府举债投资建设。

根据江津区社会经济发展的需要和国家及市委市政府赋予江津区的历史使命，江津区域内还需建设高速公路的数量不是两三条，而是七八条。实现全区市民15分钟上高速，45分钟出省，全区所有镇街通高速，在区境内127公里的长江干流建设10座至少四车道以上大桥的目标，这该要多少的投资哇！区财政如何负担得起！

但是事情还得干，目标还得实现，并且刻不容缓。

牯牛也得下儿。①

巧妇就是要做出无米之炊。

好生"蛮不讲理"。

俗话说，人都是逼出来的。

世上本无路，走的人多了，也便成了路。

人是要点精神的。

这也不可能，那也办不到，还要我们共产党人干什么？

上海石库门里，浙江嘉兴红船上十几个共产党员就发出铮铮誓言：砸碎这个旧世界，创造一个崭新的由人民当家做主的新世界。

为中华民族谋复兴，为中国人民谋幸福是中国共产党人的初心和使命。中共江津区委、区政府带领着150万江津人民一起寻找攻坚克难的出路。

只有累死的牛，没有憋死的汉。

此路不通，换条路走走。

改革。

向改革要方法要出路。

---

①比喻强迫人做不能做的事。

10多年前已是江津市委常委的李德良、何建平等如今仍在区委常委岗位上，他们自然地提到10多年前通过招商引资办法招来马来西亚投资商投资建设江津长江大桥的事情。外商投资建桥，政府通过出让一定时间的大桥经营权让其在该时期收取车辆通行费的方式，偿还投资本金和利息。期满后由政府收回该桥的经营权。后来给这种方式取了一个洋气的名字，叫作BOT。

这种方式的最大好处是政府不必背上沉重的债务包袱，同时也不必担负巨额的财务成本。最大的麻烦就是政府得花很大的精力做好：一是项目前期工作，具备招商条件。二是招商工作，打造良好的营商环境。招得来，留得住。以上两条，哪一条都简单不了，轻松不了，都是难啃的硬骨头。可是再难的事也得办呵！

既然江津曾经创造过一个县级市通过招商引资方式实现在长江干流建设大桥的奇迹，为什么而后的高速公路建设又不继续采用这种方式，而采用政府举债投资建设高速公路的方式了呢？

仔细分析一下便不难发现，无论是已经建成通车的高速公路还是正在建设之中的高速公路都是重庆的环线高速公路——内环、外环、三环高速公路的江津段。而所有环线高速公路的投资建设运营主体都是重庆市高速公路集团公司，各相关区县只是做一些配合服务，诸如征地拆迁补偿安置、治安维护、工程建设后期完善、遗留问题处理之类。这就是应运而生的江津高速公路建设指挥部的主要工作。

时代要求我们区今后将建设若干条既能满足我区自身发展需要的同时又要完成市委市政府交给江津的任务：都市经济圈发展的领头羊，渝西地区改革开放的示范区，成渝双城经济圈的桥头堡，和国家"一带一路"南下通道上的重要节点等条件的高速公路。譬如我们正在谋划中的江习高速公路建设项目和稍后进行的渝泸高速（北线）等。这些项目都还暂时没有纳入国家高速公路规划网。于是，从争取"入规"，即纳入国家高速公路建设规划网，到正式批准立项等前期工作都要江津区自己一手一脚地去做。而要能纳入国家高速公路规划网之前，首先得争取得到重庆市人民政府相关部门的支持。要做好这些工作，又谈何容易！只有入了国家之"规"之后才谈得上去做工可报告，申请用地指标等前期工作。与此同时还要去做贵州方面的工作，只有确定了江津段和习水段的连接交汇点，确定双方同时开工建设了之后，才能谈得上招商引资。但是江津、习水经济发展的不平衡，各自对建设这条高速公路的必要性和紧迫性的认识差异是客观存在的，要在较短的时间内取得一致又谈何容易！江习高速江津段预计投资80亿，这可不是一个小数目。招到履约守信、资本金雄厚、技术力量强、企业管理水平高，以及运营服务质量优的企业，绝对不会是一件简单的事情。

难，难，难！真的是如人们俗话所说：条条蛇都咬人，乌梢蛇不咬人也吓死个人！

所有这一切都促使区委、区政府下定决心加强高速公路建设指挥部的力量。

就是在这个节骨眼上，区委常委、政法委书记李德良同志"转非"，正好委派他全力以赴去协助肖文军副区长工作，担任高速公路建设指挥部常务副指挥长，把高速公路建设指挥部的工作抓起来。争取早日实现江习高速公路投入运营的同时，也把其他在建的高速公路建设管理工作做好。

与此同时也让兼任高速公路建设指挥部常务副指挥长的区委常委何建平同志摆脱高速公路建设方面的繁杂事务纠缠，全身心投入常委工作。

一切都是机缘巧合！

时代就是这样选择了李德良，选择了高速公路建设指挥部的各位同仁、朋友、同志。

他们决心不负时代，不负韶华，不负组织和人民的期望与重托，为了实现心中梦想负重前行。

天，下着柔柔的细雨，清淡而缠绵。区领导谈话后的第二天，李德良穿过迷蒙的细雨，怀着有些忐忑却更激情洋溢的心情，来到那个充满神秘而又多姿多彩的位于先锋镇杨家店的渝泸高速公路工地和附近农家，和工地技术员、操作工、占地村民、业主单位负责人、村社干部聊天，做调查研究，寻觅人生新的旅途的灯火。在这里，有他新生的梦想。它将飞越山川河流，田野山岭，绽放生活和心灵之光，化作天空中的美丽彩虹和灿烂星空。

这一夜就住在农家了。夜的黑幕遮蔽了阳光下的喧嚣，人与人之间在这静谧中才能听到彼此的心跳和鼻息，感受彼此的温暖和味道。

2012年3月5号，中共江津区委下发《江津委办〔2012〕16号》文件，宣布成立江津区高速公路建设指挥部。任命李德良同志为常务副指挥长，负责指挥部日常工作，即日起开展工作。

与路结缘

筑路建桥，造福乡梓，从来都是中华民族的传统美德。而中国共产党人把它升华到为中华民族谋复兴，为中国人民谋幸福的一个部分的高度来认识。它是圆中国梦的一个必需的过程、途径。

早在20世纪80年代初期，一位20出头的年轻的共产党员来到金紫公社担任党委书记，面对一张有个破洞的办公桌，因缺了一条腿而不得不绑根木棍的椅子，他瞠目结舌。参加三干会的与会者因连张板凳都没有而不得不席地而坐，即使是在大冬天。这还没完，坐下来没有3个小时，要债的债主们听说新来了党委书记，以为上级领导给了他好多钱让他带来作为打开新局面之用，都蜂拥而至。他们不知道从哪里听说的，金紫公社穷得起灰，又背了一屁股的烂债，上级领导派了好几个人来当书记都给吓跑了。

"欠债还钱，天经地义。请大家给我一点时间，我一定逐步地把欠大家的债一一还上。我李某人说话算话，绝不拉稀摆带。"有钱钱打发，没钱话打发，只有如此了。

公社穷，集体经济账上，红字一行又一行。社员群众穷，温饱都没有保障。

穷，就穷在了一条"路"上。

全社毛竹资源丰富，于是公社办了一个造纸厂。别人家的造纸厂都赚了钱，唯金紫公社造纸厂亏得一塌糊涂，背上巨额债务。原因找到了：由于运进材料和运出产品的道路要么坡陡弯急，要么太多坑坑洼洼，运输成本太高了，"豆腐也运成了肉价"。失去竞争优势，亏损就是自然而然的事了。社员群众连个称盐打油的钱都没有办法筹集，还是因为路。去先锋场30里，去江津城50多里，卖个鸡蛋都不方便，更别说卖柑子了。担一挑柑子去卖，五六十里地的劳累，稀饭总得吃一碗吧。再除去农药钱、肥料钱，甚至连草鞋钱、茶水钱都剩不下来。也曾卖过柑子和鸡蛋的李德良这些方面的体会太过深刻了——路，路，路！为了卖个好价钱，他曾背着家里种的烟叶爬上北上的火车，去到荣昌的安富、隆昌的迎祥街售卖。如果不是课堂上老师讲的地理知识，没有那条成渝铁路，跑那么远的地方去销售自家产的农产品，他是想也不敢想的。

这是李德良市场经济的启蒙。

"树挪死，人挪活。"

企业呢？

李德良异想天开地干了件令人惊掉下巴的事情：卖掉造纸厂的残余资产，再东挪西借点钱去顺江公社办了个属于金紫公社的"泡石厂"，学名叫"耐火材料厂"。因为那里有原材料，且离码头近，运输方便。

若干年后，这种做法叫作"借鸡下蛋""借地生财"。

赚来的钱首先还清债务。说话算话，取信于民。然后就是修建金紫到先锋的公路，开通金紫到先锋到江津的客运班车。之后才是改善公社机关的办公条件。再开三干会时，与会者不必再席地而坐，"享受"透心凉了。

是为了偿还当年因为逃票而爬货车去卖烟叶欠下的良心债？还是故作惊人之举？抑或是受"异地办厂"的启迪而乘胜挺进？总之，李德良"无中生有"，魔法似的办起了一个米花糖厂。这还不算稀奇，更令人惊叹的是和重庆铁路分局搞起了联营。金紫公社负责生产，铁路局负责销量。成渝、川黔、襄渝铁路沿线的老百姓和火车乘客们吃上了甜蜜蜜、香喷喷、脆生生的金紫公社产的江津米花糖。

铁路，给金紫人民带来了财富，更为重要的是给金紫人带来了思想观念的转变！腰包稍许有点钱的社员趁着去送货的机会，到重庆城里走走逛逛看看，给老婆孩子买点玩具、衣服、鞋袜呀什么的。朝天门百货布匹摊区当然也是少不了的必然去处。去的次数多了，和那些老板混熟了，有的人便留下给老板打起了工。渐渐地，他们自己也成了老板。几年十几年之后，朝天门百货布匹摊区就随处可以听到金紫乡音，见到金紫人的面孔了。据说人数有两三千之多。后来广州市政府来重庆招商，光金紫山就去了上千名老板。

夹滩真是一个太有个性太让人匪夷所思的地方了。一座高山——鹤山坪矗立在千百人家门前，逼仄了人们的视线和眼界，阻碍了人们出行的道路。这对讲究阴宅阳舍、明堂宽敞明亮的风水大师来说，是万万不可选择的地方。谁选谁倒霉，并且祸及子孙八代。而夹滩人却偏偏不信这个邪，就选择了这么个地方安身立命，繁衍生息，一辈又一辈。

这是为什么呢？

君不见一条笋溪河自云贵高原生成，呼朋唤友，蹦蹦跶跶，一路欢歌，向北奔腾，要去和长江汇合，然后向东，向东，奔向大海，奔向太阳升起的远方。可是呵可是，来到夹滩，鹤山坪雄峙，挡住了去路。浪子回头？回到哪儿？头又在哪里？停滞不前，还叫河么？一潭死水，腐败发臭。河自有河的灵性。她聪明智慧地选择了迂回与曲折，在大地上书写下牛枷担样的图画，继续前进。于是，夹滩又多了个名字——枷担溪。一方水土养一方人，这山这水启迪了夹滩人：认准了的目标就要坚韧不拔，即使遇到如山的困难，也挡不住前进的步伐，无非是多了些迂回曲折罢了。而那大地上的"枷担"更是一个隐喻、一个启迪：迈向成功的路上，就要像一头拓荒牛一样地负重前行，开拓进取；像牛一样默默奉献，不哼不哈。不是这样，就不算真正的枷担溪人，将有负于这片山水的养育之恩。

说到夹滩场就不能不说正对面的那挂在鹤山坪破岩口的瀑布了。

100多平方公里的鹤山坪分上中下三坪。山洪暴发，中坪下坪的山洪北流汇入长江。上坪的山洪北往，涌到破岩口，跌落山崖，汇入笋溪河。夹滩人对那"一股银水往屋里流"的美好寓意倒没有多少在意，因为还没有见过哪个人家不经艰苦努力而得"满屋银钱"的实证，因此反而对那"行到水穷处，坐看云起时"的诗情画意喜欢得不行。因为它给予我们的寓意是：在突然的变故面前保持淡定和从容。任它云卷云舒，我自岿然不动。只有保持心态的镇定与平静，才能临机应变，自信如神。

面对新来的一个乳臭未干、分文没带的娃娃书记，债主们失望、愤怒到了极点，拍桌子打板凳，横飞的唾沫喷了李德良满脸，就差没把耳光扇到他脸上了，甚至有人要动手拉他下綦江河灌水葫芦。没有人知道这个新来的娃娃书记哪来的定力和涵养，不退不缩不避不躲，只是面带微笑地看着一个个债主，认真倾听着他们的谴责、谩骂和诉求。一个小时，又一个小时。

是骂累了骂够了？还是被这娃娃书记远超其年龄的淡定从容和始终如一的真诚与理解的目光所折服？紧张得几乎要爆炸的气氛终于和缓了下来。这时候，李德良才诚挚地说："我理解大家的心情。我们认账不赖账。请大家给我们公社一点时间，我们一定会努力做好工作，尽快地筹措资金，早些把欠大家的账分文不少地偿还。"

和煦的阳光灿烂地照在金紫山上，一场疾风骤雨就这样被李德良化解。这让好些闻讯赶来的街上居民和附近生产队的社员群众啧啧称道，感到惊奇。还是共产党厉害呵！硬是把一个七八年前还在金紫场上背柑子秧、花椒秧卖的中学生培养成了一个任随风吹浪打、胜似闲庭信步的真正的男子汉！这小伙子行！甘罗12岁拜相，萧华15岁当红军师政委，李德良20多岁当公社书记又有什么不可以的？跟着他干，我们金紫山大有希望。

李德良化解了债主们的愤怒，也让那些准备看笑话的人没了语言，哑了嘴巴。

如果说"行到水穷处，坐看云起时"的破岩口瀑布给了李德良面对突发事件的处变不惊，气定神闲的大将风范，那么笋溪河（枷担溪）的迂回曲折，拓荒牛的开拓进取就启迪了李德良的智慧与必胜信念。因此，李德良率领全体社员群众艰苦奋斗，不仅仅还清了债务，还修筑了公路，开通了公交车。李德良并没有就此打住，而是利用便宜的交通，带领群众搞起了多种经营：柑子100斤最多也就卖几十元，花椒即使是鲜的，100斤也值几百元，比较之下花椒效益好得多。何不来个腾笼换鸟，广泛种植花椒？高粱亩产300斤，价值千元左右，改种海椒价值就会翻几倍。几年下来，年产几十万斤的红彤彤的干海椒硬是把金紫公社的金字招牌抬到永川地区先代会上。芦笋也是个好东西。还有稻田养鱼养鸭，多了去。谁说嘴上无毛就一定办事不牢？谁说乳臭未干就一定稚嫩乃至荒唐？社会主义是干出来的。只要干出实绩，群众就信服你，拥护你。

上级党组织决定给李德良加更重的担子，让他带领更多的群众致富奔小康——担任仁沱区区长。

离开金紫去仁沱赴任的那天一早，闻讯赶来的送行群众有好几百人，把公社机关堵了个水泄不通，场景十分感人。当天没有赶上的，甚至带着山货土特产，走上几十里山路去到仁沱，表达对带领他们摆脱贫困的恩人的感激。其中既有曾经的债主，也有朝天门百货市场的老板，以及李德良资助过的贫困学生等。时任江津区电视广播台编辑部负责人的邓兴华先生为那情那景激动不已，欣然命笔，写下报告文学《山乡石板路》发表在报刊上，该文章还收录在重庆出版社出版的《老乡带头人》书籍里，公开发行。

此后不久，时任江津市委书记的康纲有来仁沱检查指导工作，对刚刚接任区委书记的李德良叮嘱说："仁沱是江津区的大区之一。面积大人口多，又处于江、綦、巴交界处，还和九龙坡、大渡口隔江相望，社会治安综合治理担子很重。希望你能带领全区干部群众团结奋斗，开创一个崭新的局面。让市委放心，群众满意。"

语重心长，字字如钉，钉在了李德良的心房。

如何落实领导的指示？第一脚迈向何方？

答案是路！制约经济发展、社会进步的根本问题还是出在路上。李德良经过深入细致的调查研究，与全区干部群众的反复交流之后得出最后结论：顺江至珞璜沿江没有公路连接，活生生割断了两地间的经济流、信息流、人员流。太过逼仄的真武公路桥令不熟路况的外地司机心惊胆战，望而生畏，不得不花重金聘请当地司机代劳。而仁沱场口至仁沱綦河大桥一段狭窄的公路，拥挤不堪的各种车辆积聚、混乱的交通秩序以及商家农户的占道经营导致交通事故频发。津綦公路的"肠梗阻"，极其严重地影响了綦江片区几区的交通畅通。于是打通"肠梗阻"，接通津綦公路刻不容缓。

临事静气

1960年对于江津人来说是一个特殊年份，让人既觉得刻骨铭心又不得不扼腕叹息——中共四川省委、省政府报经党中央国务院批准，将中共江津地委、江津地区专员公署由江津迁驻永川。理由是交通太不方便了。长江天堑阻断了南北两岸的交通，冬天的浓雾和夏秋的洪水耽误了太多的事情。很多次地委专署召开会议，"江八县"中其他七县出席会议的领导到了德感，却因为洪水或浓雾江轮停航而不得过江，使得会议推迟或者干脆取消。至于来地委行署办事的同志因为江雾洪水滞留在德感的情况更是家常便饭。然而事情远没有结束，地委行署搬迁所产生的连锁反应随之而来：地区农业职业学校迁走了；地区教师进修学校迁走了；地区财贸学校迁走了。原打算建在江津的地区农机学校、地区水电学校等也取消了，而建在了永川、璧山；原打算建在江津的地属工厂企业、医院等等也自然而然地取消了。几年之后甚至把原来的"江津地委""江津地区专员公署"中的"江津"二字改成了"永川"。理由是"张冠李戴"引起了混淆与误导，使好多人"上当受骗"误了别人的事情。如此一来便把江津人要把江津建设成为江津地区政治、经济、文化、商贸中心的希冀彻底地打消了。留下的是一声声叹息和无奈的怅惘。

交通，交通，交通！

桥，桥，桥！

什么时候才能改善江津的交通条件？

什么时候才能在江津的江面上建立一座长江大桥，让天堑变通途？

痛定思痛，不甘落后，不向自然低头，倔强的江津人对于改善江津交通状况，在长江上建设一座大桥的愿望从来没有这么强烈过！

如今，带领全区人民改善江津交通运输条件的责任历史性地落在了李德良的肩上。

如今的江津交通建设状况早已有翻天覆地的变化。就说当年江津人望眼欲穿的长江大桥，在辖区范围内就不止一两座，已经建成和正在建设的已达5座之多，而已经纳入国家规划的还有6座之多。当年江津人还不知道高速公路为何物，如今也有了四五条，还有四五条也已经纳入国家规划。另外还有3条高速铁路，4个深水良港需要建设。李德良要把这些规划一一变成现实。"党把如此重要的任务交给了我！"李德良深感责任重大，使命光荣，一种自豪感油然而生，年轻人似的迸发出跃跃欲试的劲头。

可是他毕竟不再年轻，岁月沉淀出了一种谋定而动的沉稳。长期的基层工作经历和历任的领导工作岗位使李德良锤炼出一种素质：全局在胸和指挥若定。他没人们挂在嘴边的"新官上任三把火"，甚至一火都不火。他让原本就在岗位上的同志坚守岗位，并从其他岗位和部门调整过来一些同志。

"转非"对于一些人来说有种种的不舍或者不甘，这都是人之常情，可以理解。而于李德良而言，不过是像一篇文章没有写完而因为中途有什么事儿发生需要他去紧急处理，不得不中断一样的稀松平常。得失得失，失之东隅收之桑榆，又何乐而不为呢？

少了电话，没了应酬，终于有了自己的时间享受自由思考的宁静。远离喧嚣，脱身诱惑，可以随时倾听内心的呼喊。有了充分的时间来慢慢咀嚼和细细体味很多知识和道理，写一些让自己读了也不觉惭愧的文章，酬报自己的人生。

至于后来的区委任命，重新披挂上阵，李德良是亦无欢欣亦无忧。作为一个共产党员，自从举起右手向党宣誓那一刻起便把自己的一切都交给了党。"哪里需要到哪里去""打起背包就出发"。

昨天还是区委常委的李德良当然知道市委对江津发展寄予厚望，以及江津社会经济发展在全市发展中所起到的举足轻重的作用。当然也充分认识到"要想发展快，高速公路带"在江津发展中的决定性作用。让他万万没有想到的是在他已经转非之后，区委沙场点兵会点到他，会将"高速公路建设指挥部常务副总指挥"的重担交给他。

今天是明天的序幕，明天是今天的延续。今天的高速公路建设指挥部班子的选配如何，尤其是班长人选的确定将对明天江津经济社会发展产生重要而深远的影响，万万不可等闲视之。

一般来说，建设一条高速公路，需考核两个指标。一是工程质量上乘，不留后遗症。二是工程建设过程中因为施工、建设而产生的矛盾纠纷等遗留问题处理干净。这些要求一般的高速公路建设指挥部都能圆满完成。因为我们江津今后的高速公路建设要采用自主招投标方式选择投资者、建设者和运营者，所以对于我们的高速公路建设指挥部有经济考核的问题。当然不是说要他们筹集到多少钱，但是却不能因为建设一条高速公路而让区财政背上沉重的债务负担。因为修路而导致地方政府财政跌入债务深渊的事例不胜枚举，必须高度警惕，严加防范。防范就要从选择高速公路建设指挥部领导班子，即源头上做起。

为了明天的江津财政不至于被高速公路建设而拖进债务深渊，高速公路建设指挥部新的一届领导班子由他担纲是合适的。

区委下定决心。

"希望能不负重托。"区委书记语重心长。

他知道这副担子有多重！

"每临大事有静气。"李德良是在《三国志》中读到这句话的，从此便铭刻在心，不敢忘怀。也就是这句先贤的教诲让他无论是为人还是"为官"都少了许多的失误和挫折，避免了许多的损失和伤害。

任何人都不可能成为包打天下的"英雄"。"一个好汉十个帮，一个篱笆三个桩"。儿时为挣几个中午学校的蒸饭钱，做个"糖精化开水"一杯赚几厘钱的小生意，李德良也会约上一二好友共同做的。一个占上场口，一个居中，一个占下场口。卖花椒秧、柑橘秧这些大一点的生意就更要约上小伙伴了。即使是到荣昌安富镇去卖叶子烟这样的"大"生意，也是要邀上同村伙伴的。

团队意识从小就在他心里扎下了根。

因为团队意识，他所在的德感公社光明大队工作队在路线教育上获得德感区先进。路线教育工作结束，李德良获得进县委党校学习的机会。党校学习，他任班长，他和他的班级同学都学习成绩优异。学习结束，李德良被提拔为公社非脱产副书记。到岗不到一个星期，他就被任命为清溪沟水库先锋区民兵营营长，率领三四百名民兵进山修水库了。至今还保存尚好的《清溪战报》登载了好多先锋民兵营创造出的优秀事迹。清溪水库修好了之后，李德良被任命为公社党委书记，正式进入国家公务人员行列，那年他22岁。经过八九年的磨砺，李德良率领公社党委一班人艰难跋涉，使得曾经交通闭塞，经济落后到甚至开个三干会时与会者连板凳都没得坐并且还负债数十万的公社，还清了外债，改善了办公条件，自筹资金修了公路，通了公交。之后李德良被任命为仁沱区区长，那年他31岁。而当他跨进40岁的门槛时，已经是江津市委常委、市政法委书记了。……尽管昨天已经过去，但是历史的经验值得注意！团队，团队，团队！要干成一件事，非得要打造一个无坚不摧、无难不克的奋进的团队不可。鉴于高速公路建设指挥部的责任和担当，区委同意高速公路建设指挥部领导班子在全区范围内选择精兵强将组成工作班子，创造性地开展工作，把江津切切实实打造成交通强区，从而实现市委市政府交给江津的任务：渝西地区改革开放高地，城市都市圈经济发展领头羊，成渝结合的桥头堡。

沙场点兵

黄培荣是一定要的。这是一个出生山乡，在基层工作多年，又曾在镇长岗位历练多年，在区信访局局长岗位积累了丰富的经验，办事公道，为人正派，对人态度和蔼的人，是做群众工作的一把好手。高速公路建设有太多太多的群众工作要做了，这样的人才难得。

周应琪也是不能溜掉的人物。这个当过工人，当过采购员，干过律师、当过区长秘书、区政府秘书科科长、区政府秘书们的"大师兄"的视界高阔、思维活跃、敏锐深刻、远见卓识、机敏聪慧、谈吐幽默风趣的人，是一个开拓进取型人才。再加上他在交通局副局长岗位十余年，累建功迹，由他担纲高速公路建设项目的前期工作，实在是再合适不过了。

郑伟宪这个为高速公路而生的同志如果不加入到高速公路建设指挥部，就是一种遗憾、一种辜负。这个怀揣着高速公路梦想的年轻人，中学毕业后参军入伍，恰好又是工程兵部队。冒着敌机的狂轰滥炸修路架桥，锤炼着他对党和人民的炽热情感与无限忠诚。退伍后加入人民警察队伍，许是因为在部队架桥铺路离不开开山放炮的缘故吧，领导一直让他分管全区民爆工作。尽管后来也曾当过派出所所长、治安大队长、局纪委副书记等，可是民爆工作还是一直兼着。在江津可能很难再找得到对民爆工作比他更熟悉了解，研究更深透的人了。而高速公路建设是免不了开山放炮的，难道还有比郑伟宪更适合这一块儿工作管理的人吗？

出身交通世家的唐娟从学校毕业后就毅然决然地继承了先辈的事业，

17

干起了交通，并且从收费员、养路工干起。雨露当作了面膜，汗水是防晒霜，山风阵阵理所当然地成为最好的按摩方法。呼啸而过的汽车把她的问候与祝福向四面八方传播。实践出真知，奋斗长才干。一篇篇书写江津交通人为实现中华民族伟大复兴和中国人民对美好生活向往而艰苦奋斗、创造辉煌业绩的文章涌向了国家级、市区级和行业内外的报刊、电台、电视台。她矫健的身影出现在了市、区和行业内外的演讲比赛台，掌声和鲜花向她涌来。一本又一本的获奖证书搭建起她成长为区交通监察部门的办公室主任的阶梯。"我这人没有什么别的本事，就是办事踏实、认真。"她说。说者无意，听者有心。只因为世界上怕就怕"认真"二字的呵！这样的人才正是高速公路建设指挥部所需要的呵！办公室主任有了，文化宣传部部长有了，党支部组织委员也有了。

刘光明也出身于交通世家。见到其人，才真的感觉到他实在没有辜负父亲给他的这个名字——一片光明。一边是群众的利益，一边是投资者和施工者的利益，时常会因为疏忽，因为施工困难，因为节省成本等产生矛盾、异议，这时就需要他这样"一片光明"的人来协调，来沟通，或者增加人行天桥，或者加固边坡，或者重开人畜饮水渠道等等附属配套工程。群众利益无小事，解决了，建设方和当地群众的关系便和谐，便一片光明。千万别小看了这个协调工作，没有相当丰富的相关边坡工程、桥涵工程、饮水工程等方面的技术技能和设计施工的知识和经验真还干不了。这个世界可不缺乏敷衍、糊弄、虚滑和不负责任的人。这些人只有在行家里手面前才能老实一点、收敛一点、循规蹈矩一点。刘光明在公路养护这个行当干了几十年，从当养护工、施工员干起，直到做公路养护管理工作，哪样的事没有经历过？要"麻"他的"广广"，或者说要糊弄他可不是那么容易的。这样的人才必须招揽过来，工程技术部正缺这样的人才担纲呢！

被喻为"天下第一难"的拆迁安置补偿工作着实让许多人望而却步，而高速公路建设过程中这始终是绕不开的难题。周升明，这个气质轩宇、英俊潇洒、一身正气的汉子却有着火热的心肠。警官学院毕业的他一直被当作尖刀和铁拳冲杀在打击邪恶、打击金融犯罪和惩治贪腐、防止动乱、维护社会稳定的第一线，他在社会治安综合治理工作中屡建功勋。把这样的人物招来主持拆迁补偿安置工作，对那些企图通过拆迁补偿安置工作中的问题借题发挥、煽动闹事的阴谋家是一种无声的震慑，对一般的群众是种无声的慰藉。这个出身山区的农家孩子有着一颗善良的心，在惩治邪恶犯罪的同时不忘用他的火热温暖百姓的心。他扶危济困，帮助弱势群体的好事做了多少，没有人数得清。

有人调侃说：改革开放40多年来，每一届国务院总理每到年末岁尾又是三令五申，又是发红头文件的事情是什么呢？谁能说得清？

——为新型产业工人讨薪。

我们江津高速公路建设指挥部能不能逃出这个魔咒？不发生欠薪事件行不行？

江津人有句俗话："挑担抬轿，放下就要。"是说挑夫轿夫的工钱是不能拖欠的。放下担子，轿夫就要工钱买柴买米回家做饭呢。谢庆容，这个长期在乡村镇街做财务工作的女人深知民生之艰难，她更知道即时足额支付新型产业工人工资是用工单位的法定义务。无论是在乡村工作还是在区财政部门工作，她总是以模范的工作制度要求自己，为筹措员工工资想尽千方百计。长期的财务工作实践，积累了十分丰富的筹措资金的经验。有这样的人主持指挥部的财务工作，新型产业工人工资及时兑现就有了希望。

……

19位各方面的精英俊秀会聚在了一起，济济一堂，李德良信心满满。江津区新一届高速公路建设指挥部以崭新的姿态开始了圆梦之路的新的征程，满怀信心迎接新的挑战，创造新的辉煌。

这一次的任命和此前任何一次的任命的最大区别在于机构是临时机构，一起承担重任的团队也是临时团队。团队成员都是从国土、财政、安监、公安、交通、林业、农办、发改等政府职能部门临时选调过来的精英人才。因为"临时"，名声在外的高速公路建设指挥部是没有编制、没有财政拨款的机构。这些都将会给管理带来一系列问题。所有人员的组织、人事、劳动、工资关系都在原来的工作单位。这些都将直接影响到这些同志的评级评优，影响他们的提级升职之类，即人们所谓的"前途"。甚至还会发生某政府部门以"工作需要"的名义将其借调到指挥部工作的"张三"要了回去，换个"李四"来的情况。这样一来不仅影响指挥部的工作，还会影响其他同志的工作积极性。这种事情真的发生过：从公安机关借调过来的郑伟宪同志就被公安局要了回去。高速公路建设指挥部还真的不能少了这位在重庆市也颇负盛名的"炮损理赔"专家。他一走，指挥部炮损理赔就抓了瞎。培养一个这方面的人才谈何容易！没有别的办法，指挥部又去把郑伟宪"抢"了回来。

打铁还要自身硬。打造出一个团结和谐、作风优良、能打胜仗的队伍就成了当务之急。

规矩就是纪律，是红线，任何人都不能触碰。凡触碰者必受组织纪律处分。

守规矩是每一个国家公务人员，尤其是共产党员的义务。即使是一般公民也应该守规矩。确立和落实全民规矩意识是社会主义法制建设和社会治安综合治理的基本任务。特别强调这一点，是对大家最大的爱护。同时也是团结带领这一班子同志顺利完成区委交办的工作任务的基本保证。

尽管高速公路建设指挥部仅仅是个临时机构，但是不能打临时主意，一切都得按正常的政府机关的规矩来。没有规矩不成方圆。乱了规矩失了方寸，不单单无法维持机构秩序，无法顺利完成区委、区政府交办的工作，更会助长不正之风，让违法乱纪的人和事钻了空子，最后陷入犯罪的深渊。这样的教训不胜枚举，必须十分警惕，牢牢记取。

如何把指挥部打造成一个既守规矩，又团结奋进的战斗集体，是李德良考虑得最多的问题。

首先，筹建党的支部。"支部建在连上"是著名的"三湾改编"取得的最伟大成果，也成了红军发展壮大，最后夺取全国革命胜利的制胜法宝。指挥部19位成员中就有13名共产党员。充分发挥支部的战斗堡垒作用和共产党员的先锋模范作用，我们的指挥部就将能够战胜一切艰难险阻，无往不胜。

区委批准了指挥部党支部筹备小组的申请，该小组成为区委机关党委领导下的一个支部。由黄培荣同志任支部书记，唐娟任宣传委员，谢庆容任组织委员。

高速公路建设指挥部党支部成了所有临时机构中最先成立的党支部。除了按照区委机关党委的统一安排部署开展活动之外，还根据指挥部工作特点开展独具特色的活动。

高速公路建设指挥部工会组织也按照全国总工会颁发的工会组织章程成立。

此外，根据指挥部的职能和承担的工作任务，建立了指挥部内部合理的组织架构，各司其职。强调"我们都是来自五湖四海，为了一个共同的革命目标走到一起来了"，从而营造出一种既分工明确、各司其职、独当一面，又团结合作、相互支持帮助的和谐氛围，这是保证我们事业蒸蒸日上的重要条件。

指挥部由6个工作部组成：综合服务部、高速公路建设前期工作部、工程建设部、拆迁补偿安置部、治安维稳部和财务部。

既然设立了分支机构，就得要有个负责人。谁来当这个负责人呢？

这里涉及一个特别棘手的在其他任何地方都不曾遇到过的问题：各个部的工作都有其专业性的特点，而人员却是由各职能部门抽调来的。在原单位他可能是正处、副处、正科、副科或者一般的工作人员，在这里如何安排？按照原来单位的职级安排显然是不可能的。在有的部门，部长或许是正处、副处级干部；而在有的部门，部长或许就是一个一般的工作人员；而有的正处、副处领导干部在那个部工作，也只能作为一般的工作人员安排。

要打破论资排辈的做法，真正地实现按照工作需要和人员结构的实际情况安排，又谈何容易！因为照顾不周而撂挑子、动拳头乃至亮刀子等极端现象并非偶有发生。至于闹情绪、工作敷衍塞责等现象更是见惯不惊。

　　然而这种种现象在江津区高速公路建设指挥部居然一件也没有发生，反而呈现出一片祥和、团结、友爱的气氛。有事大家争着抢着做，不懂的就向老同志请教，向行家里手学习。连续7年的重庆市各区县高速公路建设指挥部工作考核评比夺冠的实绩摆在那里，就是明证。它毫无疑问地证明了这个集体是多么地具有团队精神。他们充分发挥集体的力量，才创造出来骄人的业绩，才能在同行中出类拔萃！

　　可惜没有人知道李德良这个"班长"是怎么当的，是如何把一般人看来的不可能变成了可能，并且比一般所谓的正常情况更加优秀。

　　区委领导那句"德良同志是一位善于团结同志一起工作的好同志"的评价是多么的正确与中肯。

　　"政治路线确定之后，干部就是决定因素。"干部干什么呢？不就是要团结带领广大群众去实践党的政治路线，夺取胜利么！

　　毛泽东关于"考察和识别干部，挑选和培养无产阶级革命事业接班人"的5个条件中，十分重要的一条就是要培养那些善于团结同志，并且是要善于团结那些反对过自己，却被实践证明反对错了的同志一道前进的人作为我们无产阶级革命事业的接班人。

　　李德良把这些记录在笔记本上，镌刻在心底，落实在工作实际中。

　　然而每当和李德良聊及这个话题时他从来都是笑笑，之后说：主要还是同志们自身的素质高，同志们太优秀，他们有那么宽阔的胸怀。毕竟是经过党多年的培养教育的呵！19个人，13个共产党员，还有几个入党积极分子。这个比例够高的吧？一个个都争当先锋模范，你说我们的工作还有搞不好的么！

政治站位

乡下人对季节的感知凭的是双手，还有灵魂深处与大地的对话。正月才过，北风还嚣张撒野的时候，村民们用粗手往地里一插，地层深处的温度就顺着偾张的脉搏传到脑海，心里便有了数。

虽然年纪尚小，李德良也学着父兄的样子，伸出稚嫩的双手去感受地温，甚至也捡拾起一坨泥巴左看看右瞧瞧，最后掰了开来，捏捏、闻闻。

土地里有他的梦想与希冀，欢乐与甜蜜。他知道地下深处有一颗细小的种子已经感受到了徐徐上升的地温，迫不及待地伸出细长根须，向着温暖土壤深处挺进、挺进，它贪婪地吮吸土地的营养与水分，只为明天拱出地面，为苗壮生长积蓄力量。

当久违的雷声把大地彻底从沉睡中惊醒，大地回春，万物复苏，人们把目光都聚焦在百花盛开的喧嚣的大场景中，只有李德良和他的一帮伙伴们注意到了那粒最先苏醒过来的种子悄无声息地钻出了地面，嫩黄的叶子如针般细小，在青春的阳光下跳跃着，把整个季节都带入到它的节奏里。

这就是苦藠葱。

再过一个星期，最多两个星期就可刨出来卖了。葱白白如雪，葱叶绿似翡翠，看到就令人食欲大增，更何况还有一种特别的浓郁香味儿呢。将它和折耳根一起凉拌，色香味俱全，简直就是绝配！这么好的东西农家人是舍不得享用的，都由孩子们背到乡场，背到集镇，甚至县城去卖，换钱买笔墨纸张，看场电影，或者干脆就作为学校伙食团的蒸饭钱。于是，每到那个季节，乡场集镇乃至江津县城的大街小巷"买折耳根么苦藠葱？"的叫卖声此起彼伏，成为一首独特的乐曲。李德良是这首乐曲的创造者和参与者之一，他用整整一季卖折耳根、苦藠葱的钱买了一双梦寐以求的球鞋，结束了大冬天里一双被冻成泡粑样且又长有冻疮的赤脚奔跑在球场，偶尔被同学踩上一脚，钻心疼痛，眼泪花直滚的历史。

一晃几十年过去了，在春寒料峭的日子里，李德良去南部山区的柏林、蔡家、嘉平、中山等镇考察调研时仍然不时听到"折耳根么苦藠葱"的叫卖声。每每听到，心脏就一阵一阵地痉挛、疼痛。这都什么年代了呵！一把折耳根，几根苦藠葱又能卖几个钱？此时此刻的孩子们呵，应该是坐在课堂上读书学知识的哇！

江津南部山区6镇全都处于四川盆地至云贵高原的过渡地带——山的皱褶里。山高水冷，田瘦土薄，坡陡谷深，重庆市级贫困村就有10多个之多。如何才能摆脱社会、经济发展相对滞后的问题？如何实现脱贫致富，全面建成小康社会的目标？这是摆在全区人民，尤其是区委、区政府面前的最为迫切的问题。

改善交通环境条件，建设一条纵贯6镇的高速公路，打通和外界的联系通道势在必行。

要致富先修路，这是一个被实践反复证明了的真理。

然而在已经纳入国家高速公路网的建设规划中恰恰就没有这样一条高速公路的规划。从江津区国民经济建设，实现2020年消除绝对贫困，实现全面建成小康社会的目标来说，又不能没有这条高速公路。

修建这条高速公路还有一个十分重要的原因。

工作自觉地服从和服务于国家的大战略，是任何一级地方政府最起码、最基本的政治觉悟和政治纪律，也是地方各项事业顺利发展的根本保证。任何忽视甚至违背了这个基本原则的人和事都非得跌跤子、遭失败不可！甚至会给党和国家的事业造成损害乃至灾难。这是绝对不能被允许的。

10多年的党的政法纪检监察岗位工作，锤炼了李德良的党性原则，这是他的一大政治优势——将自己所从事的一切都置于党和国家的全局安排部署和整体利益之下来考量、检验。

对内当务之急，打造成渝经济圈，形成国家国民经济的新的增长极。中央明确指出：在当前形势下，成渝地区形成高质量的增长极，可以大大拓展我国的战略回旋空间，应对国内国际政治经济环境的不确定性，对巩固国家战略安全具有重要意义。对外则是继续扩大开放，进一步实施"一带一路"建设。而我们拟议中的江习高速公路建设项目正好紧扣了这两个"主题"。具体说来，江习高速公路的起点准备选在已经建成的渝泸高速公路的慈云北交通枢纽点，终点站为贵州习水县。由习水去云南昆明、瑞丽，再南下东南亚，即可进入"一带一路"的大通道。如此一来，成都乃至川北方向的物资就可以通过成都到泸州的高速公路，抵达泸州之后，通过渝泸高速到达慈云北进入江习高速去贵州习水，去瑞丽，进入"一带一路"大通道。而不必绕道重庆市区，通过渝贵高速去贵阳去瑞丽了。川中川东北的物资也可以通过合璧津、江永、重庆外环等高速公路抵达慈云北，通过江习高速去云南瑞丽、去东南亚，进入"一带一路"大通道，而不必绕行重庆市区。显而易见，江习高速就这样不动声色地巧妙地把渝川黔连成一体。并且还"无心插柳柳成荫"地成了第二条渝黔高速公路，分流了相当大一部分从重庆去贵州的车流，缓解了第一条渝黔高速公路的压力。

任何的交通运输线都是双向的。从"一带一路"沿线国家、东南亚国家以及云贵入渝入川的物资也可以通过江习高速公路进入川渝各地。

不能不说的是江习高速一旦建成开通，就成了渝川黔旅游"金三角"的重要交通支撑，将渝川黔旅游"金三角"真正地串联在了一起，形成了一个整体。这将极大地推动这一世界少有的旅游黄金地的开发、利用和发展。在这里，汇聚了多个国家级风景名胜区和国家森林公园：四川合江县佛宝国家森林公园、贵州赤水市桫椤国家级自然保护区、赤水市国家级风景名胜区、赤水国家竹海森林公园、贵州习水中亚热带原始常绿阔叶林自然保护区、重庆市江津四面山国家级风景名胜区。

国家给成渝地区的战略定位：建设成为经济中心、科技创新中心和改革开放新高地，高品质生活、宜居高地。江习高速公路的成功建设对中央给成渝地区的战略定位："建设高品质生活宜居高地"的具体落实意义非同小可。

江习高速公路建设同时又是落实重庆市委"把江津建成渝西地区重要的经济中心、全市重要的产业基地、成渝经济区域战略支点和城乡一体化发展示范区，在全面建设小康社会和缩小三个差距、促进共同富裕道路上走在全市前列"的具体举措。

人民是天

"群众是真正的英雄。"自打走上领导岗位的那天起，李德良就把这句话熟记于心，几十年来一日不敢忘记。

"老百姓是天，老百姓是地，老百姓是共产党生命的源泉"的歌曲是李德良家的保留曲目。

担任高速公路建设指挥部常务副指挥长的这一段时间里，李德良逢人便谈他的江习高速公路。

是呵，换作是你，你也会逢人便说。作为这个关涉国计民生的重大建设项目的决策者之一，往后又要亲身参与建设，把口头文件上的美好愿景亲手变成现实，那是多么值得骄傲和自豪的事情呵。

可是他偏偏不谈自己。

谈谁呢？

谈人民。

人民？别要贫玩酷了，哪儿凉快到哪儿去，大家都忙着呐。

"建设江津至习水高速公路的主意真还是一个人大代表作为提案在人代会上正经八百提出来的呢。"

看他一本正经地侃侃而谈，不像是"逗你玩儿"的样子，人们才稍许地不再那么抗拒和警惕，松弛下来因为疑惑、抗拒而僵硬的腮帮。

"众所周知，人民代表大会制度是中国共产党带领人民长期探索，反复比较，通过渐进主义改进的奋斗成果，它在与国情相适宜的沃野肥土中，不断汲取养分，茁壮成长，枝繁叶茂，显示出强大的生命力和巨大的优越性。"

太多太多的欺骗与耍弄使得善良的人们苦不堪言，大多成了怀疑一切论者。

"重庆市交通委员会文件（《渝交委办〔2011〕198号》）上说，"李德良说到这，把话停了下来，看看大家的神色。与人打交道，话说一半留一半，不是看这个人是不是狡猾奸诈，而是表示这人是否能审时度势。于是善于察言观色就成了人与人打交道的必要素养。

僵硬变成了平淡，逐渐地有了些许柔软和舒展，有的甚至有了些悦色。于是，他这才开始了向纵深推进与延续："重庆市交通委员会关于市三届人大四次会议第0127号建议的复函。"

直到此时，人们才眉舒目展，两眼放光，一幅洗耳恭听的模样。

这是一种鼓励，一剂兴奋剂。

"刘学荣代表：您提出的《关于建设重庆经四面山至贵州习水高速公路的建议》（第0127号）已收悉，经研究办理，现答复如下：……"

"哇，太了不起了，太意外了，人大代表建议居然引起了政府部门的重视了，还要作答复。管他答复些啥呢！能够答复就了不起。"

"刘学荣是谁？"

"谁是刘学荣？他怎么会提出这么一个提案？"

人们像是炸了锅一样，噼噼啪啪响着，打断了李德良的回答。他们七嘴八舌，议论纷纷。

"刘学荣？我认识，地地道道的江津人。江津选出的市人大代表。"有人替李德良回答了人们的提问。

其实，有些时候，有些问题，于有的人说来是不需要回答的。不是凡疑问语气、疑问词造句都需要回答的。冒冒失失、不明就里地答了，即使是答对了，也并不讨好，除却遭遇斜眼鄙视之外，什么也得不到。

李德良当然不会计较那么多。只是尊重大家，议论议论也是人之常情，所谓有感而发么。

刘学荣首先得是江津区的人大代表，市人大代表是在区人大代表中选举产生的。

也就是说，与这个提案内容相当的提案他早些时候在区人代会上提出来过。

刘学荣的提案在审议过程中得到了相当多的代表的支持和领导的高度重视，甚至直接提到区常委会讨论。

前贤曾经振臂高呼："天下者我们的天下，国家者我们的国家，我们不说谁说？我们不干谁干？"

什么叫以天下为己任？

什么叫主人翁意识？

读着刘学荣代表的提案，李德良拍案而起，呼地站了起来。到底是性情中人！到底是激情难抑！平时，无论是读文件、看案例还是欣赏文艺作品，真的到了激情澎湃的时候，他会习惯性地喝一杯水，水能释怀，一杯水的浸渍稀释，浓厚难解的情绪也就慢慢淡化了。

可是今儿个不行。这根本就不是喝不喝水的问题。所以他没有去端水杯的意识，甚至连下意识都没有。而是直接奔向办公室门口，打开房门。找他去，找这个姓刘的人大代表谈谈。

走出办公大楼才发现尴尬了：刘学荣现在在哪里？我该去哪儿？这样兀突突、莽撞撞地找他谈话，效果会怎么样？

太唐突了。

失态了，哈哈。李德良自嘲地摇摇头，笑笑。

回到办公室，这才倒杯水，咕咚咕咚喝了一大杯。情绪稳定下来，再读提案。

之后掩卷细思：

重庆是中国重要的中心城市之一，是长江上游地区的经济中心和金融中心，是内陆出口商品加工基地和扩大对外开放的先行区，是中国重要的现代化制造业基地，是长江上游科研成果产业化基地，是长江上游生态文明示范区，中西部地区发展循环经济示范区，是长江上游航运中心，西部大开发的核心区和国家统筹城乡综合配套改革试验区。而且还在重庆直辖的时候中央就赋予重庆在注重自身发展的同时要影响和带动周边地区的发展任务。

对于江津的发展，重庆市委市政府交代给江津区的任务是：成为渝西地区改革开放的示范高地，都会圈经济发展的领头羊，打造成渝双城融合发展的桥头堡，以及"海上丝绸之路"重庆市域内的南下通道。

刘学荣提案的最为难能可贵之处就在于他能站在时代的高度，从国家赋予重庆市和重庆市赋予江津区的发展任务的大局出发，思考江津区的发展，提出问题和解决问题的办法。

夜，向深里滑去。李德良睡意全无，他又翻开了重庆市交委的回复函，仔细地阅读。

"如您所说，江津四面山至贵州习水公路是渝川黔三省市打造旅游'金三角'的重要交通支撑，也是重庆南下贵州出海的重要辅助通道。我委结合四面山风景名胜区的旅游开发和沿线地形地貌特征，开展了该项目方案研究工作，并且已将该项目纳入我市高速公路网规划修编方案。

为加快推进该项目，我委积极与贵州省交通部门协调，并就该项目纳入国家高速公路网规划达成了共识。两省市将共同努力共同争取国家对该项目的支持。下一步我委将加快推进该项目的研究论证工作，争取将该项目纳入国家高速公路网，条件成熟时启动建设该项目。

此复函已经我委陈孝来副主任审签。对以上答复您有什么意见，请您填写在回执上寄给我们，以便进一步改进我们的工作……"

这是我们的有关政府部门对于人大代表议案的答复。

李德良好生欣慰。

它至少说明了我们的人大代表是在认真地履职尽责，提出的提案质量高，准确地反映出了人民群众的呼声。符合客观实际，顺应时代潮流，符合国家经济社会发展的需要，充分地展现出了人民当家做主的主人翁意识和责任感、使命感。"人民是真正的英雄。世界上只要有了人，什么人间奇迹都能创造出来。"

同时也反映出了我们的政府是人民的政府，对待人民代表提出的提案确确实实地在认真办理。一个普通得不能再普通的人大代表提出的提案中的意见建议居然能够登上大雅之堂，顺利地进入重庆市"十二五"规划之中！

石破天惊！令人不敢相信，但又确是事实！并且由市政府出面向国家有关部门申请进入国家高速公路网。这就更出乎人们意料了。

当然的是，江津区委、区政府对该提案的推进作用也是不容忽视的。毕竟，刘学荣首先是江津区的人大代表。同样的提案首先是提交给江津区政府的嘛，只是因为管理权限问题，他才又在市人代会上提交了上去。

作为区委常委，李德良还是为能够在这个提案的推进和落实中尽一些力、做些工作而感到荣幸，他为有今天的这样一些效果而感到欣慰。

"雄关漫道真如铁，而今迈步从头越。"要把这个提案中建议的"江习"高速公路建成通车，还有好多好多的工作要做。

令他做梦也没想到的是他居然会要亲自参加到这条高速公路的建设之中去。时也，运乎？

"时世弄人"？不知为什么就冒出这么个莫名其妙的词儿，他忍不住扑哧一声笑了。

能够践行人民的呼声，顺应人民的意愿，办成一件两件实实在在的事情，不也是十分惬意的么？一个词儿金光闪烁着耀眼在面前：人民公仆。

夏夜的江风带着丝丝凉意拥着夏桂的清香吹拂着李德良的全身。读了一阵书的李德良眼睛有些疲倦，只得离开书桌踱步窗边。窗外一弯新月朦朦胧胧地飘逸在荫翳的滨江大道绿色林带上。新月像一张弓，光润润得又像一个发光的香蕉，令人陶然。天空很高很阔，使人心胸宽广。

下午的常委会上，思绪又不请自来。常委会认真地讨论了刘学荣代表的提案。由于大家都做了充分的准备，同志们发言十分踊跃而热烈。大家一致认为，目前无论重庆还是贵州都处于结构调整的战略关键期，梯度转移，腾笼换鸟模式更加明显，新兴产业的形成亟待重大交通基础设施的支撑。

形势发展需要建设江习高速公路的工作尽快展开。其主要理由为：

一、从高速公路布局来看，它将成为重庆市和四川地区南下大通道，是"海上丝绸之路"的重要组成部分。它可以促进川南、渝西、黔北经济带的尽快形成，完善重庆环线向外辐射的条件，解决渝西与渝南路网密度的不平衡，同时形成渝黔高速公路的复线，减轻现有的渝黔高速公路和京昆高速公路的运输压力。

二、从产业结构看，它的建成通车，可以使重庆的外拓空间得到伸展，形成新的城市组团格局，对于重庆和贵州新兴产业的配套拉动作用巨大。

三、从扶贫开发和新农村建设角度来看，它经过的江津南部山区是发展相对滞后的地区，而习水县又是国家级贫困县，亟需一条高速公路来拉动，迅速地完成扶贫攻坚任务，彻底改变贫困落后面貌。"要想发展快，高速公路带。"

四、从经贸发展看，它具有支撑重庆跨省贸易和国际贸易（尤其是东南亚国家）以及地区贸易的战略载体作用，构筑起了重庆国际贸易和国内贸易的大通道。

五、从发展旅游业角度看，它是渝川黔旅游资源开发的重要支撑。它将渝川黔旅游"金三角"有效地紧紧地连接成一体。

六、从省际交往看，江津区既是成渝双城融合发展，打造国家新的经济增长极的桥头堡，又是渝黔经济发展的大通道。随着重庆在西部经济崛起计划中地位的不断增强，各项体制机制改革的不断深化，产业大调整、大布局、大配套和资源大互补、商贸大流通、城乡大统筹，以及旅游大开发、江习高速公路的建成通车，将为渝川黔未来的辉煌做出巨大贡献。

月亮爬上了窗台，在一片温馨的柔光里上升。它上升的节奏不快不慢。如果没有窗棂，不是窗外隐隐约约、模模糊糊的树栅，月亮的行走人根本就觉察不到。

执政为民

重庆市人民政府领导批示抄告单

市交委、江津区政府、重庆高速集团：

现将市政府黄奇帆、凌月明同志的批示抄告你们。

来文单位标题及文号：

标题：江津区委、区政府关于恳请解决授权重庆江津至贵州习水高速公路（拟建）项目招标人有关事项的请示。

领导批示内容及时间：

黄奇帆2011年09月13日批示：转月明核示。建议有合理性，可考虑。请市交委、高速集团核处。

凌月明2011年09月20日批示：请交交委研究提出意见。

重庆市人民政府办公厅

2011年9月21日

抄：市政府

只要稍许留心，心细一些的人们就会发现，2011年9月12日，中共江津区委书记和区长亲自签名，给中共重庆市委副书记、市长黄奇帆写了一封信。究竟是什么样的一封信呢？日理万机的直辖市市长一天该有多少事情要关注和处理呵！然而谁也不会预料到的是市长竟然会在9月13日，即江津的区委书记和区长的信件发出的次日，就签署了自己的意见。这是怎样的一封信件呢？居然得到了市长如此的高度重视，如此的及时处理。

——《关于恳请支持重庆江津至贵州习水高速公路项目加快推进的汇报》。

这也是拼了。为了加快江习高速公路项目推进，区委书记和区长亲自写信给市长，恳请支持。其情之切，其意之诚彰显于字里行间，读来令人感动不已。

尊敬的黄奇帆市长：

感谢您多年来对江津发展的关心和支持。江津每次重大项目的推进都得到您的帮助，使江津这些年区位极速提升，成为重庆主城外拓的重要地区。市委、市政府《渝委发〔2011〕24号》文件决定加快重庆江津至贵州习水高速公路建设。为了加快该项目的推进，我区多次对接市发改委、市交委和市级相关部门。市人大代表和政协委员曾提出了加快这个项目的建设意见。

为了加快重庆江津至贵州习水高速公路项目的规划实施，恳请解决授权项目招标人有关事项：

一、项目概况：按照重庆市综合交通规划，重庆市境内（江津习家互通至四面山）建设规模64公里，初步估算投资70亿元。占地面积7200亩。筹资方式采用BOT方式确定业主。

二、招标授权：为了有效对接重庆市有关方面的工作，结合我区实际开展项目招商引资，合理确定BOT项目投资人，恳请重庆市人民政府授权江津区人民政府作为江津至四面山高速公路项目招标人，并颁发授权委托书，以便该项目尽快启动各项前期工作。

三、后续程序：我区在招商确定BOT投资人后，再将项目BOT投资人条件和有关优惠政策等专题上报市政府审批，给予BOT投资人相应的经营特许权。

以上请示妥否，请指示！

关海祥　陶长海

2011 年 9 月 12 日

读着包括区领导亲笔签名的写给市长的信在内的几十份内部文件结集而成的《重庆江津至贵州习水高速公路重庆段项目前期工作推进情况资料汇编》，高速公路建设指挥部全体同志受到了巨大的鼓舞。

一个源自人大代表的议案，受到市区两级政府最高领导人如此重视，并且不遗余力地长时间地克服一切困难和障碍实现它。市区两级政府最高领导人把"为民族谋振兴，为人民谋福祉"的共产党人的初心和使命镌刻在心底，耸立在广袤的 3200 平方公里的大地，洒播在 150 万人民的心间。

他们下定决心要把人们对幸福生活的向往——江习高速公路建成通车，从提案变成现实。

榜样的力量是无穷的！市区领导已经干在了头里。这是一种鼓舞，一种鞭策，一种激励。

"火车跑得快，全靠车头带。"车头已经加足了马力，作为"车厢"的我们再不紧跟上去，被时代的列车抛弃就是必然的了。

类似的《资料汇编》高速公路建设指挥部坚持一年编辑一本。主要收集市区领导之间和市区两级政府有关部门领导之间就高速公路建设的请示、汇报、指示等。为了保持领导同志批示、指示、请示的原貌，尽量采用影印件。当然影印件后面也附了一页打印件，方便大家阅读。

《资料汇编》在同志们之间传递。它胜过千万句声嘶力竭的呐喊和空洞苍白的歌颂。同志们干事创业的热情被激发了出来，一个个跃跃欲试，摩拳擦掌。

综合服务部部长唐娟的一句话就是最好的恰如其分的写照：硬是让你觉得不好好干都不好意思。

高速公路建设指挥部的组成人员中，正处、副处领导干部就有好多个，科级干部也多。他们服气李德良做工作肯动脑子，也更善动脑子。从不声嘶力竭，也不慷慨激昂，更不怒火冲天，怨天尤人，推诿扯皮。什么事都想在头里，干在头里。就说这一年一册的《资料汇编》吧，在重庆市30多个区县的高速公路建设指挥部中，又有几个在坚持这么做的呢？党和国家的方针政策，上级组织的决策过程，有关领导的指示要求，以及高速公路建设进展情况等都在里面了。随时可以查阅，对照检查自己的工作。这首先就是对自己的解放。不需要那么多的耳提面命，苦口婆心，循循善诱，甚至情况通报之类。自己累得要死要活么，效果还不一定好。同时也是对同志们的充分信任。把政策交给大家，把领导指示，重大问题的决策都通报给大家，让大家都了解上级政府、部门的决策基础、缘由、目的、效果，更好地全面准确地领悟和贯彻，实现领导部门和领导同志的意图。

"政策和策略是党的生命。"李德良在这方面没有少下功夫，他也没有少在领导力的提高上下功夫。

有一个词大家耳熟能详：静水流深。

有两句诗大家如数家珍："随风潜入夜，润物细无声。"

在一次会议上，由交通局正处级副局长抽调过来任前期工作部部长的周应琪讲了一件事情。平时，谈到交通方面的问题，李德良就特别来劲，特别神采飞扬，滔滔不绝，妙语连珠。听他讲话是一种百不一遇的艺术享受，精神大餐之后紧接着的眼界大开，让人浑身都热烘烘地产生一种莫名的冲动。过程中你又会被他的幽默风趣打动而忍俊不禁。

然而这一次他讲话却是有些平铺直叙，波澜不惊：10多年前吧，众所周知我们江津人首开先河地凭一个县级市的力量，硬是通过招商引资的方式，在长江干流上建立起来一座双向四车道的公路大桥。当时答应外商的条件是：在一定的年限内由投资者自主经营，收取一定数额的车辆通行费用，作为本息和合理利润偿付。于是才在长江北岸篆山坪下建设一个收费站，对过往车辆收费。同样，我们市在津马路上的九龙、在津东路上的李市等地方也设立了收费站，对过往车辆收费。只是因为这些公路的建设或升级改造的经费都是通过招商引资的办法解决的。通过在一定的时间内，收取过往车辆的通行费用的办法偿还本息，也是合理合法的。这些桥梁、道路的建设或升级改造对方便群众出行，拉动和促进当地经济、社会发展都起到了十分重要的作用，受到广大市民的欢迎与支持。

但是毋庸讳言的是通行费用加重了运输物流企业的负担，也理所当然地会传导和转移到广大消费者头上。与此同时，通行费影响和限制了广大消费者购置轿车等代步工具的欲望，不利于汽车制造和相关产业的发展。这些问题极大地妨碍了国民经济的发展和广大群众生活质量的提高，不能够满足人民群众对更高生活水平的向往需求。

于是，人们要求取消各种各样的路、桥、隧收费的呼声日益高涨。

作为执政党的中国共产党听到了这个呼声，想到执政为民的理念，决定顺应人民的意愿：撤！统统地撤。可是各地通过招商引资或者其他办法筹集资金建设的路、桥、隧远没有到合同约定的偿还本息的年限呵。

这又有什么呢？这仍然动摇不了中央的决心和意志，撤！至于那些路、桥、隧建设时的投资，采用实报实销的办法解决，所需费用由中央财政解决。

中央的决策得到社会各界和广大人民群众的热烈欢迎与支持。

这就是广大市民群众看到的一夜之间所有的公路桥隧收费站"一锅端"。好些人还有些迷茫和困惑，不理解呐。

江津区在这次整治中，获得了中央财政大量资金补偿与支持，在重庆所有区县中名列前茅。更为可喜的是对所有上报的材料无论是市审计还是中央审计都一次通过。而相当一部分的区县获得中央财政支持数额就少多了，也绝少一次性通过市和中央审计的。由此可见江津的工作做得之好，资料整齐完备，准确无误。

而这项工作从头到尾都是在周应琪副局长的组织和主持下完成的。

这次他一改常态地说得平淡无奇，没有了一贯的跌宕起伏，精彩纷呈。因为这个话题原本就是可以出彩的。

这一年周应琪评上了江津市劳动模范，这一年周应琪由副处转为正处，尽管仍然是副局长。

这一次对收费公路、桥梁、隧道的全面清理整治工作产生出一个副带效应：一不小心把江津区委、区政府在努力建设交通运输体系上所下的功夫和所取得的成果暴露在了全市人民和领导面前。令人震惊，让人欣喜，叫人庆幸是一个江津人。

交通运输，国民经济的"先行官"和"牵引机"。

这阵，人们才认识到什么叫"静水流深"了。平时谁又会多去关注交通运输部门的工作呢？

这阵，指挥部的同志们才领悟到了李德良为什么让周应琪讲"过去的事情"了。真的是静水流深呵！这不是在说：自觉着自己作为一个交通人的自豪么？同时也感受到继承和发扬江津交通人埋头苦干实干，再攀新高，再创辉煌的责任重大么？

江津交通运输事业的蓬勃发展，不正是区委、区政府"执政为民"的具体体现和生动展现么？我们高速公路建设指挥部是区委、区政府领导下的专职于全区高速公路建设的"协调、组织、监督、服务"机构，是"执政为民"的实现者。我们的形象就是政府的形象，我们的工作就是政府的工作。这可是真正的"使命光荣，责任重大"呵。

"随风潜入夜，润物细无声。"你慢慢体会感悟去吧。

主动作为

江习高速公路建设并没有在国家高速公路网规划中，也不在重庆市高速公路建设规划中。没有纳入国家规划，一切免谈，再好的设想都是空了吹，自嗨，自娱自乐。

于是，当务之急是把我们关于江习高速公路建设的必要性、可能性、可行性，以及我们的愿景等上升为理论联系实际的有血有肉的《关于建设江习高速公路的可行性报告》呈报重庆市和中央有关部门批准，成为国家意志，纳入国家高速公路网规划之中。之后我们才能根据国家规划，开始下一步的规划设计、招商引资、工程设计以及组织施工等工作。

支撑李德良和区高速公路建设指挥部全体同仁必胜信念的条件有四。一是我们提出的建设江习高速公路的意见和建议是与中央关于建设成渝经济圈的战略规划相一致的，也与中央有关建设"一带一路"的决策相一致。二是和重庆市人民政府给江津区国民经济建设和社会发展的战略部署相一致。三是江津自身的经济建设和社会发展的需要，是全面实现小康和新农村建设的需要。四是我们有招商引资建设江津长江大桥的实践经验垫底，在无论是经济基础还是社会事业发展都大大提高，投资环境极大改善的今天，我们对通过招商引资建设江习高速公路充满信心。

有一点倒是唯有李德良才拥有的优势：当年是他受区委、区政府的委托，带领相关部门的几个同志一起，硬是将我区"九叶青"花椒种植和产品高技术项目申报成功纳入国家"863"计划。并且还是两度申报成功，创造了农业种植和产品高技术加工项成功纳入"863"国家计划之最。历史的经验值得借鉴。有了这个借鉴，呈上去的《关于建设江习高速公路的可行性报告》获得国家批准的可能性就极大提高了。

何况如今完成申报手续的是在区委、区政府的决策部署、具体指导，有分管区长和李德良同志强有力的领导之下的区高速公路建设指挥部这个团结奋斗、高效率工作的集体呢！

李德良是一个十分注重资料收集整理的人。资料是前人或他人的经验总结，智慧结晶。必要时翻阅一下，参考参考，用别人的经验丰富自己、启迪自己，这就站在了巨人的肩膀上了。用别人的失败教训警醒自己，分析他人失败的原因，避免重蹈覆辙，这是站在巨人肩膀上的另外一层意义。走进李德良家，翻阅他那排列整齐、分门别类、装帧精美的资料集，直让人不由自主心里感叹！一般来说，能够分门别类收拾整理整齐就已经很了不起了。而他还把资料装订成册，送去印刷厂请专业师傅设计封面，做精美包装，让人一眼看去就赏心悦目，捧在手里阅读，让人爱不释手。

翻阅了十几份别的高速公路建设的可行性研究报告，李德良都感觉和自己的心理企望值差距大了些。我们拟议中的江习高速公路项目建设可是承载着战略发展的希望哩。

随着科学技术的发展，社会文明程度的跃升，高速公路已经成为某个地区经济发展水平和文明程度的标志和标配。实践证明高速公路对于一个地区经济发展和社会进步具有重大拉动作用。而江习高速公路的建设，甚至对实现中央建设成渝经济圈的战略决策，实现渝川黔经济融合发展，以及促进"一带一路"建设都具有十分重要的意义，同时又凝聚了主导者自觉地将自己的工作服从和服务于国家战略决策的责任担当。

李德良拟从以下方面来进一步阐述：

一、项目建设是由江津得天独厚的区位优势和国家发展战略所决定的。江津是《成渝城市群发展规划》所确定的"重庆市先进制造业基地，四化同步发展示范区，和成渝、渝黔合作共赢先行区"。

二、项目可发挥成渝经济圈战略对周围省区的辐射带动作用。

无论是成渝经圈的发展跃上新的台阶的需要，还是完成国家交代的带动和辐射周边省区的任务的要求，都需要强大的包括高速公路在内的基础设施的支撑。只有加强和加快资金、技术、物资、人才、信息交流，方能努力达到同步发展、共同进步的目标。此外，江习高速公路的建设魅力还在于能够促进渝川黔毗邻地区的产业布局和调整，加快脱贫致富奔小康的步伐。

三、项目可发挥跨省市旅游战略的整合和拉动作用。

渝川黔毗邻地区是世上绝无仅有的旅游"金三角"。7个国家级重点风景名胜区和国家级自然保护区、国家森林公园却被高山深沟分隔开来，各自独立着。所以急切地需要用一条高速公路把它们整合在一起，发挥既有各自特色又具有渝川黔旅游"金三角"整体效应的优势，极大地提高渝川黔旅游"金三角"的知名度与美誉度，为旅游者提供便利的交通设施，促进乡村旅游事业发展，加快新农村建设步伐。

四、项目建设可促进渝川黔的资源要素的整合。

随着成渝经济圈的高速发展，那些能源消耗量高，劳动力资源需求量大的产业极需要转移。而贵州地区正好是能源，尤其是煤矿资源十分丰富，且劳动力资源丰富的地区，可以承接成渝地区的产业转移，加快当地的经济社会发展步伐。而江习高速公路就正好可以提供产业合理布局平台，资源共享、互补的快速通道。

我们为了更加方便渝西、川中、川东北和黔北地区的交流，特别将江习高速公路的起点与合璧津高速公路的终点相衔接，并入川渝高速公路网络之中，如此一来，江习高速公路对渝川黔的资源整合和互补会产生巨大的拉动作用。

五、江习高速公路建设的启动，也撬动了渝（重庆）赤（水）叙（永）高速公路建设，以及促使大（足）永（川）（江）津高速公路建设提前，为形成更加完善的渝川黔高速公路网络拓展更加广阔的空间。

六、江习高速公路的建设，开辟了川渝地区南下云贵的另一条通道，并且可以通过瑞丽口岸进入东南亚，汇入"一带一路"的大通道，国际国内的大循环中。

七、江习高速公路建设项目对于高速公路建设模式进行了一次新的探索。无论是项目入规、邻省认识差异的统一、跨省施工的同步推进、线路走向的决定还是跨省手续的办理等诸多问题的解决，都将积累一些经验教训，为未来的同类重大的交通基础设施建设提供参考事例。

清晰的思路、科学的分析、精准的语言、翔实的数据、实事求是的问题呈现和切实可行的解决问题的思路、办法是这个报告最可贵的特色，既令人耳目一新，又令人叹为观止。充分展现出江津区委、区政府积极创新的思维模式，开拓进取，自觉地促进本地区社会经济发展融入国家"成渝地区经济增长极"的大战略中，以及投身到"一带一路"的国际国内经济大循环中的决心和意志。李德良和他的团队对江习高速公路项目的获批充满着期待。

但是实事求是地说，李德良在那"漫长"的等待批准的日子里，心中又不无忐忑和焦虑。

2013年1月28日，重庆江津至贵州习水高速公路（重庆段）工程可行性研究报告预审会在重庆市交通委员会召开了！这表示江津区人民对建设江习高速公路的日思夜盼和区委、区政府顺应时代潮流发展战略的需求和民心所向，自觉将本区域社会经济发展融入国家"建设成渝经济圈，形成新的经济增长极"的战略部署的责任与担当，终于得到了上级领导部门的认可与支持。那种发自内心的欣喜和兴奋难以言表。尤其对于受区委、区政府委托，具体组织实施并配合协调包括江习高速公路建设项目在内的区高速公路建设项目的指挥部全体工作人员来说更有一种激情难抑的感受。为了这份可行性研究报告，他们付出了多少心血和汗水，多少聪明才智，配合市交通规划勘察设计院和市交通科研设计院的专家的调查研究、勘察设计跑了多少路程！"丑媳妇"终于要见"公婆"了。能够通过"公婆"的严格审核么？能够得到他们的认可吗？

"丑媳妇"的"娘家人"把心都提到嗓子眼儿了。

什么叫度日如年？

什么叫仿佛热锅之蚁？

非亲历者不得知。一句话：游走在崩溃的边缘。

由重庆市发改委、市规划局、市环保局、市国土局和市交委系统的领导、代表和专家组成的评审专家委员会在认真查阅了工程可行性研究报告，认真听取了江津区政府对本项目的意见建议，并对项目起点终点以及沿线主要控制点进行了现场踏勘等之后，评审专家委员会形成了审查意见：

一、工可编制单位按照有关规定要求，进行了大量实地勘察、调研和资料收集，提交的工程可行性研究报告依据、论证充分。基本满足交通运输部的要求。

二、重庆江津至贵州习水高速公路是区域高速公路路网的组成部分，是京昆高速的重要补充。对完善高速公路网及发挥路网效益具有重要作用。对于统筹城乡、加快四面山景区的建设开发、促进区域社会经济快速发展具有十分重要的意义。

三、报告对项目影响区经济、交通运输现状及发展规划的调查分析翔实，所采用的交通量预测方法正确，预测结果基本可信。

……

两天以后，江习高速公路建设工程可行性研究报告通过市评审专家委员会评审的消息传来，区高速公路建设指挥部的同志们十分欣慰，相拥而泣。心血和汗水总算是得到了认可，没有白费。

与此同时他们也十分清晰地知道，这个成功还是初步的，只是万里长征第一步而已。

但是每一个小的成功都是汇聚成伟大成就的一部分，是铸就辉煌成就路途中的啦啦队，不断给予奋斗者信心和勇气。

项目可行性研究报告通过评审的意义怎么估计、评价都不会过分。不是么，因为有了它，才有了2012年4月9日的中华人民共和国颁发的《建设项目选址意见书》，才有了《重庆市发改委〔2013〕60号》文件。该文件指出"重庆江津至贵州习水高速公路是渝黔合作的重要事项，该项目已纳入国家地方公路网规划。为尽快形成黔煤入渝重要通道，完善渝贵川三省市高速公路网络，满足区域社会经济发展需要，原则同意你委开展重庆江津至贵州习水高速公路（重庆段）工程前期工作。"

这里的"你委"系江津区发改委。

于是才有《渝府办发〔2013〕209号》文件中将"新补充江津—习水高速公路建设项目"纳入重庆市实施40个重点项目群建设的通知。

自此，江习高速公路建设项目得以开启实施阶段，即俗话所说的"拿到了准生证"。

区高速公路建设指挥部功不可没。

默默无闻

人与人之间的交往，始于颜值，终于人品。在此竞争激烈、惜时如金的社会环境之中，人与人之间的交往交流是从颜值开始的。如果连颜值都不如意，又何必开始交往，慢慢去了解你的内秀之类的呢？

在职场又怎么不是这样的呢！当有许多人竞争某一职位的时候，用工单位负责人往往将竞聘者召集到一起目测，把那些不入"法眼"者全部淘汰，让他们直接走人，连申辩甚至说话的机会都没有。

令人大感意外的是在高速公路建设项目可行性研究报告预审会上也有这种情况出现。就有评审专家说："一看那些弄得乱糟糟的可行性研究报告，提交的乱七八糟的资料，心里就陡生厌烦。连这样的'面子工程'都做不好，你还能想象他们能够把几十亿、上百亿甚至投资更多的高速公路建设项目干好？干脆给他们打回去，让他们搞好了，规范整齐，令人赏心悦目了，再送审！"还说："这是素质问题、态度问题。不是有一种说法，叫作'字如其人'么？道理是一样的。"在重庆市交委组织的关于"江习高速公路建设项目工程可行性研究报告"预审会后，那位专家对参加会议的江津区领导激动地说。另外一个专家更是直截了当："我注意观察了一下各位领导、专家在接到研究报告和资料时眉舒目展的神态，审读中也一副欣喜与享受的模样。我就知道江习高速公路建设项目有戏了。"

"工可编制单位按照有关规定要求，进行了大量实地勘察、调研和资料收集工作，提交的工程可行性研究报告依据、论证充分，基本满足交通运输部《水运、公路建设项目可行性研究报告编制办法》的要求……报告对项目影响区经济、交通运输现状及发展规划的调查分析翔实，所采用的交通运输量预测方法正确，预测结果基本可信。这个评价可真的是不低呵！我参加过好多次的工可评审会议，没有通过，给打回去一次两次的情况不在少数。江习高速公路建设项目工程可行性研究报告一次通过的，并且得到如此高评价的事例是不多的。"

江习高速公路建设项目工程可行性研究报告能够顺利通过，是对江津高速公路建设指挥部的最高奖赏！消息传来，同志们倍感欣慰，几年的辛劳，几年的心血和汗水、聪明与才智的付出，终于没有白费。

这是一个冬夜，夜空蓝莹莹的，幽深处还透着朦胧的光，使夜变得有了质感，好像可以触摸得到。弦月弯得厉害，冰清玉洁地静静挂在天空，好似要印证一个梦，一个令人感动的梦。正在加夜班的综合服务部部长唐娟捧读着《重庆江津至贵州习水高速公路（重庆境）工程可行性研究报告预审会专家审查意见》，读着读着，不知道什么时候泪珠儿已然挂在脸上，滴落在窗台。

都说女人是水做的，不然的话哪来那么多的泪水呢？高兴了流泪，悲伤了流泪，那么此时此刻的唐娟又是为什么流泪呢？

有歌唱着：女人的心思你别猜，猜来猜去也猜不明白。

有人又说：女人的眼泪和男人的叹息一样，永远也说不明道不白。

可是指挥部的领导和同志们却有特异功能，不用猜也明白唐娟此时此刻眼泪为什么会滚滚而来。

许是因为人类的"探微索隐"和"乐于探索未知"的天性使然吧，明知不可为而又偏偏兴趣盎然。

譬如对女人的眼泪为什么而流而颇感兴趣。

唐娟是从交通执法队办公室主任位置上调来高速公路建设指挥部任综合服务部部长的，她来的时间比其他同志稍微晚一点。刚一报到，就正好碰上市交通规划勘察设计院等单位的专家们来对江习高速公路建设项目的规划选址进行再次的勘测调研。本来已经有指挥部相关科室的同志配合，可唐娟还是坚决争取参加："这是多好的一次深入实际，向专家和实践学习的机会呵！实践出真知、长才华，我怎么能错失呢！以后我怎么能向他们提供服务呢？又怎么写相关的通讯报道？怎么写总结报告？怎么收集整理相关的资料？这些可都是我今后的工作呵。"

江习高速公路建设工程项目的选址有两个方案：一个是通过柏林镇，在东胜村出市境与贵州习水县寨坝镇两路村相衔接。其最大优势是与四面山中间间隔着一条笋溪河，河水十分完美地保护了四面山国家风景名胜区，是一道天然屏障。当然其缺陷是与四面山景区擦肩而过，而要进入景区还得增加一个下道口，和连接景区的6公里长的公路，即K线方案。另一个方案是高速公路直接从四面山景区通过。这个方案的长处在于不必再修一条支线公路进到四面山景区门口，节省一大笔费用。这个方案的最大问题是高速公路一修，四面山便被它一分为二，严重影响和破坏了四面山的完整和统一，仿佛一条永不闭合痊愈的伤口。如果从四面山穿山而过，即长隧道通过，则有破坏四面山地下水系的可能。扰乱了四面山原始水系，就有彻底毁灭四面山风景名胜区的风险。

3月的江津，绵绵的春雨仿佛江南烟雨朦胧而又缠绵，在浪漫情怀的诗人、画家笔下是那么富有诗情画意，美不胜收。在农人的世界里更有"春雨贵如油"的欣喜与珍贵。而春雨于此时的唐娟和参与勘测设计调研的专家贵宾们而言，无疑就是一个麻烦制造者了。山路崎岖加上泥泞湿滑，摔跤便是接二连三地没完没了。初次穿长筒雨靴会感觉又闷又热还湿漉漉，这对他们而言简直就是一种难以名状的痛苦折磨。"不习惯也得习惯，再难受也得忍受。这是工作的需求，以后这样的情景多了去。"这是同行老同志的告诫与宽慰。草丛里穿，山林中行，打伞肯定不可能，雨衣呢，不穿么，淅淅沥沥的雨水浇得人一个个如落汤鸡。更有那水滴从树的枝叶上掉落，入人衣领不偏不离，透心儿的凉。穿么，人体因为运动而生的热气排不出去，变成了汗水，透湿的内衣仿如绳索一样把身体捆得邦紧，让人十分难受。偶尔天气放晴，或者实在给闷得难以忍受了，脱去雨衣，让身体得以解放，山风却偏偏讨好卖乖样地不请自来，甚至于谄媚似的呼呼吹拂，热滚滚的肌体哪里经得住这带有几分寒凉的肆无忌惮的猛风哟。几个寒噤，几声喷嚏，不大一会儿人们就会鼻塞声哑，咳嗽不止了。

尽管如此，山路还得走，工作还得做。尽管高速公路建设指挥部只是个临时机构，可是"临"到什么时候呢？10年？20年？只要江津的高速公路还在建设，为江津高速公路建设服务的江津高速公路建设指挥部就不可能撤销，我们就得坚持干下去。

唐娟是幸运的也是幸福的。有道是来得早不如来得巧，她刚一来指挥部报到，就赶上这次十分难得的和领导专家一道参加江习高速公路项目规划选址的勘测考察和调研的机会。这个向专家们学习请教的过程，这次向实践学习的机会，为她接下来的《江习高速公路建设项目规划选址意见书》的顺利撰写和提供技术资料等等都打下坚实的基础，做了充分的准备。"实践出真知，斗争长才干"这句话可不是随便说说而已，而是为无数实践所反复证明了的真理。

2012年4月9日，《江府函〔2012〕54号》文件批准了《江习高速公路建设项目规划选址意见书》。唐娟有一种说不出的高兴，毕竟她也为这份意见书做出了贡献，尽管很微薄很渺小。

成功的喜悦之后是一个教益：以后要尽可能地走下去，向实践学习，向专家同志们学习。学得真知，才能增长才干。

交通：上下交，天地通

加班在唐娟看来只不过是再平常不过的事情：她一向把每天工作，甚至是加班都当作一种生活的享受和体验。工作生活就像一面镜子，你对它笑，它回报你欢乐。更何况是到了一个新的单位、新的岗位，融入了新的集体，有了新的工作内容，一切都是新的。抓住机会感受一下新的工作岗位的乐趣正是她求之不得的呢！尽管一连几天都在爬坡上坎，越溪跨涧，翻山越岭；尽管腰酸腿疼，双脚突兀起水泡，给汗水雨水浸泡发白；尽管还有发烧感冒，可是新的工作体验所带来的欣喜和收获却让她特别有成就感。

唐娟的首次亮相让指挥部的同志们好生惊艳，这个看上去文文静静、言不高声、笑不露齿的女人，骨子里却储存着一种倔强和压倒一切艰难险阻且决不会被困难与挑战吓到的英雄气概。高速公路建设指挥部的工作需要的正是这样的气概。能够和有这样气概的同事一起工作、一起学习、一起奋斗，是一种幸运和幸福。

同样甚至是更加令同志惊叹不已的是她所撰写并发表在重庆报、江津报和《重庆交通》上的新闻稿、通讯稿，生动活泼的文风，精彩细腻的描写，准确翔实的数据都饱含激情，实在叫人爱不释手。指挥部正缺少这样一位长于文化宣传的人才，她的到来正好填补上空缺。这项工作的重要性是不言而喻的。向广大市民群众宣传建设高速公路对于建设我们强大的国家，促进国民经济和社会事业的快速发展，对于拉动脱贫攻坚，建设美丽乡村进程都具有重要性、必要性和紧要性。宣传高速公路建设的相关政策法规条例，宣传我区高速公路建设所取得的辉煌成就，鼓舞人心，激发市民斗志和他们爱祖国爱家乡的热情都是不可或缺的，是一件十分紧要必须重视的事情。向群众宣传、组织群众一起干革命正是我们党的优良传统！

人才呀人才。谁也没有想到这个不哼不哈的女人笔头子居然这么的厉害。

其实唐娟的笔头功夫更多地体现在她所撰写的公文中。这种文章是有严格的格式、规章制度规范的。它需要的是严谨严肃，准确翔实，来不得半点虚假马虎和所谓文学化的花里胡哨。尽管如此，同样是公文写作，不同的人撰写出来的东西还是会有云壤之别的。有些人撰写的总结、报告、简报等读起来疙里疙瘩、晦涩难懂、毫无条理、逻辑混乱；而唐娟撰写的公文，文字清丽脱俗，文气连贯流畅，条理清晰有序，逻辑严谨简明。《江习高速公路建设项目选址意见书》顺利获得批准，唐娟功不可没。

那么一个年轻的女孩子怎么就有这样的文字表达水平呢？人们在惊讶之余不禁要问。

阴雨天是最容易触动一个人的情感的。说到她的公文、通讯、报道写作，一种感激之情从她的典雅端庄中不经意间流露出来，直让人满怀期待，期待着进入她的胸怀里藏着的大地母亲般的情感天地，一探究竟。

有人来找她签字。

"不好意思。"签完字唐娟这才回过头，开始了她的谈话。

"我是幸运的。我出生在一个交通世家，如今又幸福地子承父业进了交通行业工作，从一个普通的运政管理员干起。"破烂的路面，不仅狭窄，还弯多坡陡。滚滚车流和潮水般的人流让路面把"不堪重负"这个成语演绎得淋漓尽致。因此交通事故频发便是再自然不过的事情，直忙得运管员唐娟和她的同事们脚板翻到脚背上，也仍然顾此失彼、苦不堪言。"小娟呵，你年轻，有文化，写点文章，反映一下我们区的公路运输现状，呼吁我们的司机朋友和广大市民，一定要遵守公路运输条例规定，我们的市民朋友一定要遵守交通规则，一定要把不断上升的交通安全事故势头压下去。"刚刚从学校出来，缺乏生活阅历和生产经验的唐娟好生为难。但是她不是如某些人那样有一种不能不干的勉强：领导第一次交代任务就知难而退？万般无奈之下只能硬着头皮上。这个新的任务也可当作学习锻炼自己的绝佳机会。"这是领导在着力培养我呀。"从领导的办公室出来，站在办公大楼大门口的平台上，只见夕阳挂在远方群山的豁口处，正描绘着山衔夕阳的壮美图景。天空一片酡红，浓郁得有些化不开来。长江在日光反照下，显得无比璀璨。她噔噔噔噔，直往新华书店奔去，仿佛有关新闻写作的书籍会给人抢光似的迫不及待。"没有革命的理论就没有革命的行动"，新闻写作又何尝不是如此！先从理论学起，也边学习边实践。有理论指导的实践才能事半功倍，不断地实践又反过来加深着对理论的理解。工夫从来不负有心人。几年后的一个傍晚，手捧着大红证书的唐娟从江津日报社"十佳通讯员"表彰会会场走出来。这时，晚霞洒满半个天空。橙红如盖的太阳将金烁烁的余晖投射到江面，幽蓝的水色同闪烁的霞光连在一起，映照在唐娟那红扑扑的灿烂的笑脸上，一种摄人心魄的美便自然而然地呈现了出来。

写作所获得的一本又一本的奖状和证书，灿烂着她的生命、充盈着她的人生的同时也潜移默化着她的生活习惯，塑造着她的形象。譬如说记工作笔记。好记性不如烂笔头，当然最初的用意在写作。由于写作要求作者思维必须缜密，表述必须有条理，以及看问题要有大局观、全局观和做到大处着眼、小处着手等。慢慢地这些习惯出人意料的好处就显现在她的高速公路建设指挥部综合服务部的工作之中了。譬如一本《重庆江津至贵州习水高速公路大事记》（简称《大事记》）将建成这条高速公路的过程中所发生的大事，从2011年8月16日重庆市委市政府明确把建设江津至贵州习水高速公路纳入加快江津经济社会发展的主要目标之一（《渝委发〔2011〕24号》）记起，一直到2018年6月29日，项目全线正式通车止，共计108件一件不落地记录了下来。并且交由印刷厂正式印成图书，以供查阅。在通车仪式会上，与会者捧着这本《大事记》时无一不惊诧与欣喜。尤其是这个建设项目的直接参与者，业主单位、投资方、工程建设方的同志们都是宝贝似的珍惜着、珍藏着。好多人甚至还多要了些，赠送亲友，留与儿孙。这里面记录着他们的心血、汗水、知识、才华和对国家的忠诚奉献，以及对江津人民的深厚情谊。

当然这本小册子的意义并不仅仅止于此。它的字里行间透露出来的更是江津区委、区政府将自己的工作主动地融入党中央国务院关于打造成渝经济圈，建设国家经济增长极的战略的责任和担当。对加快本地区经济社会发展步伐，加快扶贫攻坚、全面建设小康社会和美丽乡村建设等的高度责任感。她是江津公路建设史上最光辉灿烂的一页，永世保存、辉映千秋。

这些年里来江津高速公路建设指挥部参观、访问、考察的朋友络绎不绝，当他们捧读着《会议纪要汇编》（每年一册）、《资料汇编》（每年一册）等册子时无不叹为观止。纷纷要求赠送给他们几本，带回去留作纪念，或者干脆作为范本"依样画葫芦"。而对于那些来谈合作的生意伙伴儿们来说，"一孔窥豹"，他们对江津高速公路建设指挥部办事的认真、规范劲儿，着眼长远的战略眼光，思路的清晰条理性服气。它是无声的广告，增强了客户对江津高速公路建设指挥部的信任。

"哪里嘛，我也是跟李德良指挥长学的，是在他的领导和指导下干的。要说写作呀、记工作笔记呀之类的，他可是坚持了三四十年哩。"领导朋友们的赞不绝口常常弄得唐娟有些不好意思，她喃喃着藏在心底的秘密。

和唐娟聊天，那可真是一个不可多得的美的享受，她的青春靓丽当然是原因之一。始于颜值么，爱美之心人皆有之。但是人们更加折服于她那仿如淙淙流淌的山泉般清澈明亮的话语中透着的真诚与善良。无论是音调、音色、音程、音韵都拿捏得恰到好处，于是便有着别样撼人心魄的力量。这种力量是那样的神奇：哪怕是心怀叵测，故意要来拈过拿错、挑衅闹事者，也自感一种重拳击打棉花、泡沫塑料一样的沮丧而没有了脾气。而一般的陌生人则会内心顿生出一种热乎，一种急切盼望和她成为知心朋友的冲动。这，大概就是人们常说的"亲和力"吧。

而这，正是高速公路建设指挥部综合服务部部长这个岗位最最需要的一种素质呵！因为沟通与协调各方面的关系，团结和凝聚各方面的力量以及代表指挥部发言，担负迎来送往等公关工作都是这个岗位最重要的日常工作之一。她代表指挥部的形象。

那么她又是如何练就这样一种与她年龄显然不相符的成熟稳重、大方大气的气质与才华魅力的呢？是如何具有那种能够化"腐朽"为神奇的谈吐功夫的呢？

这当然得益于交通世家的家庭教养。一句俗不可耐的话——"大肚能容天下难容之事"常常挂在爷爷、父亲嘴边，潜移默化地影响着子孙们。从事道路交通运输的人，哪天不见几个奇人，不遇几件怪事，不陷几次纠纷？你若肚量不是足够的大，气也得把你肚子气炸。肚量小的人是干不了交通运输这一行的。"和气生财"，谦和、谐和、融和、温和、和合为贵。

祖辈父辈没给她留下什么物质财富，遗留给唐氏兄妹的只有这句谆谆教诲。

其实还有一个大大的秘密。其实这原本也就不是什么秘密，而是众所周知的事情。只是往往为人们所忽略或者根本就不认为它是个什么事儿。只有这个把人生中的一切遭遇都当作机会的唐娟把它宝贝似的珍藏在心底，不时地翻出来揣摩、品尝、吮吸、回味，常读常新。

那是2000年初春，区委宣传部决定从上百名参加演讲比赛的同志中，选择通过几度激烈竞争的十位佼佼者参加培训班，由重庆师范大学的教授进行培训，之后参与全市的演讲比赛。唐娟作为区交通系统的演讲比赛中脱颖而出的唯一代表入选区代表队，参加培训班学习。区委宣传部部长辛华同志登上讲台，讲授演讲的方式方法、经验体会，更讲解"中国梦""党的初心和使命"的重要含义和伟大意义。而师范大学的教授则重点讲授演讲的技能技巧、礼仪形态、举手投足和方式方法。

10多天的培训，唐娟和她同学们的政治觉悟有了迅速提高的同时，演讲技能、礼仪形态乃至谈吐打扮更是有了长足的进步。为江津区获得全市演讲比赛的优胜成绩打下了坚实的基础和做出了积极的贡献。唐娟内心好生幸福与感激。

无论是演讲稿的撰写，还是演讲中的语言表达、情绪把控等都既是一门技术，又是一门艺术，经没经过专业训练，效果是大不一样的。其中有文野之分、粗细之分、高低之分。唐娟参与其中的江津区演讲团队在全市的巡回演讲中表现出较高的水平，受到广大市民群众的热烈欢迎和热情赞赏，并获得市里的表彰与奖励。

获奖证书颁发时已是仲夏季节了。电风扇吹来的凉风有如爱抚般掠过湿透的身体，轻拂身上细微的汗毛，痒痒的舒爽把疲惫和劳累驱赶得没了踪影。身体仿佛苏醒了似的，一阵阵凉风带给肌肤的新奇感觉以累加的方式大幅增加着感官享受。

认真是世上最伟大的品格。认真地学习，认真地工作，认真地对待生活中的每一件事情，人生就会因此而变得充盈而丰润。

就是在那年的晚些时候，单位实行二级班子竞争上岗。领导再三动员全体职工都来参与竞聘上岗，"是骡子是马拉出来遛遛"。繁忙的工作之余，唐娟也考虑到自己的家庭情况：多病的老人，年幼的孩子，忙碌生意的丈夫都需要她去照顾。因为要践行一个女儿、母亲、妻子的家庭责任，所以她没有参与二级班子领导岗位的竞争的打算。当然也实事求是地讲，她感觉自己的工作干得并不好，能力也不如其他同志强。她害怕失败，害怕出乖露丑。可是领导却不这样认为，动员她说："其实，每一个人都具有独特的魅力，只是很多人并不是很清楚自己的闪光点究竟在哪里。只有了解自己，认识自己，才能让自己变得更加坚强勇敢，积极进取，才能尽情释放自己的魅力，为生我养我的这片土地，为哺育我们成长的父老乡亲做出更多的贡献，奉献我们的一片孝心和真情。"

唐娟最后还是报了名。

在应聘会上，唐娟也如各位应聘者一样讲了自己的工作、生活。当然也按要求讲述自己如果竞争上岗之后的工作打算与展望。

只是她比别的应聘者多了一大摞红彤彤的闪着金色光芒的获奖证书。在讲台上铺展开来，仿佛一条金光大道，又仿佛铺就的红地毯。

明媚的阳光透过窗玻璃，映进会场，俏皮地散落在简单大方的讲台上。演讲完之后的唐娟回到座位的时候，视线不由自主地往窗外一瞥，看见如水般迷人的蓝天和浮云飘过，心情也随那云彩朝一个简单而明快的方向在天空中滑出美丽的弧线。

在其他分数与其他同志相差不大的情况下，一本又一本的获奖证书重重地压在天秤的一端，天秤想不倾斜都不行。

是一本又一本的获奖证书铺设出一条让唐娟走上办公室主任的岗位的路。让她去为江津的交通事业发展承担更多的责任，贡献更大的力量。

男儿有泪不轻弹

她，寥若晨星，美得让人惊心动魄、心慌意乱。那举手投足的风情，那惊鸿一瞥的神态，真的"惊为天人"。

春光明媚，白的玉兰，紫的辛夷，黄的迎香，还有粉嫩粉嫩的桃花，在这里争相开放，香气扑鼻，熏得人也醉陶陶、晕乎乎的了。这不分明就是一条高速公路么，是江津到习水的高速公路，怎么就幻化成了一个婷婷婀娜的美人儿了呢？是爱美之心的心魔驱使？还是别的什么原因？反正呵反正我要抓住她，看个究竟。我心中还有好多好多的迷惑，要让她告诉我。可是呵，可是我抓不着。我只好追呵追，追呵追不着。于是就在这高速公路上奔跑了起来。呼呼呼呼的山风吹拂，头脑冷静了下来，不再追逐了。一上江习高速公路你就陶醉，陶醉在她惊若天人的美丽之中而难以自拔。这是我梦中的江习高速公路。

长久以来，关于江习高速公路建设的故事，我听了好多好多，整个人都沉浸在一种别样的激动和喜悦之中。可是我并不只是满足于此，树有根，水有源，我要探寻，探寻究竟是谁最早提出要"无中生有"，突发奇想地提议修建这条路的？它又是如何一步步纳入国家高速公路网建设规划的？最后又是怎样成为现实的？我知道，这在一般人的思维里简直就是异想天开。就别说是一个人乃至一群人的力量，即使是你有天大的本事，举江津全区之力又能如何？国家关照的960万平方公里的国土才是关系国计民生的大事。

可是凡事要打破砂锅问到底，要爱钻牛角尖，要不见黄河不死心，要不碰到南墙不回头。工科男的劣根性驱使着我去弄个明白，搞个清楚。我找到了时任区委常委的李德良，因为我判定他一定参与了决策过程。我找到他自然还有一层因素：他从2012年起就担任区高速公路建设指挥部常务副指挥长，主持工作。我还知道他是一个令人惊叹的人。看似平凡，但他每天坚持做工作笔记这点又令大家难以企及。

何况高速公路建设指挥部综合服务部的唐娟是一个办事认真负责，非常仔细用心的同志！

找他们去！肯定有戏。

一本大书《重庆江津至贵州习水高速公路重庆段项目前期工作推进情况资料汇编》从文件柜中被取了出来，看起来十分"突兀"。我肃然起敬，向它行着注目礼。我噙满泪水的双眼注视着它，目光久久，久久不能离开。

我的心跳得厉害。满怀期待，又有些害怕的心理交织着，没有勇气打开。

它们将告诉我些什么呢？

"我将看到什么呢？打开的是百宝箱，还是魔盒？"我的心里惴惴不安。净手之后，端坐书前，我长长地吸了几口气。稳住气，定住神，我任意地翻开一页。

书（第57页）刚刚被打开，一行文字便蹦跳了出来，拽住了我的眼球：《关于建设重庆经四面山至贵州习水高速公路的建议》（第0127号）。

说了些什么呢？我一口气读了下去。

原来是江津区市人大代表在重庆市第三届人大四次会议上提的建议。他在建议（第0127号）中说：江津四面山至贵州习水高速公路是渝川黔三省市打造旅游"金三角"的重要交通支撑，也是重庆南下贵州出海的重要辅助通道。

读着读着，我禁不住心生感慨：好一副家国情怀！多好的人民，多尽心尽责的人民代表呵。他反映的是人民的心声、意愿，表达的是对国家的拳拳赤子之心。一句先贤的话不由地从我口中脱口而出：天下者，我们的天下，国家者，我们的国家。我们不说谁说？我们不干谁干？

陡增的兴趣让我继续翻了下去：《重庆市交通委员会关于市三届人大四次会议第0127号建议的复函》。

谁说人大代表的建议、提案只是"表面文章"？谁说人大常委会也只是"橡皮图章"？这不，政府分管部门回复信函来了。

我一口气读了下去："刘学荣代表：您提出的《关于建设重庆经四面山至贵州习水高速公路的建议》（第0127号）已收悉，经研究办理，现答复如下：为加快推进该项目，我委积极与贵州省交通部门协调，并在将该项目纳入国家高速公路网规划这个问题上达成了共识，两省市将共同努力、共同争取国家对该项目的支持。下一步我委将加快推进该项目的研究论证工作，争取将该项目纳入国家高速公路网，在条件成熟时启动建设该项。"

这是重庆市交通委员会2011年5月6日的回复（《渝交委办函〔2011〕198号》）。

这就是我们的政府。这就是我们的政府对待人民的意愿，对待人民代表的建议的态度！

还有什么说的呢？我要给他们点一个大大的赞！

可是仅仅于此我又嫌不够了些，因为我又翻到了一页。这是重庆市发改委的文件（《渝发改投函〔2011〕426号》）。文件中说："江津—习水高速公路已纳入《重庆市国民经济和社会发展第十二个五年规划纲要》，同时经与贵州省衔接，一并纳入《渝黔交通基础设施战略合作协议》。我委将会同有关部门做好项目前和建设工作。"

有道是，男儿有泪不轻弹，只因未到动情时。我读完这页，长长地舒了一口气。是这口气堵住的泪眼么？要不，怎么这气一舒，眼泪便如决堤的洪水哗啦啦地流呢？

我只能大口大口地喝水，企图用水来压制住怦怦狂跳的心。我可从来没有过这样的感受呵，这都是怎么了呢？

我只好出去走走。调整心态，静下心来，下面还有重庆市人民政府市长和分管副市长的批示呢。当然是关于"江津至贵州习水高速公路"的。还有江津区委书记和区长亲笔签名的写给重庆市市长的信函《关于恳请支持重庆江津至贵州习水高速公路项目加快推进的汇报》。不说别的，只是看到题目便令人心生感慨的同时充满期待。但是当务之急是镇压欲望、养足精神，之后才能领略"无限风光"的精彩。

芸芸众生中的我也同一般人一样缺乏想象力。除非是直接与本身有关，或者确实动人心弦的事，不然是很难感动的。不过，如果亲眼看到振奋人心的内容，即使微不足道的小事，我也会付以不寻常的热情。这种稀有而过分的兴趣，也是对平时淡漠无情的一种补偿吧。读着这个曾经是机密文件的信函，一种从未体验过的恍惚神情占据了我。一阵奇异的沉默在一种难以解说的思想真空状态中出现，我倾听着倾听着。我希望能唤醒我听觉失灵的良心。

我知道，我知道在我那呆板冷漠的表面下，仍然澎湃着火山似的热情。在偶然的机缘魔杖触动下，这火山也会爆炸喷发。原来我们生活的这个世界仍然艳阳满天，生机盎然。

我得控制住我的情绪，更多精彩还在后面呢。

我一页页地翻阅着。我的心灵在一步步地向那内在的人性的深处，那个叫作良心的地方走去，有一种感激之情在心中激荡、澎湃。尽管我已无数次地享受着江习高速给我带来的方便、快捷、舒适，却不知道这条鲜花簇拥着的高速公路后面还隐藏着这么许多鲜为人知的故事。可是在此之前，感激之情为什么就从来没有过呢？一种麻木不仁，甚或理所当然的心态肆无忌惮着，把原本就稀罕的感激挤兑得没了踪影。反而不知从哪里来了那么许多的想当然，那么多的抱怨和莫须有的指责。这也不如意，那也不作为。

我得把它找回来，让人间烟火和温暖多些，人与人之间多些理解。换位思考一下，谁都不容易。还是少些冷漠，少些鄙薄，少些理所当然吧！

还是那句话：哪有什么岁月静好？那是因为有人为我们负重前行。

两句话在我的脑子里激荡：人民代表大会制度是我国的根本政治制度；一切为了人民。

齐头并进

这个故事的魔力是在于它和我们的生活息息相关，同时又充满着浓浓的不为常人所知、所能想象得到的神秘。每天读来让人不但短时间无法从中抽离，意犹未尽地期盼故事千万千万不要结束，而且会急不可耐地追问：后来呢？后来呢？

后来自有后来的故事。

一个人的命运一旦放在时代大背景下，就总是那么跌宕起伏。

2012年春节刚过不久，李德良和他的7位同事便接到市委组织部的通知：转任巡视员或副巡视员。早有人生规划设计的李德良甚至没有一丝一毫犹豫和彷徨，他交代完毕工作，便拿起了文稿。这下可好了，终于可以去实现他的梦想和夙愿了：每一篇文章都是一种完美，每一本书都是一种和谐，一首交响曲。有一个迷人的音质，有几个高潮迭起又回肠荡气的段落。全部的作品分成几组，每一组就像是一座多褶的屏风，每本书都好像是那屏风的一褶，独立而连贯。

当年的土地改革，他们家分得了一座屏风。后来成了他儿时捉迷藏的玩具。

志存胸内耀红日，乐在书斋唱大风。年逾半百的李德良有太多的意气要抒发，有太多的情感要表达。蓄之既久，其发必速，只因为他对江津这片土地爱得深沉。

可是正当他铺开稿纸，笔酣墨饱，笔走龙蛇，兴致勃发之际，区委新的决定颁下了：任命李德良同志为江津区高速公路建设指挥部常务副指挥长，主持指挥部工作，负责全区高速公路建设的组织、指挥、协调、配合等工作。

工作内容当然包括拟议中的江习高速公路建设任务。为了这条路，区委常委辛华、何建平、李德良、杨盛华、许金刚等同志都没有少付心血、少出力气。区委书记、区长都换两次了。如今市长的批示还只是批示，要落到实处，要把这条路建成通车，其困难程度又岂是"任重道远"那么充满诗意，"千难万阻"那么轻渺如风？

40个批文，仿佛40座高山耸立，令人望而生畏。一个批文拿不到手，什么高速公路低速公路，没门！国家根本就没有打你的米，还想"吃饭"？

怎么办？怎么办？怎么办？

区领导、全区乃至渝川黔的老百姓的目光都投向了江津高速公路建设指挥部，投向了李德良。

如芒刺背。

哎，谁让你江津那么早就扯旗放炮大轰大嗡着：我们要修条江习高速公路，把渝川黔高速公路网联系起来，打开由四川、重庆南下贵州，直抵东南亚国家的新通道。

"说了就说了么。连个打算、奋斗目标都不敢公开讲，不敢大张旗鼓地宣传，还干什么事情啰……！"李德良是位文化修养有素，社会生活经验丰富，举止谈吐不俗，长于总结归纳，具有战略家思维能力和细致敏感的洞察力，能够抓住看起来并无关系的事物加以分析判断的人。这些特点都是领导们看重的品质，于是领导们才请他重披战袍，挂剑出征。

没有人们想象的"三板斧"。新单位、新成员、新情况，抓住什么板斧都不对，砍向何处都是错。

一段时间之后，李德良才为从国土资源局抽调来的同志安排工作任务：你主要负责和区、市乃至国家相关部门的联系，需要我们指挥部配合的我们配合。一句话：拿到同意占用地的指标。从环保局来的同志也是这样？当然的，指挥部没有那么多人去——对应政府办证审批部门，一个人都得兼多样事情。当然，除此之外还得同时做好日常的诸如征地拆迁、赔偿支付、协助施工等工作。这是因为在筹划"江习高速"的同时，还有几条高速公路正在建设呐。

这也算人们常说的"负重前行"吧。通往实现"中华民族的伟大复兴，中国人民的幸福生活"的中国梦的高速公路得靠我们艰苦奋斗呵！

"饭只能一口口地吃？"

那可不行。如果一件一件地干，等到40多份批文拿齐，那得等到什么时候？不等到猴年马月才怪。有许多事情都要同时推进或者交叉进行，唯有这样才能争取到更多的时间，才能早日实现建成江习高速的愿望。

其实，更加劳累的还是李德良和综合服务部这个小的团队。因为有好多部门的对接工作根本就不可能分散给从各个部门抽调来的同志。

譬如协调贵州习水方面的同志和我们江津的同志们一起同步推动"江习"高速公路建设工作。只是剃头挑子一头热肯定不行，甚至就连慢半拍也是不行的。如果出现我们江津段通车了，习水段不通的情况，那么江津段通车的作用、意义就大打折扣了。这个协调同步推进方面的相关工作就得由李德良和前期工作部以及他办公室里的一帮子人来干了。琐碎又繁杂，非得耐心细致不可，甚至还得有点能言善辩的才能。毕竟重庆和贵州是两个省市，经济社会发展不平衡。

可是江津和习水毕竟山水相依，人文相通，风俗习惯相近，甚至还血脉相通。且不说清朝雍正四年（1726年）之前的习水、赤水等黔北数县还属四川泸州府管辖，也不要说江津李市李家先祖自贵州迁来，先锋镇李妙权后人为避灾祸而迁贵州，若干年后复迁江津先锋香草村。倘若有机会去习水县温水镇大坡乡小罗寨坝走走，问不上三户，就会有人告诉你他们和江津有着千丝万缕的血肉联系。血脉亲情和实现中华民族伟大复兴，人民实现全面小康的共同愿望将我们两地人民凝聚在一起。注重和贵州省、遵义市、习水县的领导和相关部门负责同志、工程技术专家的沟通、协商的同时，李德良也十分注重和沿线居民的情感沟通、关系协调。建设高速公路，牵一发而动全身，涉及社会的方方面面，尤其关涉到广大农民群众的切身利益，稍有疏忽或者思考欠缺，发生阻工、打架斗殴事件就是难以避免的了。这些都将极大地影响正常的施工进度，延缓通车运营时间。因此使沿线村民明白建设这条高速公路于他们自己脱贫致富奔小康的重要意义，让他们了解建设这条高速公路是我们美丽乡村建设的一个重要组成部分是十分必要的。

"亲戚得走，常来常往才亲热么。"每过一段时间，李德良总是这样带上办公室的同志、前期工作部的同志一起去"亲戚家"串串门儿去。

这是基础性工作，即是人们常说的"某某"同志群众基础好，"某某某"群众基础差。有这个基础和没有这个基础，其工作成效差远了。"水可载舟亦可覆舟"是也。

后来的江习高速习水段工程建设推进还算顺利，是不是和李德良的工作有直接关联呢？这就不得而知了。"反正没有拖整个路段的顺利通车运营的后腿，我就非常欣慰了。谁还管它和谁相关不相关哟……"往事如烟，云淡风轻。

争的是江津人民的利益

说起粑粑就要米做。江习高速公路建设项目并没有在国家高速公路网规划中，甚至连这个名词也是江津人杜撰出来的。现在姑且不论国家批准不批准，只是问你修路的钱从何而来？80亿呢，只多不少。投资80亿还修？

修！为啥不修？

修条高速公路花80亿江津人也要干。在重庆市内我们的好些老大哥区县的朋友疑惑地瞠目结舌着，半天不说话。在四川朋友中好些人也迷茫了，困惑了，不懂这些憨包桫桫为什么要花80亿去修条高速公路，几个习水朋友憋了好久总算是说了句："我们贵州是国家贫困地区，哪条高速公路都是国家投资修的。自凑资金修高速公路？梦都没做过。"

"这有什么稀奇的呢？通过招商引资筹集资金这一套我们江津20多年前修长江大桥时就玩过了。"

江津人早已成竹在胸，既然已经有了筹资的办法，如法炮制即可。

可是毕竟已经过去20多年了，无论是国际环境还是国家的政治经济地位乃至江津本地区各方面的条件都有了翻天覆地的变化，理所当然的我们的招商引资政策也得不断调整和完善，以适应新的发展方式。作为受区委、区政府委托的主管全区高速公路建设的专门机构，江习高速公路建设项目的招标工作就自然而然地落在李德良和他的同志们身上。一定要招"好"商，在招"好"商上下足工夫。为了江津，为了江津的明天更美好。

招标文书挂上互联网。

围观者蜂拥而至，久久不能离去。

一天比一天来的人多。

询标的电子邮件、电话，甚至最难得一见的书信，都一股脑儿地潮流般地涌来，即便有好几个人也应接不暇。

到约定的截止日期，收到的中规中矩的符合规定要求的投标书及其附件就有60多份。

这么多的标书！真的令人喜出望外、喜不自胜呵！这是我们的事业一定会兴旺发达的标志。有这么多的朋友愿意和我们江津人民一起共担风险、共创辉煌。你们的这份深情厚爱我们记住啦。谢谢你们，谢谢！

这招投标活动一开启，嗬，高速公路建设指挥部可就真热闹了哦！咨询的、座谈的、考察的、打探招投标动向的，走马灯似的这个去那个来。而三五拨人塞在指挥部那不多的几个房间里，差点没捂出痱子来！

李德良和唐娟还有临时"抓丁"来负责接待客人的同志，唇干舌燥、七窍生烟、声音嘶哑成了家常便饭。喝水？老上厕所，肚子给灌得像水葫芦。

来者是客。并且一个个都还是怀着满腔热血和赤诚，决意要和江津人民一起团结拼搏、艰苦奋斗，干出一番惊天动地伟业的呢！我们不能怠慢了他们。"我们给每一位有投标意向的朋友赠送一份有关江习公路的资料吧。尽可能详细一些、具体一些，方便他们做抉择时参考。然后我们下去走走，走到投标单位中去，听听他们的声音，也给他们释疑解惑。"说到这，李德良还诙谐幽默了一把："上下通气不咳嗽。一四七，三六九，九大归一，朝前走。"

好多好多应标单位并没有想到在开标之前李德良等同志们会去拜访他们，走到投标单位内部去，听取群众和领导的意见和建议。这让投标单位的领导和员工都很感动，一下拉近了彼此之间的距离，增进了情感与友谊。当然李德良不会只是为了增进情感与友谊那么简单，他考虑的更多的还是在于顺便也了解一下对方的经济实力、企业经营管理能力以及员工素质、技术队伍水平等，为日后的选择做些铺垫。

从60多位投标者中选出一个最中意者，这事容易么？简单么？

累，苦，可心里快乐着！

江津，我要对得起你！我们要把最具经济实力，最具工程技术实力，最具高速公路运营管理实力，最富筑路架桥打隧道经验的团队选择出来，把江习高速公路的建设运营管理都交给他们。因为我们知道，只有这样，江津呵——我伟大的母亲，您才能放心。

为了能招到比较满意的商家，李德良常常忙到夜深人静才能往家走。好生疲惫的身体被几股江风吹拂，李德良打了几个激灵之后精神振奋了好多。一轮明月被江波揉搓得皱巴巴的。记得儿时的夜晚，几兄弟早早地搬条小板凳围坐在爷爷周围听他讲历史故事。男孩子生来就有听历史故事的爱好。讲法则，讲奇闻逸事，讲拍案惊奇或史海钩沉……"我们今天不也在创造历史么？"他喃喃自语之后，情不自禁地"哈哈，哈哈哈哈"朗笑起来。

对这3200平方公里的土地，和生活在这片土地上的150万人民发自内心深处的那种爱，是那样的完全、彻底、纯粹，那种不甘失败、不怕嘲笑和鄙视的坚韧不拔以及自我挑战，无论对谁来说都是对心灵的一次美丽而清澈的激荡。爱祖国与爱家乡的统一今天就落实到这江习高速公路的招投标上了。谈笑风生，面红耳赤，握手言欢，唇枪舌剑，步步惊心，腾挪闪躲，单刀直入……谈判桌前的温文尔雅、文质彬彬之下，却原来潮流汹涌，波滚浪翻。

生意场就是利益场。150万人民的利益呵，谁还敢斗胆嬉打玩意儿！敢吊儿郎当？敷衍塞责？或者"大方""慷慨"当败家子？来个什么温良恭俭让？

一定是区委领导对李德良的身世有相当的了解的吧？不然的话怎么就委派他来担任这高速公路建设指挥部常务副指挥长呢？

这又意味着什么呢？

大冬天里下雪凝冰，李德良那冰得如泡粑一样的双腿长满冻疮，如果不小心被同学踢了一下、踩了一脚，钻心的疼痛会使他咬牙切齿。"去挖折耳根、苦蒜葱卖吧，争取能够买双球鞋。"

就要上中学了，别的同学都有毛衣，可他没有。"去捉鱼鳅、黄鳝来卖，把钱凑起来，去买只羊儿，羊儿长大了，卖了钱，买斤毛线，让姐姐给你织吧。"

从此李德良知道了什么是农民，什么是农村。农民挣点钱，难呵！

哥哥培育的柑子秧该卖了，抽不出身，5分钱一株"打"给李德良。为了每株能够多赚一二分钱，他背到了40里开外的金紫、仁沱去卖。

爸爸烤制的叶子烟，他冒着生命危险，爬火车去几百公里外的荣昌安富镇、隆昌迎祥街卖，只为卖个好价钱。

就连只卖一分钱一杯的糖精粉化开水的生意他也做。

李德良就是这样接受着市场、价格、价值、交易、市场经济的熏陶和洗礼。

争取利益的最大化是参与市场竞争的人的不二选择，天经地义。眼下李德良争的是江津人民的利益，李德良是为150万江津人争着。

大家博弈的焦点其实就集中到一点：投资方希望江津出台更多的优惠政策，并且将其固定下来。而江津方当然是严格控制优惠政策的出台啰。任何优惠政策的出台，都是把本属于我们自己的利益转让、转移。别人拿走得多了，我们的人民得到的实惠就少了。

既然实行公开招标，为了使竞争更加充分，而且不留遗珠之憾，更是为了招到最好的投标单位，李德良决定去把"他"找出来。选择"贤"不避亲疏，是驴是马都要拉出来遛遛。待人以诚、敬人以礼的江津人这几十年来还是交往了许多好朋友的。换句话来说，江津经济社会的发展和进步有今天这个模样儿，还是与许多老大哥单位的支持和帮助分不开的。如今江津要自筹资金建设高速公路了，这么好的事情怎么可能忘记邀请老朋友们来共襄盛举呢？

李德良见到那些一向和江津关系不错的懂经营、善管理、有信誉、资金足、技术强的企业和企业集团老板没有投来标书，心里难免会起嘀咕。

"邀标。"李德良果断决定，"请大咖们出山！"

"这样做好不好哟……"有人不解。

"哪有什么好不好之说哟，邀标原来也是可以的么。只要不徇私舞弊，搞私下的利益输送，始终坚持公平竞争，就不会有任何问题。"这些年里，李德良坚持市场经济理论学习，规则和规律门儿精。不然在分管农业农村工作不长的时间里，就打不出令人耳目一新的好牌：盘活江南职高闲置农业教育资源，大力发展花椒栽培、品质改良、产品加工新技术教育；利用夹滩废弃粮站的残垣断壁，推动四面山花椒加工厂的设立和投产运营。更令人瞠目结舌的是他曾两度将江津九叶青花椒种植和产品加工项目推进到了国家高技术研究发展计划（863计划）之中，对江津花椒产业的发展起到了巨大的推动作用，大大地鼓舞了全区人民的信心和斗志，大大地提高了江津和江津花椒的知名度与美誉度以及影响力。

走，我们走下去，走到这些老朋友里面去。精诚所至，金石为开。以心换心，以情暖情。

只为找到那个最好的"他"！且不说别的长的、远的、大的意义了，单这条路就要经过我们9个镇，78万人口居住的地方呢。如果我们"托付"非人，导致这路修得不怎么样，经营管理又不善，那么这一带沿线百姓将会多不方便、多受其扰呵！"责任重大，使命光荣"的语言平时仿佛吐枇杷籽儿一样没有什么感觉就从嘴边溜了出来，一溜烟儿就跑得无影无踪。当然，它偶尔会蹦跳起来嘲笑你一阵，似乎在说，你呀也太不把我当回事儿了，你呀会遭报应的。可是，又有谁会去搭理它的蹦跶呢？尽管它常常一跳再跳甚至三跳四跳。

都说高速公路建设工程是百年大计甚至千年大计，所以未来对这条公路的运营管理自然重要万分。这个条件李德良看得很重很重。按照预定时间，江习公路得在30年后才由中标方交给江津区人民。而在这30年的时间里由中标方经营管理这条公路，所得费用偿还其在修建公路时所支付的资金、应得利息以及盈利。30年后，他们交给我们的又将会是一条什么样子的高速公路呢？或许到那时我们中的某些同志已经不在人世了。可是接手这条公路的是我们的子孙呀！平时人们把"对子孙后代负责""为中华民族谋复兴"挂在嘴上，当作口头禅、座右铭，现如今就确确实实地落实到搞好"招标"上了。招到能够让江津人放心的"标"，自己离开这个世界的时候能"闭得上眼睛"的"标"。

李德良和他指挥部负责工程项目协调管理和工程质量监督管理的同志一起沿着预定线路，对着工程可行性研究报告调查研究，踏遍千山万水，走进千家万户，向实践学习。他们坚持做到听取沿线居民群众的千言万语，打开百姓心中的千疑万碍，把工作做在头里。

当他们了解到铺路、桥涵、隧道工程用的碎石也得从三五十公里外的白沙运来，而沥青磨耗层碎石则是从九龙坡区陶家乡运来时，一个个都难免感慨万千。当他们得知细沙从白沙运来时还"心气平和"，而得知粗沙不得不从遥远的"洞庭波浪连天涌"的湖南岳阳洞庭湖边运来时，就差点儿没惊掉下巴颏了！火车运到江津火车站，1000多公里路程，然后六七十公里汽车运输到工地。

修建这么一条高速公路容易么！从来都不被人们放在眼里的"贱货"石头沙子一下子成了"金宝卵"，稀罕得宝贝似的。

在工程建设领域摸爬滚打几十年的工程技术部的同志每每讲起相关的工程技术问题的时候，李德良总是听得那么的专注与用心。这个成熟深沉、内涵丰富，神情中带着深入社会体验和历经人生百般磨炼的从容和豁达的男人，微笑着，给予讲话人鼓励和支持。

此时此刻，这个肩上有责任、心里有道义、平时不多言语的汉子，心里在想着什么呢？

"看来，区委的决定是十分正确的。采用招标方式，招那些愿意'集投资、建设、运营于一体'的客商来投资建设江习高速公路，并且委托他运营一定的时间。这样就将工程建设质量和运营效益有机统一了起来。"在山坡上歇口气时，李德良才好生感慨，"同时，我们千方百计地寻找到那个最好的'他'的努力也是非常必要的。因为世界上有太多太多的心有余而力不足的人和事了，如果找错了那不是给自己找难受吗？为了办好我们的事情，为什么不一开始就倾尽全力去寻找那些既有心又有力的人呢？"

江津人也太脑洞大开，太富想象力了。一条70余公里长的山区高速公路，价值80多亿元人民币呐，居然异想天开地想分文不掏就建设起来。"不是发高烧给烧得胡说八道吧？""没有得神经病吧？""谨防肠子想坏了不好装屎。"

"不异想，又怎么可能出现天开？我们老祖宗几千年前创造了这个成语难道是说着玩儿的？我们怎么能连几千年前的老祖宗的那点敢想敢闯、打破常规的思维都没有，这样还配做他们的子孙吗？这样缺乏敢闯精神是会被开除'球藉'的！"江津市委就这么决定了：借鸡下蛋，借船出海，没有钱也照样要修路。

以前重庆的高速公路建设都是由市政府管辖的市高速公路集团公司出资建设，或者由高速公路集团有限公司与社会投资主体合资建设。政府举债投资较多，按照市场信号的社会投资少。而江习高速公路建设项目准备采取"BOT十EC"模式，即由某一个社会投资主体投资建设并经营管理。这种由社会投资主体按照车流量等市场信息自主判断决定投资建设的模式，就是要发挥市场在资源优化配置中的决定性作用。

具体说来，这种模式即是：政府向某一企业（机构）颁发特许，允许其在一定的时间内进行公共基础设施建设和经营。而企业（机构）在公共基础设施建设过程中采用总承包施工模式施工，当特许经营结束后，企业（机构）将设施向政府移交。

这个模式的优点在于政府可以通过此融资方式，借助一些资金雄厚、技术先进的企业（机构）来完成公共基础设施建设，满足广大人民群众不断增长的物质文化需求，适应国民经济和社会发展需要。在重庆的高速公路建设项目中实行这样的一种融资模式，江津首开先河，成了第一个吃螃蟹的人，把江津人敢为人先、干事创业的精气神彰显得淋漓尽致。

可是啊可是，理想往往很丰满，现实却常常过于骨感。要让这个模式得以实施，切切实实落到实处，又谈何容易！别的问题且不说，有资金，且是可以抽调出来作为投资用的"闲钱"的企业（机构），当今世界有几多呢？他们又都在哪？都干什么的？该不会和高速公路建设运营根本就风马牛不相及吧？就是找到了这样几个条件都具备的企业（机构）了，他们会有投资高速公路建设的意向？有投资江习高速的兴趣？毕竟，我们也不必讳言，它就是西南地区云贵高原与四川盆地接壤的大山皱褶中的一条仅有70来公里长的高速公路，和那些发达地区的干线公路的车流量是不可同日而语的。换句话说，投资是有风险的。毫无疑问，投资这条高速公路建设，对投资者的投资能力和水平都会是一个考验。

首先，80亿的投资可不是个小数目，这一下子就吓得好多企业（机构）退避三舍。30年的资本回收期也太过长了些。不只对于那些急功近利者、耐心缺乏者是个玩笑，甚至对那些对于生命还有没有30年时间都持怀疑态度的人更多的是一个诘难。

吃闭门羹的情况也就是在所难免的了。

可是你欢迎我我得来，你不欢迎我我更要来，这就是工作。李德良和他的团队同志坚持"打水到井边"。一家家走访，有些甚至去了三次五次。"夫妻不成仁义在"。江津的高速公路在建的和即将建设的还有好多条呢。何况是还有几条高速铁路、轻轨线路、国家级深水良港等也将陆续开工建设呐！合作了，是合作伙伴；暂时没能合作，我们就是潜在的合作伙伴，是明天的合作伙伴。这次条件不太适合彼此，没有能够牵手成功，就双手欢迎下一次吧。几句话便消除了相互之间的樊篱与龃龉。

在这个浮躁、焦躁、暴躁风气盛行的当下，能够静下心来做企业，为企业制定长期发展战略的企业家确实是凤毛麟角呵！它需要企业家对我们的党和国家有坚定的政治信念，对于我们的事业充满必胜信念，对于江津区社会经济发展充满必胜信念，愿意将企业的前途命运和我们江津人民捆绑在一起，同卷舒，共进退。这样的朋友才值得交，应该交，必须交。

我们一定要找到"他"。我们一定能够找到"他"。李德良和指挥部的同志们一起从东家企业出来，又去敲开西家企业大门。一次又一次，一趟又一趟。谈到投机处，彼此开怀大笑，把手言欢，说到分歧时，能弥合就继续商谈下去，分歧太大了则暂且打住。有话则长，无话则短，交流彼此情况，交流彼此感情，探讨合作可能。为了更加高效率地寻找到满意的合作伙伴，李德良等同志对于经过调查研究、判断分析之后的重点探索对象倍加用心。尽可能详尽地给他们介绍江津的人文历史、风土人情、物产矿藏、社会经济文化发展的前世今生，尤其是江津发展的光明前景，介绍江津区在重庆所处的经济文化位置。详细的介绍能让企业家们更多地了解江津、认识江津、爱上江津，从而投资江津，和江津区人民一起建设美丽富饶的江津。同时，李德良也衷心祝愿他们从这次投资建设中得到更多的利润。

有人粗略地统计过，仅李德良带队去拜访中国电力建设集团公司就不下十次八次吧。还有下面相关部门负责人和同志们之间的对接、交流交往呢！

"我们的心呵，都是被你们烘热乎的。""真的是诚能动人呵！"中电建集团的郭加付总经理曾经十分感动地说。

几个月后，郭总看着红线范围内一幢幢农家小院小楼拆除后的废墟，握着李德良的双手，声音发出阵阵战栗："你们辛苦了。你们真的兑现了承诺：项目里程最长，征迁时间最短，征迁效果最好。我就服你们江津人说话算数的品质。"

"这是我们应该做的。按照合同约定时间交地是我们指挥部应该做的。"

"李书记呵，我现在可给你说实话，我查过重庆市各区县与高速公路建设有关的消息报道等。我发现拆迁补偿安置等工作做得非常好，连续多年都是全市第一，做到零强拆、零上访、零投诉。你们以干好本职工作的实际行动表达出来自己招商引资的诚心诚意，厉害厉害厉害！诚能感天，诚能动地。何况人乎？我就是被你们感召来的哟！有道是诚招天下客么。"

"哈哈哈哈哈。是你不嫌弃……"

谈到和中电建集团公司的合作，还有一段佳话不能不说。

江习高速公路建设有三大难：一是入规难。即进入到国家高速公路规划建设网难；二是协调难。由于江习高速公路的一半在重庆市辖的江津区境内，一半则在贵州省辖的习水县境内，江津这边对修建这条公路心急火燎，理由信手拈来就是一大堆。而无论是习水县，还是遵义市都"没考虑过这样的事情""没有必要修么？"没有两省市通力合作，就没资格向国家提出申请。高速公路建设是不允许有"断头"现象的；三是招商引资难。根据测算，江津段约需80多亿，习水约需60多亿。所需资金体量庞大，偿付期长达近30年，投资风险大。修这条路究竟能不能赚钱？谁也吃不准。

如果按照高速公路建设指挥部的分工，这三项工作都得由"工程前期工作部"负责，部长周应琪确实是把好手——精明能干、头脑灵活、思维周密，善于与人打交道。这不，和××路桥集团的联系、会谈就在紧锣密鼓地进行着。××路桥集团是省属国有大型企业集团，不仅是在四川，就是在整个西南地区都是饶有名气的，它是铺路架桥的劲旅，路绩辉煌。重庆直辖以前和江津县交通局同属四川省交通厅，只不过一个是企业，一个是县级政府部门。作为县交通局副局长的周应琪和四川路桥的领导们因为业务交往而熟稔了起来。此次江津要建"江习"高速，首先想到××路桥集团，这是再自然不过的了。何况，据可靠消息，贵州习水方面也是准备和××路桥合作的，本来就是一条公路的两段，都交由一家公司合程修建再好不过。何况江津区交通局将"江习"公路建设招标的消息挂上互联网之后，××路桥也积极回应，投了标的呵！

可是，这已经是李德良、周应琪、唐娟一行第三次上成都了，双方的合作条件仍然谈不到一起，并且相距太大，在"优惠政策"上卡壳。简单地说，国家对高速公路每公里的造价是有一个标准的，按平原、浅丘、中丘、深丘（重丘）以及山地等地形地貌条件的不同分了若干等级，江习高速公路江津段70多公里80多亿造价的数目就是这样出来的。××路桥根据江津段的实际地理地质条件，提出在国家标准之外，地方政府给以"优惠"或者补贴。补贴多少？这得双方协商。有一点是明确的，国家预算标准内的资本金由投标建设方筹措，在之后的公路运营的收费中偿还。而"优惠"的部分则是建设投资方的额外收入，是由江津地方政府在财政收入中支付。当然动辄就是多少亿。

"我们多跑跑，辛苦一点儿吧，能付出一分是一分，少一元是一元呵!"李德良这个儿时卖糖精开水,一杯赚几厘钱的人,自然是对钱看得紧的,农民卖出100斤柑子,还赚不到100元钱呢,一个亿要卖多少斤柑子呵!尽管江津这些年财政收入逐年增加,但是远远达不到富裕的程度,分文都得精打细算才行。

都说"金桥、银路、钻石水下工程"。可见其赚钱的丰厚,可以说是能赚得盆满钵满。那么××路桥为什么非得要那么高的"优惠补贴"呢?这一定和他们的技术力量和经营管理水平相关联。这是决定高速公路的建设和运营成本最大的两个因素。同样的某种地质现象,在一个技术力量雄厚的公司看来,并不成什么问题,略施小"技"即可迎刃而解,而对科技力量弱,实践经验少的队伍说来,就是天大的难题。久攻不克,建设成本就差别大了去。又如,有的企业实力雄厚,七八十亿的资金筹集起来不成啥大的问题。可对有的企业而言就是天文数字了,全靠或借或贷解决。这样不说别的,单是财务成本就难以承受。

实在谈不拢,只能是"生意不成仁义在"了。

三去昆明,和中电十五局的朋友协商:为何得三次去昆明呢?只是因为中电十五局,他们感到拿下体量如此巨大的高速公路建设和运营有些力不从心,得协调兄弟局的力量,得靠中电建集团的力量才行。前一段是和中电十五局洽谈,到后来,干脆就由中电建集团公司出面来合谈了。

有句话叫作"机缘巧合",另一句话说"天佑江津",实在是"来得早不如来得巧"。

中电建集团公司正想在重庆这一中国西部经济建设重地,国家又一个经济增长极找个立足点,之后深耕重庆呢。由"江津—习水"高速公路建设这个契机,这个突破口打开局面,亮品牌、树标杆又何乐而不为呢?于他们而言,真还有"瞌睡来了遇枕头"的天赐良机的意味。

中水电十五局,以及后来加入进来的中水电五局,都曾是人民解放军水电工程兵部队,尽管兵改工以后,部队脱去了军装,但是军人本色,军人传统仍然流传了下来。兵精将良,能打硬仗,转战神州大地,出征海外市场,无往不胜,战功赫赫。

到底是基建工程国家队，到底是兵改工的队伍，体谅一方政府的财政困难，尤其是了解到公路沿线老百姓生活还相对贫困，社会经济发展还相对落后的实际情况后，进入实质性谈判的时候，没有在"优惠政策"上狮子大开口。和那些开口就要多少个亿，甚至几十个亿的朋友们比较，他们是数十倍的降价了，只是象征性地要了个价。可是李德良等同志仍然觉得难以承受，后来双方团队几经磋商，最后商定下一个双方都认可的比较合适的数目签下了合同。

典型案例

落日已把血红中透出金色的余晖洒在窗前，玻璃闪闪发光，好像片片烧红的金属，天呈玫瑰凋谢的颜色。明天是一个大喜的日子：江习高速公路建设工程就要正式宣布开工啦！重庆市市长、副市长、办公厅主任和各相关部门领导，包括江津区的区委书记、区长等领导都将出席这个开工仪式。唐娟带着公共事务部的同志一起加班，为明天的活动做着准备。李德良常务副指挥长和唐副指挥长也和他们一起加班。突然，她觉得血液起了波动，两颊浮起玫瑰色的红晕，急促的呼吸使她的嘴唇似花瓣样微微张开，轻轻颤动。一阵感情的微风拂过她的全身，吹动她那雅致的裙摆。她的眼睛随着笑声的旋律，一闪一闪地应和着，接着又闭了会儿，生怕泄露了秘密似的。

她的感情正在挣扎。

"该接孩子了吧？你去吧。"李德良轻轻儿地吩咐。关心群众生活，注意工作方法，指挥部20多个员工都装在李德良的脑子里哩。这不，公共事务部唐娟的婆婆近段时间身体出了点状况，再带孩子做作业、睡觉就有些困难了。

2014年6月12日，江习高速公路开工仪式在江习公路起点渝泸高速刁家互通旁隆重举行。

重庆市市长莅临大会庄重宣布开工令，并代表市委市政府对江习高速公路的顺利开工表示热烈祝贺。

一条高速公路的开工仪式，市长亲临，并且代表市委市政府发表热情洋溢的讲话，这在重庆市高速公路建设发展历史中也是不多见的。

市长在讲话中对江津区委、区政府勇于创新、主动作为、不等不靠的精神给予了高度评价。他说:"江习高速公路是重庆与贵州之间友好交往的重要干线,是加强重庆与贵州经济交往、形成渝川黔旅游三角带的重要通道,是进行渝西地区城市扩展新区的干线建设,是形成长江上交通枢纽综合体系的重要台阶。江习高速公路作为重庆市第四个1000公里高速公路中第一条采用'BOT十SPC'的模式修建的高速公路,体现了交通部门的改革精神。这种投资模式一方面可以让政府减少1000亿投资的负债,另一方面又体现了市场信号,是按照党的十八届三中全会精神在基础设施建设方面进行改革探索推进的一个非常有意义的典型案例,是一种值得推广的新的模式。"

"哎,还是佩服你们江津人的敢想敢干精神。硬是敢'无中生出有',有想干就干,上下同心,干则必成的大无畏精神。"应邀参加江习高速公路江津段开工仪式的习水朋友特别动情,"是倒也是哟,没有异想,又何来天开呢?"

终于开工了。它既是宣布这条江习高速公路建设的新阶段的开始,也是对前期工作的总结与肯定。与众不同的前期工作,给指挥部的同志们带来前所未有的挑战困惑、艰难曲折。尽管如此,同志们还是挺了过来。真的就是把那许多人都会认为纯纯近乎痴心妄想,根本就没有可能的事情硬生生地变成了可能的事。既然已经开始,就不要停顿,成功便是可望可及的了。李德良、唐忠琪、杨兴贵、杨勇等同志们深感欣慰。不是有那么句话么:万事开头难,只要头一开,往后的事情就好办了。不过这里的"好办",也仅仅是和其他的高速公路一样程度的艰难。

以数据说话,无疑是当今社会最时髦的语言。当我们在欢庆江习高速公路顺利举行开工仪式之际,应对为这条高速公路开工建设做了大量前期工作的领导和朋友表示衷心的感谢与诚挚的问候。是他们的努力和无私奉献,才使得我们的江习高速公路得以顺利开工。这些朋友中的大多数人还是房屋拆迁户呢。我们启动征地拆迁工作的时间是5月13日,请记住这一个日子,也许对普通人家来说,这仅仅是一个普通得不能再普通的日子。

可是对于为了江习高速公路建设而不得不搬离祖祖辈辈居住的风水宝地的搬迁户来说，那可是刻骨铭心的一天呵！那种剜心之疼，那种搬离祖屋的不舍，难以言诉。何况还有祖坟的迁移。6月18日，丈量房屋工作正式进行。仅用20天时间就完成了70多公里长的全线房屋面积丈量。在一个月之内，房屋拆迁率就达到97%，征地签约率更是达到99.06%。随后全面启动杆线迁改工作。到了当年的12月20日，全线5823亩土地整体移交施工建设单位。这样高的效率成了江津速度之最，创造了江津奇迹。

"多好的人民呵！"好想好想听听周应琪副指挥长讲他带领着指挥部的同志们为了江习高速公路的早日建成通车，放弃中秋、国庆及周六周日休息时间，投入全部身心，不怕疲劳，连续作战，一鼓作气，硬是比原计划提前完成全线红线内的所有房屋建筑和土地丈量任务，完成江习路项目一个关键性节点任务的事迹。我几次三番地把话题引到那方向，可是他倒是给我滔滔不绝地谈论各个镇涌现出来的积极配合房屋、土地丈量，争取第一时间交出土地的先进典型。"是广大群众的明事理，顾大局的精神鼓舞着我们。我们每天都倍受感动，哪里还有什么苦不苦的感觉呢？"

将心比心

　　黄昏正在逝去，黑夜从天而降，广阔的大地袒露着结实的胸膛，那是召唤的姿态。就像女人召唤她的儿女，土地召唤黑夜的来临。今晚是回不去了，江綦高速公路先锋服务区的场地一时还交不了。三天前都已经准备签字同意拆迁的两个农户昨天去吃了一台结婚酒后回来，变卦了。今天整整一个白天，先锋镇党委宣传委员、高速公路建设协调联络员王凤都在江綦高速公路、江合高速公路等建设工地忙碌着，处理各种各样的问题。内环高速也还有些遗留问题要处理，王凤忙得不可开交。她是打算早点忙完这些，争取今天能够在天黑之前回家去的，孩子在发高烧，孩子她爸这些天又在外地出差。小女孩儿，尤其是病中的小女孩儿天一黑心里就会害怕。往回么她奶奶还能来照顾一下她，这两天奶奶的健康状况也不好。哎，中年呵中年，中年呵中年！她只能摇摇头，然后，双手搓搓，把脸颊揉揉，冲向了月夜。

　　走过了熟悉的街道，房屋在月光里显得很平静，突然发现广阔的田野在月光下有着一种神秘的壮丽。当王凤和宣传干事出现在那两户人家门口时，直惊讶得他们一个个瞠目结舌，半天也没说出话来。

　　"看到你们生气痛苦的样子，我的心呵仿佛是刀剜针扎一样的疼痛难受。将心比心吧，要是我们家祖祖辈辈居住的祖屋说推就推了，影儿也留不下，我也会心疼也会不舍的……"

　　尽管如此，这两家人也没有让她们进去坐坐的意思。

　　可是王凤还是明白无误地感觉到了和上午时他们的情绪激动相比较，此时此刻气氛缓和了不少。无论是以前从事工会工作，还是这几年从事党的文化宣传工作，王凤都在做群众工作。她是一个心地善良的女人，一个慈爱的母亲，一个孝顺的女儿，一个贤惠的儿媳妇儿。

"在这夜深人静，月冷风咽之际，李大哥吧，你也看得过去？不请弱女子进屋借个坐，喝杯水？"这是另外一家的男人在说。借着门里洒落出来的灯光，王凤盯着那个叫李大江的庄稼汉的双眸，她在寻找那收藏在他眼帘下面不愿给人知道的东西。

她知道，一般来说人撒谎时嘴和眼睛是不可能合作的。嘴巴尽管雄赳赳地打胡乱说，眼睛却懦怯得不敢平视对方。

夜晚的最大好处就是用黑暗屏蔽了许多的杂声杂景，只剩下彼此的呼吸与心声。

王凤没有如好些小女子那样叽叽呱呱叫个不停，这样除了令人厌烦之外什么好的结果都没有。话多成水。这次拆迁的目的、意义，赔偿的方针、政策都已经在前段时间办的政策学习班上，给所有的拆迁户朋友解释清楚了的。这夜深人静半夜三更地来访，只是和李家嫂子拉家常，陪伴他们这两家子坐一会儿。有时候陪伴比什么都强，一切都在不言之中。陪伴，可以听到彼此的心跳脉动。

李大哥仰起他表情无限丰富的脸，露出他细长的脖颈上那个像水银珠一样灵活地上下移动着的喉结，李大哥哀怨中带点愤懑的表情如同秋雨抽打在她心上。她的心在哭泣。渐渐地，那旋律又在变化着，在浩渺无边中还掺和了点靓色，有些像柳条一样在风中飘荡。王凤内心分明有点儿麻酥酥的感觉在蹿升。

经历风雨的女人自然知道如何和老百姓相处。把经历化作为智慧，成为他的知音，最终才能获得他的信任，成为彼此的朋友。一个容颜俏丽、内心善良的女人更具温润的光华。这是一种无处不在的由内而外全面散发的光华。当她猛地出现在李大哥面前时，真的令他好生诧异，好像手脚都没有放处，局促不安。太出乎他的意料了，这么晚了，一个女人还大老远地到这山旮旯里看他。李大哥的虚荣心得到了极大的满足。王凤品位不俗的着装让人惊艳，可是仔细观察又似乎和先锋场上的一般女人的穿着没有什么大的差别。嗨呀，这就是那些城市人说的气质呀什么的吧。刚刚从城市打工，为拆迁才专程回来料理的李大哥真的连做梦都没有想到像沿海地区那些县的副县长这样的大官还来看望他。接下来，她诙谐而暖心的言谈，机敏智慧的评论，对山乡大好前景的描绘，令人刮目相看。广泛的兴趣爱好，世事洞明的人情练达为他们的交流找到了多个美妙的交叉点。他就这样在悄然中被改变，也被俘虏。

天麻麻亮了，王凤这才赶天赶地地回到家，家里人影儿也没有。打了电话，才知道女儿上半夜就被爷爷奶奶送进了医院。老人家知道她今晚加班，没打电话告诉她。这种事情多了，便习以为常了。多好的老人家呵！王凤的泪水决堤样地涌了出来。正好有经过的汽车驶来，远光灯里一串珠儿晶莹剔透，灼灼其华。

她驻足站了一会儿，然后去停车库取出车，驾车去医院，她得去看看女儿，去替换操劳了一夜的两位老人家。

最后，王凤也没忘记叮嘱李大哥："给欲望一个真实的态度吧。"

既然不能回避，干脆挑开了明说。

谁说中国人就是吃一把米的鸡？谁说中国农民是喂不饱的狗？

"王委员，你也太小瞧我们这些山里人了，我们是为了几个小钱扭倒费的么？先前有些话没说开。现在说开了，心就平了，心平气和了。"李大哥此时此刻男子汉大丈夫了起来。

"是我们的工作没做好，认真倾听群众意见和建议不够。"

她有时面容恬淡沉静，优雅温婉，有时激情澎湃，芳华绽放。更多的时候，像一株迎风摇曳的山茶，静静地装扮着这山川这田野。

第二天下午，王凤和江綦高速公路拆迁补偿安置工作组的同志们都来到了李家庄，和她做最后的道别。这是一座被时光浸染着的村庄，有上千年的历史。那从时光深处弥散开来的历史画卷，古朴典雅的精美建筑，耐人寻味的石板小径，镶嵌在石头缝里的古灵精怪的传说故事。所有这一切都在阳光下释放出炫目瑰丽的光芒，仿佛融进了玫瑰般的火焰，在历史的天空中尽情燃烧。还是王凤想得周到，她让宣传干事拍了好多好多照片，一部分留在镇里存档，一部分留给老李大哥留念。

与老屋旧居简单的告别仪式结束，销拆开始了。老朽不堪的旧墙、腐木、朽瓦没怎么破拆就坍塌了。可是王凤和她的同事连同老李还有他的堂弟两家人久久没有离去。

"喂，是个年轻漂亮的妹子，是个妹子！"当王凤以"镇高速公路建设联络员"的身份第一次出现在先锋镇江綦高速公路拆迁理赔补偿群众面前时，引起了不小的骚动，大家私下里议论了起来。淅沥的春雨使先锋这个镶嵌在云贵高原和四川盆地交接处的山褶皱中的小镇更添了一种神秘的色彩；使得原本就具有令人目不暇接、层出不穷的内容，丰富多变的样式，伴随着跌宕起伏的故事，让人根本顾不上产生审美疲劳的高速公路拆迁理赔现场情况更加内涵丰富，更值得人去研究、探讨、把玩了。

近些年来，作为江津城的南大门的先锋镇已经修的、正在修的、即将修的高速公路一条又一条，于是一波又一波的村居房屋拆迁就是自然而然的了。都说"拆迁"是天下第一难，多少平时牛哄哄的汉子也谈拆色变，能够躲多远就躲多远。可是30出头的王凤自打几年前调到先锋镇党委担任宣传委员，从前任老同志肩膀接过"镇高速公路建设联络员"的担子起，到现在除了一直保持着"零强拆、零投诉、零上访"的声誉之外，还有一面面先进旗帜。而王凤自己呢，除了脸上写着静水流深、荣辱不惊之外，就是浑身透着的"低调"。默默地扎根于这片故土，守望着这方家园，为这方百姓力所能及地付出着、奉献着、奔忙着。

办公室正对着楼梯口，给来镇机关办事的群众带个路，告诉他（她）领导的去向；倒杯水，天气太热了留他们坐一会儿。事情小得那么微不足道，可是特别特别地温暖人心。给拆迁户留个电话，方便他们随时电话联系，有事说事、办事，没事打个招呼问声好，心里就图个舒坦、安逸。

这是一种低调，却积蓄着一种力量。

这是一种深沉，却沉淀着一种力量。

不忘初心，牢记使命，在点点滴滴之中。有一种工作，叫作"润物细无声"。可是凡事都有例外，这不——

劈头盖脸的气势汹汹、骂骂咧咧令刚刚外出回到办公室的王凤好生奇怪，愣了那么一瞬，随即便微笑着："大哥，你找我可有事儿？"随着便取出纸杯，倒了一杯水，双手恭敬地递了过去。"有话好好说，慢慢说。来，来来来，先喝杯水再说。"

"少给我来这套鬼把戏，以为献点小殷勤就可以封住我们的口么？我老实告诉你，这种鬼把戏我是见多了，没门！"

这人是怎么啦？怎么会是这样？是故意来砸碴闹事的么？

以静水的沉淀，换一场如火的涅槃。

"大哥，心里好大的火气，是谁让你受气了？是我么？"王凤始终微笑着，轻言细语，仿佛淙淙流淌的笋溪河，明亮、清澈、柔和。

接受过现代文明教育的女人，尊重刻在骨子里，宽容表现在行动上，体谅融在情感中，始终用善意而温暖的眼光看待这个世界，看待面前的村民群众。无论是看热闹的还是摩拳擦掌、口出恶语、唾沫横飞的，他们可都是我的父老乡亲呵。锐气藏于胸，和气浮于面，才气见于事，义气施于国。"我可是党的人呵"，她告诫自己，"政策和策略是党的生命。政策这个底线一定要守住，绝对不允许动摇。"意志坚如铁，心怀宽似海的王凤，她不时地瞅着空隙推送出一段段暖心的掏心窝子的话温柔着当下的时光，调节着紧张的空气。都说柔能克刚，正能压邪，几度即将崩溃的天际终于没有碎裂到不可收拾的地步。渐渐地，曾经逃避得远远的太阳又露出了笑靥，云儿也在脸旁轻拂，仿佛倩女作态将轻纱掩嘴媚笑。这一笑，万丈光芒刺溜儿地洒了下来。

也曾有拆迁户为了达到过分的要求而跑到王凤的办公室大吵大闹，甚至于要砸了她办公桌上的电脑，扬言要捶人。

"和王委员来这一套，我看你是坏了良心！"

"你敢动王委员一根毫毛试试！得看看我们群众的拳头答应不答应！"

百姓心中有杆秤。"有人找王委员的麻烦？这还了得？"闻讯赶来的村民硬是把那闹事的家伙围在中间，你一句我一句，唾沫星子差点没淹了他。

　　最后王凤还是被群众"解救"到别的地方暂避风头，避免对抗，以防有不测发生。王凤实在看不过去，才挣脱大家的挽留，气定神闲地去迎接"暴风骤雨"，去给大哥解围。办公楼需要安静，人们的生活需要安宁，社会需要安稳。我们的高速公路需要继续往前修筑，广大群众日益增长的物质文化需求应该得到满足。共产党人的初心与使命终需抵达。

　　送走了客人，王凤回到办公室刚刚坐下，同事们就涌了进来。"刚才好吓人哟！""你呀，可真行！要是我呀，妈妈吔，早给吓死了。""要是那人真敢出手，我第一个跑过来保护你。""看到你那副气定神闲的样子，我好感动哦！"大家七嘴八舌着。王凤的眼睛熠熠闪烁着强烈的使命感和意志力。而她饱满的前额里绝对拥抱着江津人特有的智慧、灵气与忠诚。微微沁出的汗珠儿给太阳光那么一照射，晕染出七彩斑斓，是一道别样的风景。

　　她微笑，微笑中显出一种大姑娘般的羞涩，性感、平易而温柔。平易中透着执着，温柔中有些刚毅。人是欢乐的，可是欢乐中又掩盖着一种让人心碎的感觉。沉默着，在沉默不语中又有一种常人所不能察觉到的陶醉。这是王凤第一次以先锋高速公路建设领导小组协调员身份接待到先锋镇协助、调查、检查、指导高速公路建设情况的区高速公路建设指挥部安全维稳工作部部长黄培荣后给黄培荣头脑中留下的印象。过了几天，黄培荣碰到到区里开会的先锋镇书记老陈，粗声大嗓，劈头盖脸："伙计，你给调个黄毛小丫头来具体负责高速公路建设工作，你晓得先锋镇高速公路建设任务有多繁重么？相关工作有多复杂麻烦么？有些问题是很难解决的么？件件都涉及群众切身利益，群众利益无小事啰……"

　　黄培荣，这个曾经的柏林镇党委书记、区政府办副主任、区政府信访办主任快人快语，说话也直截了当。

　　"她干得起。"老陈倒是惜字如金。用朋友们的话说：话是经药水煮过的，点到为止，药到病除。

　　追得紧了急了，老陈才又蹦出来一句话："我把一个不能胜任的人弄到那岗位上去，捅出娄子，你还不打上门来找我的麻烦，拿我是问么？"

倒也是这个道理。

尽管如此，黄培荣内心还是悬吊吊的，担心得厉害。王凤的前任是位经验丰富、办事稳当、老成持重的老同志，干起高速公路的理赔撤诉这"天下第一难"的工作来也并不轻松。这事于谁都不轻松，不然，就不叫"天下第一难"了。别的且不说，就凭他那把年纪，那老资格那么一摆，不怒自带三分威。何况还有中华文化尊敬老人的传统美德规范、约束，这也令若干的想起哄闹事的人因不看僧面看佛面而有所收敛。如今换了个乳臭未干的黄毛丫头，难免有些人心生虚妄之念，或者"霸蛮豪横"，或者"粗鲁威风"，或者"装憨扮傻"，或者"故作可怜"，或者"造谣生事"，或者"倚老卖老"。哎……先锋被誉为江津的后花园，区位优势得天独厚。除了北渡长江去江北七镇之外，陆路交通去津东、津西、津南都得从先锋辖区经过。以后在先锋辖区经过的、交汇的高速公路必然要多更多。再加上地处城乡接合部，造成先锋人口密度大，企事业单位多等，随之而来的拆迁、补偿、安置任务就重，情况也千差万别，复杂多了。这里一直以来都是区高速公路建设指挥部关注的重要节点，因此黄培荣还是心生忧虑。

我们指挥部往后更多地关注、关心、关照这里一些吧！年轻人必定要接班。新陈代谢是事物发展的客观规律，一代代年轻人的成长是我们的事业兴旺发达的表现。年轻人的成长必然会有一个过程，将他们扶上马再送一程正是我们这一代老同志的责任。培养和造就一大批无产阶级革命事业的接班人，是我们这一代老共产党人为党建功立业的又一个机会。

回到办公室，黄培荣和同办公室也是老同志的郑伟宪一起谈起了先锋的王凤，谈起了慈云的龙凤容，谈起了白沙的张健，谈起了本指挥部的唐娟，白沙的王建……

令黄培荣、郑伟宪感到十分欣慰的是王凤、龙凤容、张健、王建、唐娟他们的思想境界已经达到相当的高度！用王凤的话说："组织上把我推到矛盾斗争最尖锐、社会关系最复杂、利益纠葛最缠绞的高速公路建设工程拆迁、补偿、理赔的风口浪尖经风雨，让我见世面、明事理、强意志、长才干，让我们年轻人能在实际工作中、实践斗争中更清晰、更深刻、更全面地了解、认识中国社会、中华民族和中国文化。这是一个大学校、大熔炉。什么娇气、骄气、怨气、馁气、戾气，什么浮躁、轻狂、弄虚作假、表面文章，什么贪生怕死、欺蒙拐骗等年轻人常常犯的毛病都在这熔炉中灰飞烟灭，荡然无存。我们清晰地认识到这是组织让我们锻炼，让我们成长成熟的机会。同时，在尖锐复杂的实际斗争的大风大浪中考察和识别干部，挑选和培养接班人。"

此生能够有机会投身到这个工作之中，王凤等同志们觉得是那样的幸福，幸福得无与伦比。这种幸福感在渗透着，不断增强着、扩大着，弥漫在无限的空间、无垠的时间里。从此伴随着她（他），直到永远。

王凤和其他人谈到这七八年的经历，不由自主地双眼中泪珠儿滚。

唐娟呢，这些年的工作实践中，活跃的思绪挣脱意志的羁绊，不顾一切地撞击着她，呼唤着她的良知与梦想。顺着这走过的路寻觅、感觉和领悟："我们是时代的幸运儿。"

王凤等同志们的成长和成熟速度也是理所当然的"高速"。于是高速公路建设指挥部毫不吝惜地，一次又一次地在他们胸前佩戴上大红花。

处变不惊

青山带雨，原野含晖，风也轻柔，日也和煦。江津的高速公路让节令也无法羁留轮转地在风风雨雨中向前延伸。我们高速公路建设指挥部和各相关镇街奋斗在高速公路事业上的年轻人们正茁壮成长。李德良、黄培荣、郑伟宪等老同志们心中充满欣喜与自豪。

可是就在这个新春姗姗而来之际，一个事故的恶魔深潜在这融融暖意的春色里，伺机发动一场声势浩大的奇袭。

骄阳中窄窄的先锋街市静静地伫立，任岁月穿过那些古老的街道流逝。离街市不远的杨家店附近的混凝土搅拌站正机器轰鸣，这是专为满足附近正在进行的高速公路建设所需混凝土而建设的搅拌站，各种车辆来往穿梭，一片繁忙。突然，嘣！一声巨响，一股浓烟喷薄而出。顿时仿佛整个天空都坍塌了下来，把整个地球都罩了个严严实实。人的五官都被什么东西堵住了一样，无法喘息、无法观看、无法聆听。

是懵了？傻了？还是真的脑子蒙了尘？进了水？反正没有任何的记忆，没有任何的思维，更别说什么情感的表达，例如悲伤抑或是愤怒、怨恨之类。

高压水泥泵车水泥泵送管爆裂啦！数十吨刚刚从珞璜地维水泥厂运回的干粉水泥在卸载泵送的过程中，因为高压泵送管爆裂，没有了管子约束而在高速高压气体的喷射中喷向天空、喷向远方。恰恰在此时此刻风又趁火打劫，助纣为虐，让水泥粉末向着远方飘送。

水泥粉末所到之处，便是灾难所及之地。柑橘、花椒、粮食作物等等无一幸免。减产、绝收之外还得花费数不清的工夫去清洗，消除无穷后患。

是天灾？是人祸？

突如其来的天灾人祸面前，党的组织、党员同志才是中流砥柱，才是主心骨。中共先锋镇委、中共江津区高速公路建设指挥部支部组织带领群众共同寻求迅速减轻和消除灾难带来的困扰，把损失降到最低限度的方法。

这是一个崭新的课题，谁也不曾遇到过。无经验可学习，也无先前的任何教训可吸取。

要命的是有些意志薄弱者在这突如其来的巨大灾害面前，精神崩溃了，情绪失控了。

赔。照实赔偿。

不无道理。可是那些"趁火打劫"与"漫天要价"都是有文野之分的啊。

但是谁来计算这"实"？如何计算这"实"？这给了那些狮子大开口者以"机会"和"理由"。

不赔也行，那么就麻烦你把那柑橘树枝树叶上的水泥粉末给我清洗干净。是你给我弄脏的么，请你清洗干净恢复原样不算过分吧？再说，清洗的水都成了水泥浆，污染了土壤，你得把土壤也给我洗干净。不过分吧？

可是眼下的现实是一条也做不到。

业主单位水泥罐车破坏，以及10多吨水泥的彻底报废，已经损失惨重。要求他们照实赔偿，即使企业破产变卖也是不能完全清偿赔付的。至于说清洗林木庄稼枝叶之类，更是因为工程太过浩大庞杂而无法组织实施。

可是我们父老乡亲所遭受的损失该怎么办呢？生活还得继续，奔小康的步伐还不能停。这是摆在先锋镇党委与指挥部党支部的严峻课题，是当务之急。

李德良的心里有一阕旋律在展开。起始是隐约的，跟着就变得庞大，艰难地交错、综合、回旋，待到饱和就逐渐地透出庄严与清明，就像这春日的晨雾在朝阳中弥漫。经过一阵的相搏之后，雾岚开始淡薄，第一缕阳光照到人们额上来了。

水泥喷管爆裂事故的突发，一时间成千上万的人们陷入了惊慌失措乃至绝望之中。甚至高速公路的承包商、业主单位、施工建设单位、混凝土搅拌站的领导、工程技术人员、其他职工等都手足无措。灾难前所未闻的突然和巨大，涤荡得他们的头脑一片空白。在这紧要关头，万众瞩目的关键时刻，作为广大人民群众的主心骨，党的战斗堡垒和共产党先锋模范作用的代表，作为区高速公路建设指挥部的常务副指挥长必须出现在公众面前。他的出现宛如定海神针一般，一站定乾坤。别人可以慌，可以惊惶无措，可以任性，可以逃避，可以装聋作哑，可以批评指责甚至可以追责等，可是偏偏他不行。

数以千计的受灾群众需要救助，需要有个"说法"。

搅拌站的正常工作生产秩序得赶紧恢复，因为如火如荼的建设工地急需水泥供应。

稍有不慎，举止失措就将"差之毫厘，谬以千里"，造成无法控制的局面，无法挽回的损失。

举重若轻？气定神闲？大将风度？

谈何容易！潇洒是学不来的，也装不起来。它完全是人天生的个性、气质、禀赋、人性和修养的交融综合的共同作用。

无论是从事理角度还是从法律层面研讨，谁出事故谁承担责任谁处理善后。天经地义，不容置疑。

同时，市场经济环境中，参与市场经济活动的市场主体单位都实行有限责任公司经营体制。其责任是有限的，即是说在经营主体经营失败，所产生的债权债务清偿时，实行破产保护。即赔光所有的残余资产为止，资不抵债时，不足部分就只能由债权人自认倒霉了。法律就那样四楞方正着，就那样地神圣不可侵犯。

现如今的混凝土搅拌站就面临着这样的问题。不多的残余资产也变卖不了几个钱，而它面对的受灾群众的索赔额简直如天文数字一般。

难道让父老乡亲就"自认倒霉"？接受这"无妄之灾"？这些受灾群众可都是我的父老乡亲，我的骨肉同胞呵！

当官不为民做主，不如回家卖红薯。

一句封建帝王时代的流行语从外公外婆的嘴巴说出，千遍百遍。外公外婆家就在离这杨家店不远的地方。

我能为百姓做个什么主呢？

千百双眼睛正巴巴地看着我呢。

我不是封建王朝的一个什么官，而是以为民族谋复兴、为民众谋幸福为己任和使命的共产党人。就目前面临的最大挑战是如何维护广大人民群众的合法权益不受伤害，把损失降到最低，同时又要维护企业的合法权益，至少得让它生存下来，不能因为这个意外事故而破产。万一因此而破产，民众利益得不到维护不说，把它清退出场，又去招标新的单位入场，高速公路建设施工中的各项工作都会因此而停工，时间成本花不起。由此而带来的连锁反应所造成的直接经济损失又是多么的巨大！都说沧海横流方显英雄本色，此灾此难又岂是沧海横流能比喻？这英雄本色又如何显示？如何才能既弥补群众损失又保证高速公路建设顺利进行，保质保量按时修通，交付使用，为国民经济发展和人民生活水平的提高尽快发挥效益？怎样才能做到对群众负责与对组织负责，达到短期效应与长远效益的高度统一？

更要命的是这搅拌站的事故发生已经严重地影响到正常的高速公路建设的方方面面。搅拌站的生产秩序必须立即恢复，高速公路建设是不能缺了水泥的。有大桥桥墩桥塔正在浇注，有隧道正在掘进，有路面正在铺设。

当机立断！快刀斩乱麻！

谈何容易！

造型优美的前额宽大圆润而紧凑，反映出来强大的思想力与意志力。两道美丽的弯眉下炯炯有神的双眼充满血丝。直觉告诉李德良立即召开一次党的支部会议实在是太有必要了。

人的直觉是由于大量的生活工作经验，由于在潜意识中积累了许多恰当的、经过验证的机制而产生的。它实际上促进了整个合乎逻辑的严谨的思维活动。

这是一种"自然而然"的自觉。它是建立在高度党性原则基础上的自觉，以至最终表现为自然，一种返璞归真的回归。

一切按照规矩来。

一个党员就是一面旗帜，13个党员组成的一个支部就是一个战斗堡垒。在突发事件发生的当儿，无论是常务副指挥长的李德良还是党支书黄培荣首先想到的是召开党的会议，群策群力，集思广益，找到应对突发事件的办法，主动作为。党员要团结带领广大群众迅速消除灾害造成的影响，恢复正常生产生活，并且使企业尽快恢复正常生产，保证所涉高速公路建设按计划正常推进。

会议很快就达成了一致意见：一是在突如其来的灾难面前，在群众惊慌失措之际，我们应该勇敢地站出来，成为广大受灾群众的希望和信心，成为战胜困难的中流砥柱。二是在企业遭遇灭顶之灾之际，我们要千方百计地帮助他们渡过眼下难关，迅速恢复生产，保障高速公路建设的水泥及其制品的正常供应，把着力打造良好的营商环境的誓言变成实实在在的行动。三是我们要和先锋镇党委政府一起做好受灾群众的工作，尽快帮助他们恢复正常的生产生活秩序，重新回到平静、安宁、温馨的生活状态之中。

有事，尤其是重大事情和群众商量，摆到会上来"七嘴八舌九啦呱"，这既是一种工作方法，也是党的工作作风，又体现了对党的事业的高度责任心，同时自然也展现了党性原则。

群众是真正的英雄。指挥部党员和群众来自全区20多个党政部门和企事业单位，一个个都是原单位的精英骨干，有的还曾经在原单位担任一定的领导职务，有着十分丰富的社会资源可以调集，有能力为受灾群众排忧解难，为他们正常生产生活秩序的恢复提供实实在在的帮助。

一方有难，八方支援。这次问题的解决充分彰显了社会主义制度的优越性，集中力量办大事情。林业部门、国土部门、环保部门、卫生部门、畜牧兽医部门等都闻风而动。

首先，我们高速公路指挥部从自有资金中挤出一部分来应急救助广大受灾群众。林业部门拿出林业抢助资金，国土部门动用国土整治资金等等。除资金保障，还从各个专业角度提供技术设备、人员等方面的支援。充分利用社会主义建设力量办大事的优越制度，硬是迅速而又果断地把一场毫无征兆的突发事故激荡而起的群体事件扼杀在了摇篮里。一场生态灾难终于被迅速化解，一个遭遇灭顶之灾的企业最终没有倒闭，一条高速公路仍然按部就班地如期建成通车。

起伏跌宕的原野又重新展现出有节奏的青春活力，那旋律既开阔又富有弹性。大自然正在走向成熟，她骄傲而得意地把自己纤毫毕露地呈献在人们面前，从而把整个世界拥抱在自己怀里。这是又一个党日活动。李德良、黄培荣、郑伟宪和他们党支部其他同志来到了鹤山坪东面坡。坡下有广袤无垠的田野山川，欢声笑语的农家集镇，自然还有正在热火朝天生产中的水泥搅拌站。江綦高速、渝泸高速、内环高速、二环高速远远近近飞入眼帘，一种骄傲与自豪之情在心中升腾，在脸庞荡漾。

炮损理赔专家

命耶？运乎？

真的是太不可思议了。儿时经历过的事情多了去，怎么就那么一个一闪而过的电影镜头触碰到了他的心弦，并且更加令人匪夷所思的是居然时过几十年，他都年过花甲了，仍然觉得余音绕梁。他被那个镜头纠缠了一辈子。

都说没有神秘色彩的事物是平淡乏味的。朦胧的状态可以使人展开想象，可以就此编撰出富有浪漫气息的故事。

50年前的高速公路，在中国人民心目中，尤其是在10多岁的孩子心目中是够神秘的了吧？反正在郑伟宪看到这个电影镜头时，双眼都掉落到电影里去了。他忘乎所以地大喊大叫、手舞足蹈。那一天，总工会电影放映队到基层厂矿放露天电影，一场包括两个部分，一部分是一个新闻短片，俗称加映。一场是故事片，俗称正片。加映的短片过后才是正片。正片放映了些什么，他全然不知，整个人都沉浸在加映的短片高速公路的镜头里。

那时节，郑伟宪的父母都是国营江津棉纺厂的职工，他正读初中一年级。江津棉纺厂在离白沙城5里远的泸溪半岛上。泸溪河把这个叫马项垭的半岛隔离了开来，交通特别不方便。

从此以后，高速公路就仿佛毒蛇怨鬼纠缠着他，挥之不去，形影不离。

中国什么时候才能有高速公路呢？

江津什么时候才能有高速公路呢？

白沙到马项垭5里。从白沙镇上的煤炭店和粮店买煤买粮挑回马项垭是每个家住马项垭的男儿的必修课！挑担是个摇肝摆肺磨骨头的重体力活、苦差事。尤其对于10来岁的骨嫩皮薄肉娇的孩子，更是苦不堪言。而对白沙男儿而言，这还都算不上个什么事儿。马项垭男儿当然也是白沙男儿。马项垭居委会是白沙镇的第十居委会。白沙城里9个居，加上马项垭居共10个居，组成了白沙镇。为了生存，小小年纪的白沙男儿们就得去白沙机砖厂挑砖，从砖窑到码头足足有一里多的下坡山路，他们得挑到船上，把砖堆码整齐；往白沙火车站挑河沙，从河边沙坑取沙挑到火车站台也少不了2里上坡山路；至于从白沙挑盐、挑煤、挑日用百货去永兴、去塘河、去鹅公、去慈云的供销合作社……哪条路都少不了三四十里。无论酷暑严寒，也无论刮风下雨都是这样。而腰酸背痛、皮开肉绽对他们而言是常有的事情。

别说高速公路了，就是差得不能再差的泥石公路只要能通汽车，不，甚至是能用人力车，把人们从肩挑背驮中解放出来也只能是痴心妄想。

从电影中看到高速公路，郑伟宪怎能不仿如梦中？

梦既然开始，就不能停顿。

都说有梦的日子就不算穷。至少每当精神有了空虚，生活有了寂寞，还可以用梦想去填充。有梦想的日子就有了希望、有了追求，人生就有了奔头。

命运会眷顾吗？郑伟宪的生活中有了一些希冀。

命运之神就是那么的莫名其妙和不可捉摸。可不么，由于当时特殊的环境限制，初中毕业失学在家待业的郑伟宪阴差阳错地在两年后十分幸运地有了参军入伍的机会。白沙10个居委会，每个居民委员会分配了1个参军入伍名额。全镇有好几千适龄青年争取呢，命运之神偏偏就眷顾了郑伟宪，他这个身高体重都不占优势，年龄都还不太足够的又瘦又小的小伙子偏偏给选上了。够幸运的吧！更加令人不可思议的是随后一系列"风云际会"的巧合，直端端地把他"送上了"高速公路，并且成为板上钉钉的不二人选。令人觉得出乎意料，大呼神奇。

一奇在于他入伍到的部队恰恰是在兰州执行修筑战备公路任务的工程兵部队。二奇是入伍不久，他所在部队奉命出国参与抢修战略公路。三奇是原来是推土机手的他出国后被改变工作岗位分配去当打眼放炮的爆破手，同时因为他数理化成绩优异，在连队缺乏爆破技术员的情况下，业余从事与爆炸相关的技术工作：爆炸理论研究，爆炸效果分析，爆炸善后处理，爆炸安全防护，等等。他又偏偏对新兴的《爆炸力学》尤有兴趣。当兵五年，他俨然成了一个爆炸专业的行家里手，无论是理论阐述还是实践操作都拿得出手。四奇是复员回乡被安排到公安机关工作，顺理成章地分管民爆物品器材、民爆安全以及涉爆案件的侦破审理等。五奇是到了2005年，江津开始了高速公路建设，区里决定成立高速公路建设指挥部，代表区政府出面组织、指挥、协调、服务全区高速公路建设。修路必然是要开山放炮，开挖隧道的。"开山放炮"在工程建设中的具体问题自然由施工单位去负责，但是因为放炮而引发一系列的自然环境破坏、附近居民的生产生活条件所受到的影响和破坏，以及其他的连带问题，人们习惯称之为"炮损"问题，是一个技术含量高、涉及范围广，千差万别、错综复杂的问题。非得要有一个政治强、业务精、作风硬且又善于做群众工作，极富亲和力的同志来负责这项工作。组织部门考虑了好多人选，经过反复比较，最后才选择了郑伟宪。这一年，他正好由区公安局纪委副书记领导职位上"转非"。军人出身的同志，服从命令听指挥乃天职。

接到调令就出发。

时下有句时髦的话：昨天是今天的历史，是今天的奠基，是今天的序曲。我们所说的奇，这奇那奇，全都奇在了他以往在生活工作中所经历的一切都是为今天"炮损"在做准备、打基础。这就难怪他一上手就能处理几件十分棘手的炮损要案，直令重庆市高速公路建设"炮损"理赔界都为之一惊。他的方法经验被总结成了大家学习的模式、样板，他成了著名的炮损理赔专家。甚至连中电集团的爆破专家也为之折服，赞不绝口。中国电建集团老总曾经激动不已地说过一句话："我们走遍神州大地，也出国施工建设，但是发现江津人是真正的了不起。江津藏龙卧虎，最难得的是江津能够把这些龙虎之将找出来，更难得的是还把他放到了最适当的位置上发挥着他们的'龙虎'之威。"——这是后话。

公安局到大什字区高速公路建设指挥部临时办公地也就20多分钟路程，人刚好进屋，区委常委、区高速公路指挥部指挥长何建平电话就追到了：赶紧去珞璜高速公路建设工地出现场。郑伟宪好生惊讶：难道安有监控么？他是怎么知道我已经报到了呢？他可是在区委办公楼呵！足足有2里路远哩。

幸好当过兵，深谙"雷厉风行"的内涵和要义。他转身就走，没有拖延，没有迟疑。郑伟宪在高速公路建设指挥部的15年经历就是这样开始的。

不。

其间区公安局又因为工作需要把他"喊"了回去。

不过，没过多久时间，他又被高速公路建设指挥部"要"了回来。

在公安局，他是纪委书记，是当"官"，而到了高速公路建设指挥部，他可只是一个普通工作人员。在时下"官本位"思想泛滥的社会大潮中，孰轻孰重，郑伟宪心中倍儿清。可是作为党教育多年的老同志，"都是为民服务"的思想早已扎下根基。他没有犹豫，没有迟疑，更没有讨价还价，一切以"需要为重"。纪委书记岗位的同志好找，而培养出一个"炮损理赔专家"却并不那么容易，实践经验，理论修养，都不是一时半会儿可以补得上来的。

摸着东西了才知道锅儿是铁铸的，火炭是烧手的，挨疯狗咬了是可能死人的。去具体处理炮损赔付问题才知道其复杂艰难程度，即使用尽世上所能找到的形容词去描述都只有嫌不够，而绝对不过分。

首先是没有任何一条法律、法规、条例谈及"炮损赔偿"问题。和这类事情沾上点儿边、挂上点儿角的只有民法典中那句："根据给对方造成的损失、伤害情况，照实理赔。"

道理倒是这个道理。可是这个动宾词组中宾语"实"，即受伤受损的实际情况就太难以"量化"到具体的"等价交换物"的"人民币"数额了。举几个例子来说明一下吧：因为受放炮惊骇，怀孕的兔子死了一地。这损失如何理赔？怀孕的母猪受放炮惊吓狂蹦乱跳而流产了。这损失咋陪？生蛋的母鸡因受惊吓而影响下蛋率呢？养蜂专业户的蜜蜂给炮声惊吓跑了呢？患有严重心脏病的老人呢，放炮所引起的强烈震动和巨大爆炸声还不要了他的老命？至少也是会给他带来格外的痛苦或者导致他病情加重。这个赔偿如何计算？又如果爆炸乱飞的石头掉落到稻田里给农家顺利耕种带来了麻烦，这捡石头耽误的工夫如何补偿？炸飞的石头掉进了水井里你得去给别人捡拾起来，否则就只能我来捡了。你付给我劳务报酬不算过分吧？这笔钱如何计算呢？

郑伟宪的厉害之处就在于把一切可能碰到的麻烦都预判在先，即和施工单位在放炮之前就把放炮可能影响波及范围内所有地面建筑、设施甚至地形地貌原貌能录像的统统录制下来，就连开了缝的土墙也都用纸条将其缝贴起来。放炮之后又去将受损情况录制下来，两相比较，以确定受损程度，这就避免了许多的扯皮。如果因炮损而影响相关检查员的生产生活的就及时处理。如果暂时可以勉强使用的，就留待工程施工结束后一并处理。因为施工放炮往往还不是一时半刻就结束的，往往多次放炮，多次毁损，但是每次毁损都需要记录清楚，当事人家、施工单位都得签字确认。这样才能避免以后理赔时的扯皮。

一般来说，理赔问题是造成伤害损失方和遭受伤害损失方之间的问题，本着公平合理、互谅互让的原则协商处理，和我们高速公路建设指挥部没有什么必然关系。但是往往协商不成就需要打官司，走司法程序。这样司法资源耗费不起，时间成本承受不起，所需经费花费不起。这时候就需要我们高速公路建设指挥部介入了。一方面受损的是我们的市民群众、父老乡亲，他们的合法权益受"炮损"伤害，应该得到合理合适的补偿。一方是高速公路的建设施工方，他们的合法权益也该得到维护。他们只需支付因为施工放炮给当地市民的生活生产造成的困扰和损失相称的赔偿金额，而不必支付超出应该支付的合理范畴的金额。当然同时还得保障他们正常施工的权利，避免和杜绝因为炮损赔偿而引起的争议、纠纷乃至阻工事件，甚至群体事件。

炮损理赔实在是对我们相关同志的思想作风、政治理论水平、爆炸理论修养和实践工作经验、群众工作经验、社会生活经验、人情世故的洞察深度，甚至语言表达能力等全方位的检测，非一般人能够胜任。

郑伟宪本人却常常自我调侃：此乃雕虫小技，拣平拿顺而已。

好一个拣平拿顺而已！

内中大有名堂，奥妙无穷。可别看着别人办事顺顺当当，你接过来试试，不四处碰壁才怪。

夏日的重庆，太阳执拗倔强、不依不饶地迟落早起，蛮横无理地侵占大部分的夜晚。夜也仿佛浸渍油的纸，变成了半透明体。它这是被太阳拥抱住了，脱不了身？还是因为太阳陶醉了，所以在夕照褪去好久之后夜色仍然带着酡红？而到醉醒红消时，睡觉的人也醒来了。

"但惜夏日长。"

不只是农人，江津区高速公路建设指挥部的负责"炮损理赔"工作的郑伟宪珍惜起夏日长来甚至比农人更胜！炮损理赔对他来说果真是"老革命遇到新问题。"这个问题对于整个中国而言又何尝不是新问题呢？广大群众的生存权、财产权、居住权、健康权等权益得到前所未有的尊重与维护保障的今天，炮损理赔才被当成一项正经八百的工作由专门的机构专门的人员处理。

郑伟宪之所以特别特别繁忙，是因为他不像某些人那样，炮损事故发生后，将肇事方（施工方）和受损方约到一起协商出一个具体处理意见。协调不拢就调解，调解仍不成呢？东家一个"呀呀呸"，西家一个"呸呸呀"武断地"斩"下去，管他合理不合理，还振振有词：快刀斩乱麻，当机立断，干脆利索，云云。

这样简单武断的处理，干脆是干脆了，但是绝对不可能利索。甚至可能是后患无穷！

最大的后患莫过于党和政府的形象受到莫大的伤害！

不能为党和政府的形象增光添彩，反而使其受伤害，对于一个受党培养教育多年，在国家机关工作多年的同志来说，实在是一个莫大的耻辱。这和党对每个共产党员必须"不忘初心，牢记使命"的要求就更是背道而驰了。

郑伟宪的忙碌就在于深入施工现场和工程技术人员和工人师傅一起探讨、研究、分析施工中的种种问题门道；深入村社农家院坝和当地居民和镇村社干部摆谈，了解受损的具体情况，了解他们的心理诉求。他忙着从各种渠道收集到的类似案例，认真分析研究其处理过程的得与失，总结出经验与教训，寻找其中带普遍性和规律性的东西来；他忙于走出去，下涪万奔黔彭武隆，上营隆奔蓉绵自贡；他忙于向同行老大哥们学习，一起研讨争论。集思广益取长补短，他山之石可以攻玉！

再加上郑伟宪多年的反复实践、总结，总结、实践，最终形成了一个比较完整的带有普遍性和规律性的"经验"或者说"办法"出来。由于江津区高速公路建设指挥部在全重庆市高速公路工作综合评比中连续七次荣获重庆市高速公路建设协调服务工作一等奖，同时江津区又是目前全市高速公路项目最多、里程最长的区县，所以江津"炮损理赔补偿"的办法也"不胫而走"。现如今已经成为好多市内外的兄弟区县处理类似问题的重要参考资料。

郑伟宪声誉鹊起，被誉为"炮损理赔"专家。然而郑伟宪本人却是从来不曾认可这个称号的。"你们听那些人瞎吹个啥子哟？每回处理炮损理赔的事情嘛都是我和黄主任一起去的嘛。他当信访办主任10年，你们硬是认为人家是吃干饭的么？观人察事入木三分，思考问题细致周到。人家当了10年镇委书记，农业、农村、农民熟悉得遭不住。到这指挥部工作10年，积累了极其丰富的经验。"

黄培荣呢，谈起老搭档郑伟宪："我是给老郑拉偏绳、打帮帮的。"

还是指挥部的领导和同志们说得好："老黄老郑他们俩呵，简直就是一个珠联璧合的双子星座。"

人们往往认为炮损赔付就仿佛夏日的夜晚，坦白浅显，没有深不可测的奥秘，不过就是一种薄暮未昏，试探性的夜色。其实只要深入进去，才能知道大谬不然。

建设高速公路，开挖隧道是再通常不过的事情了。在建设某条高速公路的时候，却发生了一件出乎人们意料的事情。公路建成通车了，可是与此同时，这整座山的自然水系，尤其是地下水系被彻底破坏了。原本存储涵养水源功能就欠佳的喀斯特地貌，这下子彻底成了"筛子"了。几公里长的隧道硬是使得整个山都成了筛子。人畜饮水、农业用水、生态系统用水统统都成了急需解决的大问题。水是生命之源。没有了水，是要死人、死牲畜、死庄稼——死一切的。

怎么办？

怎么办？

怎么办？

三天不吃饭，还可当个卖力汉。但是三天不喝水试试，那可是要死人的哩！水乃一切生命之源。

人命关天。

赔？

怎么赔？

谁来赔？当然得由肇事方、工程施工方来赔。民法典就是这样规定的。

谁赔得起？工程施工方是有限责任公司。照公司法规定，即使让其破产，变卖所有资产，又能值几个钱？不够的部分呢？让老百姓自认倒霉？

就是在这紧要关头，以"为民族谋复兴，为人民谋幸福"为初心和使命的中国共产党人站了出来。江津区高速公路建设指挥部负责人把这个问题汇报给区委书记、区长，汇报到了区党委常委，汇报给了区政府，区委、区政府专门为此多次召开会议，决定充分发挥社会主义制度优越性，集中一切力量办大事，立即动员一切力量，不惜一切代价，克服一切困难，首先解决人畜饮水问题。

决心已经够大，措施也够有力。但是认识和处理任何事情都得有一个过程。这个过程可以缩短，但是却不能被逾越。首先，取水得有水源。由于事发突然，再加上平时就没怎么注意收集、整理、保存这座山的详细水文地质资料。费了九牛二虎之力才好不容易找到两个像样点的水源，可是一个水源是臭的，一个水源又经严格科学检测，微量元素锰的含量太高而不能饮用。最后在一个废弃的煤炭洞找到了可供人畜饮用的水源，但是又遇到海拔位置太低，得新修抽水蓄水设施的问题。当然还得将输送水设施安装到每家每户。之后又紧接着解决农业耕作用水和生态环境保护用水问题。就是时至今天，10多年时间过去了，为了这个地方的所有村民群众实现脱贫致富奔小康，为了这个地方的新农村建设，区财政还在继续投入。

有人粗略地计算了一下，就因为这一个隧道的开凿而打眼放炮，破坏了这座山的水环境的修复，为这山，为这山上的人，区财政至少投入数千万元。

试想想，如果不是在社会主义的中国，如果没有社会主义制度的优越性，万一出现了这样的情况，后果又将是什么呢？老百姓还有活路吗？

一条又一条的高速公路还在建设着，建设哪一条高速公路不发生十次八次因为隧道建设，或者其他的放炮而招致的自然水系破坏事件呢？

一句"天灾人祸"，或干脆用句时尚的带着经济活动中的术语的"不可抵抗力"就能将责任推卸得一干二净，让受害者们投诉无门。就算你找到了施工方又能如何呢？因为"不可抵抗力"是国际商务活动中通行的"免责条款"呵！商务交往实践无数次证明：谁遇上了"不可抵抗力"谁就得自认倒霉。就是有良心、负责任、讲信誉的施工单位，他们也只能在力所能及的范围内赔偿。施工单位都是有限责任公司，赔付到公司破产，当卖公司所有资产，全部赔付之后剩余的部分呢？不仍然得让受伤害的老百姓自认倒霉么。

可是江津人民是幸运的、无忧的。因为在我们江津区范围内的高速公路建设中，我们的政府每每在因为"炮损"或其他原因而给老百姓带来伤害时最终都通过区财政给予补偿、补贴。"人民政府为人民"的宗旨彰显无遗！于是我们江津区人民政府也因此而理所当然地赢得了人民的信赖、赞誉和爱戴。

我们行驶在高速路上，流云镀满霞光，山林披上春色，花朵摆曳万紫千红，我们感受到自然的赏心悦目。

我们行驶在高速公路上，脸庞绽放微笑，梦想陪伴青春，岁月如歌流金溢彩，我们体悟到生命的灿烂丰满。

我们行驶在高速路上，享受着她的平稳舒适、高雅快速，心里在想些什么呢？有没有那么一瞬间产生对筑路者的无私奉献的感激？是他们的负重前行才使我们享受这一切。哪怕就是一瞬间，一瞬间。是不是说过一声"谢谢"，就一声？

我们这里所说的筑路者，当然是那些为这条高速公路的建设通车做出了贡献的所有参与者。

譬如黄培荣，譬如郑伟宪，他们的工作任务就是维护某条高速公路建设工地的治安秩序，维护施工地域的社会稳定，保障高速公路建设施工过程顺利进行，使高速公路建成通车。

要顺利修好公路更大量的工作还是做普通老百姓的工作。不错，因为修路干扰和破坏了他们正常而安宁的生产和生活，给他们的生产生活造成了诸多的困扰和不便。他们做出了许多的奉献和牺牲，这其中有许多的遗憾或者损伤也不是金钱可以衡量和弥补的。譬如搬离和拆毁祖屋，迁移和平毁祖坟等所造成家族成员的精神和人文情感上的伤害就不是金钱所能替代和弥补得了的。经济学上金钱这个万能的"等价物"在这里也是那样的苍白，那样的无能为力。所幸的是我们的黄培荣、郑伟宪两位老同志在常务副指挥长的带领下，一起来做群众工作，以他们浑厚的文化底蕴，深刻的文化认知，丰沛的文化精神，较高的文化品位成就他们群众思想工作的丰碑，化解着群众心里的矛盾和疙瘩。感同身受的情感神韵与丰厚的积淀，更有来自生命个体对民族传统文化、民族精神之根本的牵挂与回归，让百姓们真正地和国家、和民族、和这皇天后土的脉搏一起"跳动"，热血一起沸腾。大家取得了共识，劲儿往一处使：为了民族的振兴，为了早日建成高速公路，总得有人做出必要的奉献和牺牲。

对于做出奉献和牺牲的同胞，党和政府不会忘记，人民不会忘记。

至于所给予的补偿，确实微不足道，只能表达一个意思而已。俗话说"十补九不足"么。

什么是"足"？多少才能"足"？

"欲壑难填""贪得无厌"，就有那么一些人，人性中的贪婪本性恶性膨胀，对于先前反复宣传讲解土地房屋征收的拆迁政策、补偿标准等置若罔闻，甚至肆意歪曲，乃至无理取闹。有人煽动、鼓吹、怂恿、组织、指挥、参与阻工闹事，谩骂、侮辱、推搡，甚至殴打工作人员；有些人还组织上访、堵塞交通、冲击政府部门等，给政府施加压力，企图谋求超过政策规定的利益。

作为区高速公路建设指挥部治安维稳部的工作人员，黄培荣、郑伟宪等同志自然是解决这些矛盾、纠纷、斗争的首当其冲者。"忍辱负重"就是他们工作常态的高度概括。用他们的口头禅来说："每天碰到的都是些破事、烂事、烧脑筋事。"

有人说这是一种不幸。

可是李德良、黄培荣、郑伟宪他们却并不这样认为。他们觉得这是走上门来的群众工作，这是为党工作的大好机会。不能为党工作，为党排忧解难，还要我们这些共产党人干什么？

李德良、黄培荣、郑伟宪等人带着历史的使命，时代的重托，民族复兴、人民幸福的梦想，以共产党员的名义，高扬为人民服务的旗帜，直击一个又一个的难题，不回避、不躲闪、不推诿、不拖延。

首先，他们把那些"打"上门来"起气""闹事"的群众视为客人。俗话说"来者是客"么。客人进门，主人当然要尽地主之谊，热情接待。这是多好的做群众思想工作的机会呵！趁机宣传我们的"民族复兴，人民幸福"的中国梦；宣传建设这条高速公路对于发展地区经济、改善民众出行条件、促进民众早日脱贫致富奔小康和加快乡村振兴的重要作用。端茶倒水自然少不了，烟儿是要撒起的，烟是和气草么。本来"酒是消气汤"的，但是公务活动中一律不允许喝酒，这是纪律，任何人不得违反，于是，酒就只能免了。

待到客人心平了，气静了，再认真听取他们的意见和诉求。给他们充分的时间，尽可能地创造能够让他们畅所欲言的环境氛围。使得他们知无不言，言无不尽，有气出气，有怨泄怨，有疑说疑，有惑诉惑，有仇言仇，有恨喷恨。他们把要说的话都说完了，才给他们做工作："现在想不想听我说几句呢？首先我得对你们表示诚恳的歉意，是我们的工作没有做好，或者是有些话没说清楚，没有把相关的方针政策给你们宣传讲解到位，害得你们起心动念地大老远跑来。我们相信大家都是明事理的人，是支持修建这条高速公路的，是会拥护党的方针政策，坚决支持我们的工作，支持我们按照上面规定的标准执行的……"

对于那些思想疙瘩一时解不开，情感关一时过不去的，黄培荣、郑伟宪这些同志们，也并不急于求成，接下来再做耐心细致的工作，联合镇村社的领导同志一起多关心、多爱护、多帮忙，促使他们早日从那思想和情感的"泥淖"里面解脱出来，丢掉包袱，愉快生活。

对于那些心存幻想，以为"哭闹的孩子有粑粑吃"，以"闹"为手段，向政府施压，谋求不当利益的人，同志们则坚持原则立场，亮明立场观点，彻底打消他们的幻想。

对于那些带头闹事，冲击党政机关，破坏交通秩序，扰乱社会治安的人和事，同志们则按照社会治安处罚条例坚决送交公安机关处罚，对于触犯法律的则坚决依法处置。

诚然，在实际工作中我们也发现有些群众的诉求确实有一定的合理性，我们可以更人性化地处理。处理好这些事情，更加能彰显出我们社会主义制度的优越性，更加深人民群众对中国共产党的"光荣、正确、伟大"的认同与切身感受。这类问题的正确处置，对我们高速公路建设指挥部的领导和治安维稳部的同志们的领导能力和处理实际问题、做好群众工作的工作水平都是极大的锻炼和考验，也是一个极好的展示机会。

这是一个极好的展示平台，党和人民期盼着他们交出满意的答卷。

有没有过烦恼、苦闷、愤懑乃至危险？

有。当然是有。虽然不能说经常，但是绝对不止十次八次。修建哪条高速公路都会有那么十户八户特别难缠的"钉子户"。至于围攻、谩骂、诅咒、推搡之类的就司空见惯了。

坦率地说，对其中的种种表演的背后的原因、诉求之类，李德良、黄培荣、郑伟宪等同志们无不心知肚明，他们也曾对其中的一件两件事不那么"死板死扣"政策标准，适当放宽一些尺度。但是，高速公路建设中的土地征用房屋拆迁等赔付补偿情况和其他的基础设施、房地产开发的土地征收房舍拆迁赔付补偿相比具有极大的特殊性。其他基础设施建设和房地产开发时涉及的土地征收房舍拆迁赔付补偿是"点"或"片""团"状的。高速公路、高速铁路建设的土地征收房舍拆迁是"条状""带状"或者说"线性"的，对其中的某一家一户搞了"特殊照顾"，那么对这几十公里上百公里的"高速公路"左右两侧的红线范围内的几百户几千户是不是也得如此办理呢？一碗水如何能不端平呢？厚此薄彼会不会引来更大的矛盾更多的麻烦？拆迁，于是才有"天下第一难"之誉，尤其是高速公路建设中的拆迁是世上难上加难的呵！

当浩浩长江传来一声"大江东去浪淘尽，千古风流人物"的吟唱，当巍巍巫峡回荡声声凄凉猿鸣，当幽州台落下一声怆然涕泣，当草堂长啸出"大庇天下寒士俱欢颜"的一腔呐喊，当乌江水畔传来声声"虞兮虞兮奈若何"的穷途哀叹……李德良、黄培荣、郑伟宪等同志们收紧着心跳，任中华文化熏陶着自己的灵魂与良知，滋润着自己的血脉与心田。

当怒发冲冠的慷慨激昂与悠然南山的云淡风轻交融，当大漠孤烟的雄浑苍凉与小桥流水的婉约宁静相撞，当"不为五斗米折腰"的骨气与"安能摧眉折腰事权贵，使我不得开心颜"的傲气相交，拨开时间的烟雾，李德良、黄培荣、郑伟宪等同志们在这高速公路建设的实践中体悟和感受，认识中华文化的柔美、阳刚与坚韧、变通。

在丰厚的历史文化积淀中吮吸中华民族精神，面对错综复杂变幻莫测的矛盾斗争、阴谋诡计时就能够真正地做到"处变不惊，遇事不慌，临危不惧"了。他们的接物待人的态度植根于亿万民众，说出的语言注入了党性原则与人性光辉，他们的思想也穿上了中国文化的彩衣。于是他们也才能在人们普遍认为"天下第一难"的拆迁之事上获得"零强拆、零上访、零投诉"的伟大成就，江津高速公路建设指挥部才能连续七年获得全市各区县高速公路建设指挥部工作评比第一名的辉煌佳绩。沿线市民满意度调查显示他们也是让百姓满意度最高的工作人员。

在高速公路建设施工拆迁补偿安置赔付的具体处理中，在拆迁、赔偿红线范围之内的问题都好办。有政策条文，补偿标准，一律按规照律办理便是。令人伤透脑筋的是山川河流、地形地貌、地下水系等自然景物，以及房舍地田庄稼等地上建设人工成果等分别是亿万年自然形成和人工历史造就，和现在建设高速公路而划过的"红线"没有半毛钱关系。现在强加一道红线上去，以修建高速公路的名义，便蛮横霸道地要改变这红线范围内的人工和自然形态。这没有问题，为了高速公路建成通车吧，牺牲就牺牲，奉献就奉献了。可是它们并不是一个个单独的个人，一条红线切割下去就能完整无缺地和红线外的"形态"剥离开来的哇。红线就是边界，所有的补偿就只能抵达边界，绝对不能越界。然而客观实际是因为修路而造成的"形态"伤害在许多情况下并不是到边界处就停止了的。它的伤害和影响还继续往边界外延伸着，继续着。而对这些部分不补偿，显然就有失公允。这是许多矛盾纠纷产生的客观之因，也是那些别有用心的煽动、怂恿、组织、指挥闹事的人所找到的借口、由头。

我们是唯物主义者。我们承认这种硬性规定中确实是存在有不完善甚至不尽合理的地方，但是也同样承认世界上就没有任何事物是尽善尽美的。与此同时，李德良也罢，黄培荣、郑伟宪也好，仍一如既往地认真对待村民群众提出的任何诉求，在认真地耐心细致地听完来访者的倾诉之后，还认真负责地简明扼要地复述一下他们的谈话内容，生怕错、讹了他们的意见内容。如果他们所反映出来的问题，确实是个问题，通过指挥部的工作就能解决的，立即着手给予解决。需通过指挥部协调兄弟单位，一起做工作就能解决的，指挥部随即组织协调，并把进展情况随时和诉求户通报。但是有些情况一时半会还不方便解决，因为高速公路建设工程中碰到的有些问题具有"线性反应"的特点。举例来说，某户人家离开红线一米远，我给他解决问题，给了补偿。那么就有可能在一百公里长的高速公路沿线离开红线一米远的人家都要求补偿。左边的补了，右边的补不补？离开红线两米的补偿了，离开二米的呢？

然而恰恰是这一户即使经过第三方鉴定评估机构认定也是应该给予补偿的，也只能放到后期来做最后的善后处理。这样就既保证了政策法规的严肃性，又体现出我们在严格执行法律法规的前提下的灵活性，彰显出人性的光辉。

同时他们也充分注意到了另一个客观规律：地质地貌在经历过强烈的破坏、改变之后，有自身的修复稳定过程，时间是修复"伤口"的最有效的良药。一时的伤害会逐渐地平复，灾难也慢慢地消逝，不再为非作歹于我们的当地百姓了。大自然的自我修复，自我补偿能力是那样的强大，那样的神奇，那样的令人叹为观止。于是我们人为的补偿有相当一部分就是不必要的了，甚至有画蛇添足之虞了。到那时再来研究和讨论哪些是属于必须补偿的，之后再给予补偿，才具有实际意义。这，就是人们通常看到的高速公路建成通车一年后了，高速公路建设指挥部的领导和同志们还在做最后的善后工作的原因。

而这些，就不一定能够为当事的村民朋友们了解和理解接受得了，所以李德良、黄培荣、郑伟宪得花大量的时间和精力来做解释工作。一而再再而三，苦口婆心，循循善诱，不厌其详，不厌其烦。

也有一些情况是必须立即处理解决的。

究竟哪些情况应该立即着手解决？哪些情况可以缓一缓？哪些情况可以不必解决？这，就得按照江津人的口头禅"做官降情"所说的做了。降（xiáng），根据、按照之意。即是说领导者根据实际情况采用必要的办法。

在建设某条高速公路的时候，一位姓肖的大叔家恰是在红线外一米多的地方，不具备任何损害补偿条件。但是事又凑巧，一个高架桥桥墩就正好安排在他家门前。问题麻烦了，70多岁高龄的大娘身体状况特别差，破岩机、打桩机、挖掘机、装载机的轰鸣声、震动声以及施工时所引起的地壳震动简直就是在索要心脏病严重的大娘的老命。怎么办呢？如果是健康状况良好的人家，克服一下也就过了。现如今的肖大娘可是"克服"不了哇。弄得不好，或许会出人命的呵。以"为人民谋幸福"为初心的共产党人李德良、黄培荣、郑伟宪了解到这个情况之后当机立断，得特殊情况特殊处理。把当事的肖家大叔大娘请来，把镇村社相关领导请来，把这条高速公路业主单位领导请来，大家同商共议出了一个解决的办法：由业主单位出资在远离施工噪声等污染的地方租一套住房，让大娘暂时居住，过渡一下，时间为一年。按照施工计划，这座高架桥将在一年之内建设完成，到那时候再搬回家住。

高速公路建设指挥部的同志凡是处理类似补偿之类的问题时，都坚持把当事双方以及镇村社的相关同志叫到一起研究讨论决定，一则群策群力，充分发挥集体智慧的力量。二则三人六面，一旦达成共识，形成决定，就得贯彻落实，坚决执行。三则也堵死了事后别有用心的人寻机挑衅、挑拨离间、无中生有、制造事端，破坏正常的施工建设秩序，扰乱社会安定团结局面的路子。

历史的经验值得注意。李德良、黄培荣、郑伟宪在丰厚的历史积淀中吮吸营养，学习经验，之后与工作实际相结合，取得了许多令人喜出望外的成果。巨大成就一次又一次地证明毛主席所说的"有没有这种借鉴，有文野之分，粗细之分"（引用自《改造我们的学习》）的论断是何等地英明、正确！

本色表现

为了保证高速公路的安全正常运行，就必须全线封闭，自成体系。割裂了村民、土地、山林等，也极严重地干扰、割裂了当地原本的交通运输体系。这就需要建设施工方待高速公路建设完工后，对原有的乡村运输体系进行一些恢复、补救之类的工作。杨柳场附近的一段乡村公路拦腰切断之后就没有进行补修，给当地的车辆出行带来极大的困扰。真正地来了个"咫尺天涯"，要抵达30来米远的对面，得绕行二三十公里路，去到下一个下道口之后再掉头，十分不便，群众对此意见很大。

解决问题的唯一办法是建一座车行天桥。

预算600万。

施工方叫苦连天，承受不了。

建设方也"据理"力辞：合同规定，应由施工方建设"补偿工程"。

问题就这样久拖不决。

老百姓群情激愤：重新挖土填方，把已经建成的高速公路挖坑填埋，重新将被挖断的乡村公路"连接"起来。

这不是开玩笑么？那高速公路不是白修了么？几十亿人民币不是白花了么？问题实实在在地摆在了李德良、黄培荣、郑伟宪等同志们面前。再也不能久拖不决了，民众疾苦要及时解决，高速公路要尽快交付使用，发挥它应有的效益作用。施工队伍要尽快地交付验收，尽快退场，去承接别的建设工程。建设方也要尽快将公路交付运营，回收投资。李德良等人将建设方、施工方找到了一起，一次又一次把这两方法人代表找到一起协商。所谓协商，其实就是这建设公路立交桥600万的费用各自承担多少。

各自300万？施工方表明300万也是承受不了的，怎么办呢？群众的实际问题要妥善解决，不能让这方老百姓长年累月地承受绕行二三十公里之苦，又费马达又费油，还费时间。老百姓的时间也是时间呵！而施工方呢，确实也有实际困难。一是他们承接施工的路程长度有限；二是他们不久前，已经应当地政府的请求，为了保证保障高速公路边的一所小学师生出行的方便安全，将原拟定的修建过路涵洞的方案改为了修过路立交桥，增加了投资数十万元。

于是，李德良、黄培荣、郑伟宪等同志们提出方案并报经区领导同意：由江津区高速公路建设指挥部从自有资金中挤出120万元作为建设这"杨柳"便民立交桥的经费。

这还有什么说的呢？"惊世骇俗""石破天惊""天下奇闻"。无论是见多识广的建设方重庆高速公路建设集团，还是走南闯北的施工方朋友都从来没有听说过，更别说亲眼看见处于中间人地位的协调者居然会首先自己出巨资来"协调"纠纷的。调解协议再不达成就实在是无地自容，对不起人了。

120万元对于没有一分钱财政拨款，所有费用都只能靠自己去挣的高速公路建设指挥部而言，并不是一个小数目，要筹备这么一笔巨款并不是一件容易的事情。可是作为以为人民服务为宗旨的国家干部，在国家和人民需要的时候就是要豁得出去，舍得奉献。

舍得舍得。舍去的是金钱，获得的是人民的信任，获得的是人民群众对党和政府的拥戴和热爱。这舍得能让广大父老乡亲早些摆脱绕行二三十公里的烦恼，避免几近半小时乃至一小时的时间浪费和精力的无益消耗。这个账，李德良、唐忠琪、黄培荣、郑伟宪等同志们算得过来。

"这个牌也只有江津人才能打得出来。"消息在重庆市高速公路建设界很快传播了开来。人们纷纷赞叹："江津人才是真的牛！"

"江津是个好地方！"一不小心，李德良们又在这块金字招牌上增添了一抹靓色。这是他们预先没有想到的，用他们的一句话说："黢黑人不上粉，我们全是'本色'表现咯。"

路长制好

晚霞落下，天色便深灰，不过在晴朗的夏夜，这种深灰持续不了多久，月亮和星星会把它调和成深蓝色的。一阵风起，天上月亮还是原来的样子，水中的月亮却满脸皱纹，瞬间苍老了。不老的是天上的月亮，今日明月照古人。而水中的投影不管有多美，都是短暂的，经不起波折的。

李德良盯着江中月愣神。

这是江津人的得天独厚。每每遇到思想上的疙瘩，情感上的困扰，工作上的烦恼，人生路上的坎坷，都会到江边上走走、坐坐，甚至干脆下水，或蹦跶，或嬉戏，或畅游，到中流击水，浪遏飞舟，或迎风高歌……之后呢？之后便神清气爽，抖擞精神，再出发，走向新的远方。

水给了江津人灵秀与智慧。

水既给了江津人奔腾咆哮、勇往直前、不屈不挠的刚毅锋锐胆识，又给了江津人曲折回环、顺势而为，却又初衷不改的智慧与坚韧。

高速公路建设是一个十分庞大而复杂的系统工程。高速公路建设指挥部的工作千头万绪，他们将指挥部全体人员适当地分成若干小组，各自负责某一部分工作，根据工作内容特点为工作部取了相应的名字。经过一段时间的实际工作检验证明这种运行机制是合理的，是行之有效的，也是规范的、有条理的，符合现代企业管理理念：岗位责任制。即使现代企业管理大师前来吹毛求疵，也半毛钱的毛病都难以找出。

可是高速公路建设指挥部的工作却偏偏不是在一个封闭的闭环系统内部运行，而是和社会的方方面面产生着十分紧密的联系。这个"环"是开放的。譬如，和上级主管机关、众多的上级业务部门、公路建设业主单位部门、各施工单位、公路所在地地方政府，更和成千上万的数量庞大的普通市民群众紧密关联着。我们指挥部的同志去找他们办事相对还比较方便，而他们来找我们办事就比较麻烦了。他们有事来找我们办理往往会在一间又一间办公室门口发蒙犯傻、举步维艰。我们办公室门口挂的牌子名称，因为铭牌面积有限，也只能是对工作内容的高度凝练概括。尤其对那些文化水平有限，又不经常社会上跑动的人说来就更是难上加难了。这就给群众上门办事造成了困难与麻烦，不利于和广大人民群众的及时沟通与交流。

就是对我们指挥部内部管理而言，由于国民经济发展的需要和为了满足广大人民群众对美好生活的向往的需要，我们江津高速公路的建设发展速度越来越快，多年来一直都每年保持通车一条、开工一条、申报审批一条、筹备规划一条。这就是说我们管理的体制越来越不适应迅速发展的形势了。

这种情况迫切地需要我们从管理体制上做出必要的调整和改革。

李德良和他的同志们在不断地深入调查研究着，思考着，探究着。

他们也曾就这样的问题和市内的兄弟区县高速指挥部同行们探讨，和邻省朋友请教，企图借他山之石攻"玉"。

夕阳把水面染得一派金黄。好像老天也知道李德良喜欢画图，特意变着花样地泼洒出一幅幅栩栩如生的精美图画，甚至阿奉地特别把他的影像也框了进去，还生怕别人不知道似的镶上金边。可是它就是迟迟不把那改革的方案呈献出来，就是透露一点秘密也是好的哇！

出门就是鲫鱼石，站在这鲫鱼石上，大江就在脚下奔腾呼啸。大江在这里还一波三折呢。它兴致勃勃地从西而来，撞上向北而突兀的鹤山坪，只得北折。北折之后又碰到临峰山，又得向东。流着流着，南突的高家坪挡住了去路，不得不南折。于是乎自然天成地把一个大大的"几"字镌刻在了大地上，它给几江周围的人家留下取之不竭用之不尽的哲理和悠长深远的意蕴之后，再沿着南面山脉依恋不舍地向前。

机会女神鬼魅怪异。她对人的赐予往往稍纵即逝。如果你没有抓住她那飘逸的额发，她便溜之大吉，并且连任何的痕迹都没有留下。当你再次追寻时则只能是望尘莫及啰。

令人扼腕唏嘘、感叹不已的是你居然就辨识不出哪个才是你所需的那个叫机会的东西，又谈何抓住放过呢？人的可悲，命运的诡异就恰恰在此。而人的分野，人生的有趣也恰恰在此。一个现代领导干部不具备现代人的思维结构，那就只能是半残废，看图识字者，只有可怕的直线思维。而同时又工作于基层乡土的领导干部的李德良、唐忠琪、黄培荣，既具备现代人的思维结构，又尊重乡土感情。他们窥察其深层文化肌理，思考着进一步完善高速公路建设指挥部的管理运行机制，只为与高速公路建设相关的上级管理部门、业务部门和投资业主单位、施工单位以及普通老百姓办事更加快捷方便，自己的工作效率更高，服务更好。

或许是"机会只垂青有准备的人"这句话显了灵？或者是"精诚所至，金石为开"？甚至"踏破铁鞋无觅处，得来全不费功夫"？总而言之，那天李德良在大江边漫步，看江波浩渺，聆江声轻吟，领江风习习，走着走着，差点没和一根柱子碰了个正着，惊吓出了一身冷汗。原来，这是立在江边的告示牌：江河管理实施河长制。河长是江河环境保护的第一责任人！

咞——有啦，有啦，我们的高速公路建设管理可不可以也实行路长制呢？

由此及彼，迁延性、发散性思维正是现代人的思维结构呵！它是一个人的聪明与愚蠢的分野。

众里寻他千百度，蓦然回首，那人却在灯火阑珊处。

回到家，他展开笔记本，哗啦啦哗啦啦把所思所想统统地记录了下来。参加工作的四十多年时间里他坚持每天记工作笔记，既是为了记录可能忘却的记忆，也是为了规整条理。同时也可以是理性的归纳总结乃至理论的上升。

第二天的全体员工会上，李德良和盘托出了自己的想法。同志们热烈地讨论之后，一致同意了这个提议，同时又为完善完美它提出了许多意见和建议。

黄培荣、郑伟宪争相成了第一个吃螃蟹的人——当起了路长。

从此，外面来人到指挥部联系办事之类，事涉哪条路，就找该路路长接洽，由路长再按事情的类别分发给相关工作部门解决处理。内部部门工作人员再将处理情况向路长汇报。如果需要多部门协调解决的，也由路长召集相关部门同志开会协调，取得一致后由路长统一去处理。简而言之：条块结合。这样办理事情就有了清晰明了的路线图，工作效率想不提高都不行。无论是来办事的普通老百姓，还是上级领导，各业务指导机关等对这个运行机制都非常满意。兄弟区县老大哥们纷纷前来参观考察调研学习。

一条高速公路从申报规划做工可报告到建设施工到通车完善一般得六七年时间。涉及的政府部门就有中央的、市里的、区里的几十个之多，这还是向上的。而向下的，更有多个乡镇，若干个社区，企事业单位以及成千上万的老百姓。因此，没有一个合适的运行管理机制真还不行。而这个机制并没有规范的模式，全国各地都还处于摸索试验之中。无疑，设立以区县为单位的高速公路建设指挥部是十分必要的，而在指挥部内部呢，实施路长制是江津高速公路建设管理摸索出来的为实践所反复证明了的行之有效的成功模式，是一个创举。

所谓有趣，就是有思想、能判断、富激情、善调整。和这样的人在一起轻松和谐，或者说不累，并且最为要紧的是能够得到新的想法和视角。有趣和身份、地位、贫富甚至年龄没关系。有趣幽默之人，非道貌岸然的学究之人，也非酸文假醋的好为人师者，而是富有理解力又善于表达的举重若轻之人。唯有这种人方能在平凡的生活中寻找出无尽的乐趣，是值得一辈子相知相交的人。

和李德良、黄培荣、郑伟宪、周应琪、唐娟、周升明、刘光明、谢庆容这些同志打交道，会给人一个十分突出的感受：他们是一群有趣的人。用一个俗不可耐的词形容：安逸。他们给人一个共同的印象，说话不快不慢，话不多，却都在点子上。做事有分寸，为群众留下"退路"，凡事都可进可退。从不炫耀、低调、务实、安静。他们每个人案头都有一摞书，不时地翻翻，从未停止思考与进步。我进过无数多机关办公室，这是只有在江津高速公路建设指挥部各位同志办公桌上才有的现象，是一道独特的风景，它让人相信"书能养人""书能添趣"之说绝非诳话骗人。没有司空见惯的"机关病"，相互的推诿、扯皮、仇恨，有的是争先恐后的干劲。有一句话，让人印象特别深刻：

出门一把抓，回来再分家。

这不就是庄户人家的口头禅么？听得都耳生茧心生厌了。在这里却宝贝疙瘩似的不厌其烦地在同志们之间流传。

是谁最早说出来的？是李德良么？

黄培荣听懂了，心有灵犀一点通。是哇，夹滩和沙埂就在一个山头的南面北面么。一个山头的两个弟兄，谁还听不懂谁的弦外之音？"要得，这个办法好！"

这句话原本是说：庄户人家，往往男主外，女主内。男人在外，能够捞回家的东西，哪怕是一把柴火、几把青草甚至一泡狗屎，统统都往家里搬。家里的男人女人大人小孩该干啥的一个个再分别干下去。柴火码柴垛，狗屎沃粪坑，棉麻纺纱织布。

我们的高速公路建设指挥部就像一个大家庭，大家像一家人一样。在家里时每个人在不同的岗位上工作着，出了门就代表着指挥部。你的声音就是指挥部的声音，你的意见就是指挥部的意见，你的立场就是指挥部的立场。你不一把抓行么？广大群众，基层村社干部，兄弟单位部门同志，乃至上级领导部门，业务主管机关可都把你当作指挥部的代表的呵！他们让你办事你拒绝？你见了事能"事不关己高高挂起"？损了指挥部的名誉事小，误了高速公路建设进程，污了党和政府的权威声誉，伤了人民群众的心事情可就大了。对于指挥部内部机构设置、各部门职责权限心里有数的你，碰到问题时心里早就对该由谁负责办理有数了。于是当即自己能够处理的事情就认真负责任地处理，处理不了的带回家，交由相关职能部门去处理，然后将处理结果及时回复给提供问题的单位或个人。

出门一把抓，就是要提高站位。你的一言一行、一举一动都代表着指挥部。这时候的你就必须规范你的言行，你就必须谨言慎行。你的任何疏忽或者闪失，甚至不当言行就是对指挥部的声誉形象的抹黑。

出门一把抓，这要求你平时在家时就十分注意在做好本职工作的同时，对指挥部其他兄弟部门的工作内容、职责所在做到心中有数，对于全指挥部总体情况也必须要有充分的了解，以及知道当前的工作重点、难点在什么地方等。这样才不至于只见树木不见森林，只有局部没有全局。做好这些功课，你才会知道该抓些什么，以及重点应该抓什么。

出门一把抓，你还必须深刻认识高速公路建设在实现中国梦中的重要意义，自然地要能落实到具体的某一条路来谈，同时你要明白建设高速公路是中国共产党人的初心和使命使然。这是宣传群众、引导群众、组织群众跟着我们的党朝着党的目标共同奋斗的必要任务。

出门一把抓，这就要我们的同志对高速公路建设过程中所牵涉的政策、法律法规、制度等，尤其对与广大群众切身利益息息相关的问题有较为透彻的了解，甚至深入的研究。可不能在万一群众问及或者碰到需要我们挺身而出，为老百姓释疑解惑时或支支吾吾，或一问三不知，或干脆躲闪回避，或逃之夭夭。

出门一把抓，抓起的是责任，抓起的是担当，抓起的是一个共产党员的光荣与梦想！

出门一把抓，回来再分发。其关键在出门一把抓，起决定性作用的也是出门一把抓。至于回来再分发是不存在任何疑问的。高速公路建设指挥部这个集体是团结的奋进的，勇于攻坚克难，有战斗力的集体。有事大家争着抢着干，是一直以来的传统，以至于成了同志们的一种习惯。

出门一把抓，回来再分发，早就是江津高速公路建设指挥部同志们镌刻在头脑中的无须提醒的自觉，是溶于血液中构成生命一部分的习惯。

夕阳吸收了人们一天的劳累，负着重从山顶坠落下去，找到那个不为人知的地方歇息去了。山上腾起一片灰蒙蒙的暮霭，山里人习惯叫作"太阳落山了"，人们从疲惫劳累中也得到了解放。这是李德良、黄培荣这些同志们最是欢喜兴奋的时刻。他们早早地把房前院子、房后石坝打扫干净，甚至给爷爷裹好烟，备好茶，等着听爷爷讲这山村的奇闻趣事，讲这山里人的前世今生，讲这方土地养育这方人的福泽恩典。中华传统文化仿如那山风习习清醒着山里娃的头脑，仿如山泉淙淙滋润着山里娃的心脾，与山里的空气食品一起养育他们成长。有了儿时的厚实基础垫底，他们在以后的人生路上有取之不尽用之不竭的智慧源泉。在任何的艰难困苦、复杂多变面前，他们都能锐不可当，勇往直前。

党旗飘飘

柔和的灯光极有分寸地显现出来她如大理石雕像般秀美柔和的脸庞，显现着她忽而温柔、忽而沉思、忽而微笑、忽而肃穆的眼神，让人觉得好像透过她的双眼可以看到一幅幅景色各异的风景。辅导完孩子的作业，照顾他洗净睡下后，唐娟这才坐在写字台前筹划起本月10号的党日活动来。自打高速公路建设指挥部党支部成立，每月10号的党日活动就是雷打不动的项目。除上级党委有统一的活动安排之外，支部自己安排的活动，则采用每个党员同志主持一次活动内容的方式进行。从活动主题确定、活动内容安排、活动主持直到活动结束和结束总结都由该同志负责到底。

这对任何一个同志，无论是长居领导工作岗位的老同志还是一个年轻党员来说，都不是一件轻而易举，可以等闲视之的事情。党的活动姓党，党性原则不能丢，这是大前提。其他的诸如具体活动内容形式之类，则正是各位同志一展才华大显身手的机会。一改人们一谈党日活动就是讲道理的固有模式印象，各位同志可以选择更多的活动开展方式。我们当然承认有些时候道理还是必须要讲的。因为道理往往是朴素的、一针见血的、直白的，同时有时也是深邃的。但是同时我们也期望着我们的党日活动形式多样、活色生香，更接地气，有更多人间烟火气。这就为每一个党员同志提供了一个八仙过海，各显神通，充分展示自己聪明才智的机会和舞台。当然，无论是对谁的运筹策划能力、组织协调能力等都是一次绝佳锻炼和考察的机会。而这些能力，又恰恰是完成区委、区政府交代给我们高速公路建设指挥部"组织、协调、监督、服务"的工作职责所必需的能力和素质。

这样的方式能把党日活动的组织开展和我们所担负的工作职责巧妙地、有机地、"不动声色"地无缝联系到一起，让人不由得对那个首倡者发出由衷的祝福与赞美！是黄培荣么？自高速公路建设指挥部党的支部成立以来就他担任书记的呐。这个为党兢兢业业工作三十几年的老同志当然是具有这样的政治智慧的。会是唐忠琪么？这个军人出身的英俊汉子，区交通局在职副局长，分管高速公路建设的领导同志。尽管他的组织关系在区交通局，可是他是区交通局分管高速公路建设的现职副局长，兼任着区高速公路建设指挥部副指挥长，长期以来的主要精力时间都放在了高速公路建设上了。是李德良么？尽管他的组织关系仍然在区政法委，但是自从区委决定由他担任区高速公路建设指挥部常务副总指挥长以后，他全部的精力和时间就都投入到高速公路建设指挥部的工作中来了。党支部的工作，自然是指挥部工作的一个部分。

……

倡议者固然重要，固然值得赞赏与祝福。可是采纳并坚持，还在采用坚持中做了许多必要的补充与完善的同志不同样值得赞美甚至歌颂么？这就该归功于我们的党支部，归功于全支部的党员群众了。没有大家的拥护和支持、参与，再好的主意，再好的规矩制度又有什么具体的实际意义呢？还不是瞎子点灯白费蜡么？

唐娟来高速公路建设指挥部工作的时候，还是一个预备党员哩。高速公路建设指挥部和其他的国家机关、部门一样拥有党的支部委员会，并且正常地开展着组织活动，所有党员都过着正常的组织生活，这让她好生意外。令她有更多意外惊喜的是这里党的组织活动开展得有声有色、如火如荼、丰富多彩，令人耳目一新，极大地增强着党组织的凝聚力和向心力。这里的党支部的战斗堡垒作用和共产党员的先锋模范作用都得到了极大发挥与展示。她发自内心深处对党的热爱，以及愿意贡献自己一切力量的意愿被极大地激发，她心潮澎湃。此时此刻她面前的江水也蓝格莹莹了起来。这是心理的变化而改变了目光？还是"春来江水绿如蓝"的客观存在？在阳光的折射下，江水呈现出墨蓝、翠蓝、绿蓝、紫蓝等各种不同色相的蓝。此时此刻天空也是一片的蓝。湖蓝、钻蓝、粉蓝，蓝得那么地纯，那么地透。天空的蓝蓝得那么透明，江水的蓝却是那么地深。

在党支部的关怀培养下，在老同志的传帮带下，唐娟不仅按期顺利转正为一个正式的共产党员。几年之后，她也被大家推荐进了党的支部委员会，担任党的支部组织委员职务，直接地担负起党的支部组织建设工作重任。其中一项重要的工作内容就是为党培养和输送新生力量，使得指挥部党组织日益强大，更加朝气蓬勃、兴旺发达。在党支部的坚强领导和全体共产党员的共同努力之下，这些年来已经培养和吸收了3个同志加入到党的组织中来，他们成了"以民族谋振兴为使命，以人民谋幸福为初心"的共产党员。至此，全部19个员工中，原已有13位党员，现又发展3位，就共有16位了。这个比例够高的了吧！这就难怪江津高速公路建设指挥部的工作在历年的全市区县高速公路建设指挥部的考核评比中始终保持第一！这是"支部建在连上"的结果，是支部的战斗堡垒作用和党员的先锋模范作用发挥得好的结果呵！

夜，向着深处滑去。她终于做好了这次党日活动的方案，包括活动内容，活动方式，活动参与者（是否邀请入党积极分子或者其他人员），活动预期目标、意义，所需时间、经费，所需交通工具，安全保障措施，等等。之后只需按照组织程序报批。

或许是太疲太累的缘故吧，她想下楼走走。楼下就是时尚天街，街上还有好多人或散步或闲聊。人们一个个好像很自豪、很开心，对生活饱含着感恩与谢意。他们就像天上的那个月亮，笑得嘴巴弯弯的，都合不拢。

她看见人们的笑容里缀满了月光，唐娟也笑了，笑得那么甜，那么美。我们共产党人辛勤劳动、无私奉献，不就是为了广大群众笑得更自豪、更开心么？

这个世界不仅需要大白天炽热的太阳，同时也需要夜晚柔和的月亮朗照。该回去歇息了，明天还有新的使命召唤呢。

融入主城

人类没有梦想，世界将会怎样？有人说这是世纪之问。

梦想和追逐梦想的努力，是人和动物的分野。梦想，人类前进的灯塔。

千万别以为我说"周应琪的高速公路梦与生俱来"是打诳语，是吹牛，是文化人的臭毛病。这是确确实实的事，君不知他还在娘肚子里，他娘王大修就奔波在南京、北京城中去往城郊机场的高速公路上了。在娘肚子里的他当然是亲身体验着汽车在机场高速公路上飞驰与在山区崎岖不平的泥石土路上的巨大反差的哟。哪样更舒服，这还用说么？不知道人类学家、医学家、科学家们有没有研究过娘肚里的胎儿有没有做梦？如果有，他周应琪应该算是最早有高速公路梦的了吧？但是有一点是肯定的，20世纪六七十年代还是少儿时代的周应琪没有少当妈妈的跟屁虫，全国各地周游。江津城最有名的女企业家、在江津创办若干街道工业企业的妈妈没有少带他出去开眼界，阔胸怀，壮胆子，长见识，经风雨，见世面。不得不佩服他的妈妈王大修，一个普普通通的街道妇女，没有把宝贝儿子围在书斋，更没有让他周旋于各种培训班，各种竞赛场。至于她一不小心就培养出了一员江津高速公路建设方面的能员干将，倒是十分意外的。这正应了那句俗话"有心栽花花不开，无心插柳柳成荫"。

时世难料呵。可不是么，在市长秘书、市政府秘书科长位置上，干得好好的周应琪做梦也没有想到会调去担任交通局副局长。市政府下属部门多了去，为什么就偏偏是交通部门呢？难道真有"冥冥中自有天意"之说么？谁让他还在娘胎里就跟着妈妈走南闯北，没少"沾"交通的"光"呢？

对高速公路建设指挥部前期工作部部长的周应琪而言，不是为了附庸什么风雅赶什么浪潮才在和人交谈时开口就是"梦想"之类。周应琪由市长秘书调任交通局副局长的时候，正值"江津有个王继琰，公路挖得稀巴烂""江津人生来憨，大街中间立电杆"挖苦调侃、抱怨慨叹和无奈又无助之声泛滥之际。周应琪自觉着有一种无颜面对江东父老的惭愧，这绝对不是"破帽遮颜过闹市"就能掩饰的锥心刺骨之痛。作为分管交通的市领导，王副市长面对3000多平方公里面积，150万人的土地上仅有的渝东路（重庆至东胜）和津沙路（江津至白沙）的拥挤不堪和破烂不堪感到焦急。他实在是看不过去了，费了九牛二虎之力，才从市财政挪到一部分资金，再用民工建勤的办法加宽一些过于狭窄路段的方式，解决汽车交会问题，提高车辆通过率，减少拥堵。同时也填补一下过大的坑洼。可是市财政资金到位了，乡镇配套部分以及民工建勤却一时跟不上来。于是就公路挖得稀巴烂，很久之后也没完成加宽、填补，成为名副其实的烂尾工程。至于"电线杆立在街中间"，则是为了解决街道拥挤，改善交通条件而费力扒力地加宽了部分街道，却又因为种种原因搬移不了供电线路和路灯照明位置。于是供电线路电线杆和路灯电杆就仍保留在原有地方了。原本的街边此时此刻因为街道的加宽而成了街中间了。

迅速改变江津的交通状况成了江津人民的当务之急，更是作为交通局分管局长的周应琪刻不容缓的任务。"天将降大任于斯人也。""沧海横流方显英雄本色。"在二轻工业局任科长的父亲和在江津全市也赫赫有名的女企业家，尤其以勇于创新善于创办企业著称的母亲给予了他极大的支持与鼓励。

　　他改变江津交通状况，修建更多的公路，建设美丽江津的梦想就在那时扎下了根。从此这个梦想成了周应琪后半生的追求目标和人生最大的快乐。当然，那个年代还谈不上修高速公路。周应琪知道，革命是分阶段性的，超前好不好？好，可那得有实力作支撑。还是一步一步地来吧，可别弄出个"欲速不达"的洋相来。

　　梦想也是会随着时代的变化而变化的，与时俱进么。20世纪之前，于江津广大市民而言，最大的梦想就是江津的公路多修几条；路宽一点，至少能够两辆车顺利交汇；路面平整一点，莫让人坐在车上心脏都要被抖掉似的。谈到江津公路的抖动厉害，有两个细节：某日，周应琪陪同一位来津考察的重庆市政府领导。在车上，领导说："车子一抖得厉害，不需要问，我就知道到江津了。"好生尴尬的周应琪急中生智，为了那么点可怜巴巴的"面子"，也顾不得领导的面子了，应声而出："车子一堵，我就知道重庆到了。"逗得大家拊掌大笑。

　　在此之前，重庆市政府部门的一位体型富态些的处长来江津办事。因为路太烂，车一个高抛，之后便是重重地下坠，把他头顶撞了个青疙瘩还是小事，让他回去半年也上不了班的是他在重重坠落过程中腰摔折了。别说办事了，就连呼吸都疼痛难忍，更别说坐卧了。

　　而到了新千年，周应琪的公路梦就不再是一般人心目中的泥石路了，而是高速公路了。而且还是一步到位的平整舒适，经久耐用的新型沥青路面了，而不必再用水泥混凝土路面作为过渡了。

　　他，耳聪目明的他已经听到了"高速公路"正在向着我们走来的脚步声。似乎看到了"高速公路"的曙光，他满心喜悦，满怀希望。重庆市交通厅里怎么就突然冒出个重庆高速公路建设集团公司呢？呃，有戏，有戏！

　　5年的市长秘书生涯开阔了视野，又10年的交通局分管交通基础设施建设的副局长生涯教育了他什么是独当一面，什么叫责任与担当。尤其在与重庆市领导与市交通局领导的交往中，学习了站在更高层面更广泛地谋划事情和对待事物的宽广胸怀。这不，当市里决定建设重庆市内环高速公路的时候，周应琪就心急火燎了。江津，江津，可千万千万别把我们江津给甩掉了哇！无论如何也要挤过去，哪怕是十公里八公里也行。万事起头难。而当真的规划中果然有那么一二十公里规划给江津时，这个周应琪呀又不满足了。能不能多一点儿呢？多一公里算一公里么。这样江津融入主城的步伐就快了一步！争取，争取，争取。如何才能争取到呢？这个素有"小诸葛"之称的家伙果然高招迭出。周应琪高屋建瓴地提出自己的意见和建议：一是在几江镇高崖村观音岩处修建过江大桥，如此就可以将江津当年规划的支坪组团包括进内环快速路之内；二是在小湾处修建上下高速的匝道，方便江津城区的车辆上下高速。

如此一来，规划中的内环高速公路就会延长路程，增加建设投资六七个亿。十分显然，明眼人一看就是江津人"本位主义"思想作祟。但是周应琪据理力争着：如果站在大重庆的角度，和重庆未来发展的趋势出发考虑，今天多花几个亿正是为以后可能发生的重复建设节约下十几个亿乃至几十个亿。理由有三：首先，江津融入主城，既是重庆发展的既定方针，也是江津发展的必然选择。何况小湾设下道口，又大大地方便和促进了西彭地区发展。这一举两得的事情何乐而不为呢？其次，由几江镇边上过江，将支坪地区整个地包括进内环快速路之内，增加了珞璜地区的开发区容积量，为工矿等企业的发展提供了更为广阔的空间之外，也留足了建设西南的物流大通道，为发展"水、公、铁"综合交通枢纽提供了条件和便宜。这与原来规划从珞璜边缘切入的方法相比优势显然大得多。最后，因为我们的设想将极大地方便与促进了九龙坡区的西彭地区和铜罐驿地区的发展，得到九龙坡政府的支持与重视，所以我们两区商量决定：修建小湾匝道口的所需费用由我们自己筹资解决，各出一半。

"老周呵老周，我算是真的服了你了。能够站在全市的发展方向高度来看待问题，思考江津本区的发展，让人拒绝都找不到理由！"市里分管领导在听完周应琪代表江津政府发言后，夸赞不已。

"为了尽快地、更方便地融入主城，加快江津发展步伐，我们江津区委、区政府主动作为，专门新建一座鼎山长江大桥。这于一个区而言，是大手笔了吧？这得下多大的决心呵！开源节流，这得靠150万江津人民如何地艰苦奋斗，发展生产，创造价值的同时，需要过多久的紧日子才能筹集到如此多的资金呵！"这体现的是江津的决心，江津的气魄，江津的远见卓识。

"老周，你回去给你们区委、区政府的领导同志汇报，市里将在以后做工可研究报告和紧接下去的工作中认真考虑你们的意见和建议。江津毕竟是大重庆的一部分么。修建高速公路，能够带动和促进一个地区的发展，不正是我们的初心和使命！何况你们在考虑自身发展的同时也是站在全市发展的高度来思考和谋划的呢！"

之后的内环高速公路建设方案果然采纳了江津的意见和建议。消息传开，好多好多人啧啧称奇！这在一般人看来是根本不可能的事情呢，居然就被江津人办成了，还是江津人厉害。周应琪听了，也只是笑笑："这有什么稀奇的呢？凡事从大局利益、从全局性影响考虑，将局部利益、局部性问题放在大局利益、全局性之下来考量、权衡，服从于、服务于大局利益和全局性，就一定会无往而不胜。"问题是我们好多朋友还不能甚至不愿意，或者不习惯于把个人的、局部的利益放到大局利益和全局下来关照、来处理，自然是四处碰壁，只能灰溜溜地铩羽而归，徒生悲慨了啰！

更为传奇的是，修建鼎山长江大桥的同时，周应琪还"顺手捎带"地打通了艾坪山隧道，巧妙地将江津长江大桥连接了起来。几江半角的公路交通形成了一个完美的团环系统，比绕道双宝缩短了十来公里的路程。

值得指出的是鼎山大桥可是"公轨"两用的双层大桥，为以后的轻轨过江留足了空间。

这些其实还算不上什么，令人啧啧称奇的是这座大桥连同艾坪山隧道等，连带附属工程以后都划入了市政设施，资金渠道也并入了市政设施解决了。建设内环高速的岁月，江津高速公路建设指挥部的指挥长是区委常委何建平同志。辛华、李德良、秦敏等同志作为区委常委参与了重要问题的决策。

做客习水

"这江津人也是太能想了，简直就是异想天开。"

"做梦娶媳妇，尽想好事，我怕肠子想烂了，不好装屎。"

"……"

说什么话的都有。贵州的同志这样说，重庆市的兄弟区县的朋友也这样说。这些年来，江津人总是弄出些"惊人之举"令人目不暇接。

在市里的一个交通工作会上，当江津准备自筹资金，修一条从江津城到贵州习水县的高速公路的消息传开时，那可真是一石激起千层浪呵，参会的同行们纷纷议论开来。周应琪什么也不说，不紧不慢地边喝茶水边闭上眼养神。好一副任凭你风浪起，稳坐我钓鱼船的神情。似乎一切与他无关，事不关己莫劳心，超然洒脱。

这是一种自然而然，甚至于说是一个必然的结果。

在重庆市范围内，迄今为止还没有一条高速公路不是按国家高速公路网规划建设的，更没有哪一条高速公路建设资金不是国家或重庆市高速公路建设集团公司筹备的，相关区县交通部门只需积极参与配合就是了，大有坐享其成的意味。而现在江津人却不知哪根筋搭错了，鼓捣出来个自筹资金修建长达70来公里的高速公路的设想，还正经八百地交市里审批。难道他们不知道至少有三座大山横亘在哪里？首先，因为没有国家规划，其他诸如环保、国土、发改委等20多个部门的相关批文就拿不到。没有这些手续就无法做工可、规划建设、银行贷款等具体的工作。其次，七八十亿近百亿元的庞大投资如何筹措？小小的一个区一年有几多财政收入？除了必要的"吃饭"，还有庞大的民生开支之外，还能余剩几多？最后，纵然你江津本事顶天，把前述问题都解决了，贵州习水那边不来你的气，你还不只是干瞪眼！习水县可是个国家级贫困县呵！为了维持日常的正常开支，习水县还得靠国家财政转移支付哪，哪里能有一分半文来修高速公路哟！

困难，的的确确存在着，如山横亘，这是谁也回避不了的客观现实。江津人又如何没有想到？没有看到？

"可是还是泯灭不了我心中的梦想。"周应琪只是和他几个贴心的朋友才谈谈久存心底的知心话，"我们江津的重庆市级贫困村基本上都集中在南部山区七镇了，有条高速公路就可以大大加快那里的贫困群众早日脱贫致富奔小康。四面山因为交通限制了她打造成为"五A"景区的步伐。白沙、龙门有上千的朋友在云南和老挝、柬埔寨、泰国发展，他们多么希望有条高速公路通过去，那样的话他们的事业可以发展得越来越快、越来越好，也可以带更多的人过去发展。这是他们的梦想，自然而然也就是我的梦想了哇。还有更重要的是国家交给重庆市的任务，重庆市交给江津区的任务，都需要这么一条高速公路来拉动呵！"

下到群众中走多了、听多了，周应琪内心受到的撞击和震撼多了，渐渐他们体内的震荡就合了拍，就同了频率，以至于形成了共振！物理学上的共振可以摧毁一切坚固，而心理上的共振呢？会使心灵冲毁一切的禁锢与束缚，涤荡所有的污泥浊水，砸烂所有的思想牢笼，得到极大的解放。

机器既然开动了起来，运转速度就必然越来越快。

从国家角度来看，修建这条重庆江津至贵州习水的江习高速公路，通过江习去昆明瑞丽的高速公路直达东南亚各国，我们国家就多了条南向出海的大通道，成为海上丝绸之路的又一快捷大道。且这将在贯彻落实中央设立重庆直辖市的任务中起重要作用：实现大城市带动大农村协调发展；重庆在加快自身发展的同时，要带动临近省区发展；重庆和成都要加快形成双城经济圈，将成渝地区打造成国家经济发展的又一增长极。

从重庆市级层面来说，修建江习高速公路的重要意义也不容小觑：首先是增加了一条由重庆南下云贵直抵东南亚国家的通道，分流了现有的渝黔高速公路的车流，缓解其压力，等于修了条渝黔高速公路复线。其次是加快了成渝经济圈的打造步伐，给川南、川中乃至川西地区打造了一条南下云贵、东南亚地区乃至华东华南地区的大通道，有力地促进了双城经济增长极建设步伐。最后是加快了江津实现市委市政府交给的目标——都市经济圈建设的领头羊和渝西地区改革开放的先行示范区的步伐。

江津的这些优势，是由得天独厚的地理环境区位优势决定的。当然就重庆市而言，一区连三省的情况就只有江津；同时又紧邻中心城区，且自身的经济社会发展比较不错的也只有江津；地处成渝经济圈内的也只有江津；又恰好在海上丝绸之路经济带上的还是只有江津。天时地利条件都如此厚爱江津，江津再不抓住机遇乘势而进、有所作为，那岂不坐失良机成为历史罪人了么？

基于这样的分析判断，我们江津人完全有信心得到中央和重庆市的理解和支持。于是，作为高速公路建设指挥部前期工作部长的周应琪信心满满、干劲十足，非得要把这个项目争取到手，建设成功不可。他的身后是150万殷切期望的江津人民。希望他不负韶华，不负使命，不负众望。

遵义会谈

"看你老周说的哟，像真的咯，那么请你回答我：你说起那条路那么重要，那么幺不了台，那国家规划时为啥子就没有规划进去呢？国家未必还没有你想得周到吗？"

邻区的同志还是不服气，贵州的同志也不服气。

"话可不能够这个样子说。国家有更多更重要的路要上，一时半刻地还顾不过来。这时候，我们地方顶上去，充分发挥地方积极性，如此一来，中央地方两个积极性一起发挥不好么？我们的中国梦不就会早点实现了么？"

一向豁达开朗的周应琪笑呵呵着，轻言细语。

"问题是连重庆市里也没有打你的米啥。"

"还是那句话，发挥我们区的主观能动性，主动作为，争取进入国家、重庆市的高速公路建设规划盘子，到时候他们就会打我们江津江习高速公路的米了。"

周应琪仍然笑哈哈的，只是语气中多了笃定，多了自信，大有胜券在握的意味儿。他底气十足因为他知道绝对不是他一个人在单打独斗，区委、区政府、高速公路指挥部的领导和同志们也在努力争取着、奋斗着，他只是若干奋斗者中的一个而已。老周的理直气壮，侃侃而谈，让人服气。

"真有你老周的!"

认准的事情就是要坚持干下去。并且干就要干成，干就要干好，这才是江津人的脾气。偌大的几江河就在那千年万年流淌着、提醒着、鞭策着江津人呢！哪怕是百回千转，它奔向大海的意志，坚定不移、矢志不渝。

这不，周应琪和区高速公路建设指挥部的同志们配合区委、区政府不断地向国家及重庆市政府有关部委办局等汇报关于建设江习高速公路的重要性、必要性、紧迫性，汇报我们江津区委、区政府和150万人民的决心和信心。同时也开始了和贵州省、遵义市，以及习水县人民政府相关部门的沟通。甚至在一定程度上说来，他们能否和我们一起同步开始习水境内60多公里路段的建设就成了江习高速公路能否获批建设的关键。

任何的高速公路建设都必须避免出现断头路。高速公路间的相互衔接形成一个闭环，这是最经济、最合理的系统，也是一个不成文的行业规矩。江习公路建设成功，可以和贵州省内的高速公路相连接，进入贵州省内高速公路网。

于是，江津区委、区政府派出了由分管副区长邹存开带队，包括国土、发改委和高速公路建设指挥部前期工作部长周应琪、综合服务部部长唐娟等组成的庞大的代表团前往贵州遵义市政府，协商建设江习高速公路问题。

果然是剃头挑子一头热。江津同志谈起未来的江习高速公路，热情洋溢、充满期待、充满激情、活力四射。然而，贵州的同志，无论是遵义市的部门领导，还是习水县包括副县长在内的领导同志的发言却和江津同志大相径庭。总结起来就两层意思：今天没有这样的打算，以后也不会有这样的想法。用句他们中的一位同志的话来说：连梦都没有做到过。

说的也是呵：日有所思夜有所梦么。既然日无所思，夜又何来所梦呢？

习水的同志尤其强调，习水县系国家级贫困县，根本没有财力来建设高速公路。再说现有的二级公路就完全能够满足习水与江津之间的交通运输需求了。我们现在还看不出有修建高速公路的必要性，更谈不上重要性与紧迫性。

听了贵州同志的发言，江津的同志仿佛一下子掉进了冰窟窿，倒抽几口冷气。用句江津土话俗语形容：冷气绷心！

会议室仿如冰窟一般的冷。

"老周，还是你来说说吧。"邹存开副区长轻轻地指派说。

"尊敬的李副市长，尊敬的邹副区长，各位同志，我来做个发言。"周应琪没有过多的客套，两句必需的打招呼话之后便开门见山，开宗明义地亮出自己的观点。态度和蔼可亲、热情洋溢。语言情深意切、轻软柔和，如拂春风，却能入心入耳乃至入骨。

这就是周应琪的厉害。沉甸甸的话语在不动声色中表达得淋漓尽致。到底是学法律的出身，用语精当、逻辑严密、推理严谨、思维敏捷。是呵，没有这点本事，敢开办律师事务所？他只是顺应父亲的心意才进入公务员队伍，只可惜从此世间少了个优秀的律师。他是一个孝子。孝顺孝顺，孝就是顺。毕竟是中华传统文化孕育出来的人呵！不过，好在失之东隅收之桑榆。少了个优秀的律师，不也多了个称职的优秀的公务员么？是人才在哪儿都发热发光！这不，周应琪一番推心置腹的摆谈，入情入理的陈述，还就真的深入人心，扭转了局面呐！

"我是怀着感恩的心，朝圣的情来到遵义的。"周应琪站了起来，向着遵义市和习水县的朋友们敬礼，毕恭毕敬。

遵义方面、习水方面的朋友真的还一时手足无措。

江津方面的同志也一下子没有回过神。

"在决定红军向何处去，中国革命向何处去的关键时刻，遵义会议召开了。为了这次会议的胜利召开，遵义人民做出了巨大贡献。为了摆脱国民党军队的围追堵截，毛泽东同志在习水县境内指挥了震惊世界的四渡赤水战役，习水人民为了这次战役的胜利做出了重大的牺牲。如果没有遵义人民、习水人民的伟大奉献与牺牲，中国革命又将如何呢？中华人民共和国又将在什么时候成立呢？我们今天来遵义瞻仰遵义会议会址，来习水瞻仰红军四渡赤水纪念馆，表达我们无限敬仰与无限感激之情。"

周应琪的发言常常不是朝预定的方向发展，甚至南辕北辙，背道而驰。意外，太意外了。"我的先人板板呢，在家里么，你这样东拉西扯么就算了嘛，你出门了，还搞这个台子，不丢人现眼么？我是要你来救场的哇！你这背时的！"邹存开副区长才分管交通工作不久，和周应琪接触不多，只是听说这人"板眼"多，是个攻坚克难的一把好手。交通部门点多面广，涉及社会生活的方方面面，扯皮拉筋的事情多。区里秘书科科长都不让他干了，委派他到交委来工作。好钢用在刀刃上，只有唐娟心里有数。她太了解周应琪这个顶头上司了：没有意外，事情似乎一切顺理成章，不就一切都变得寡淡无味了么？谁还会记住你的话？你说得满嘴的血泡子翻，别人还以为吃多了苋菜，冒酸水呢。

待到大家惊愕的情绪稳定下来，周应琪这才"书归正传"：

中央决定设立重庆直辖市时，给了重庆两项重要任务。一是大城市带领大农村，努力地发展好自己。二是在发展好自己的同时，要注意辐射和带动周边兄弟省的发展。这时候贵州省委根据遵义地区与重庆山水相依的区位优势，不失时机地提出遵义地区要主动融入重庆经济圈发展，接受重庆的辐射和带动，配合重庆市政府"退二进三"的战略布局，主动承接重庆市退下来的第二产业，利用自己自然资源丰富，农村转移劳动力资源丰富的优势，发展自己的制造业。此后不久，中央提出"一带一路"建设，我国西北地区和四川、重庆响应中央号召，开辟海上丝绸之路经济带建设，经过习水抵达瑞丽直奔东南亚出海便是最好、最为便捷的通道。我国的产品和物资要从这条通道运输出去，东南亚及世界其他国家和地区的产品物资要从这个通道运进来。说得更直白明确一点，单单一个我们江津双福国际贸易市场，一年就有多少百万吨的商品来自东南亚哟！而这些物资的运输都得经过遵义市甚至习水辖区！遵义、习水的区位优势再次彰显，得天独厚。最近，中央又提出：成渝双城联动，打造成渝经济圈，建设我国经济发展的又一个增长极。如此一来，以后运进运出这个地区的物资数量，便更会成几何级数的增长。现在已经有的渝黔高速已经基本饱和，急需有另外的高速公路来分流，以减轻原来的渝黔高速的负担，以减少拥堵，提高运输效率。

身材瘦削修长，目光如炬，高挺的鼻梁统领着五官，位置恰如其分。整个相貌显得他特别敏锐果决，下颚方正突显出他坚毅的个性。一个敏锐而善于观察思考的人，如果对所接触的人和事物加以敏锐系统地分析，他将收获颇丰。上苍也太眷顾周应琪了，给了他这些还嫌不够，还给了他喜色的面容。无论多么严肃、严谨、严重的话语从他嘴里吐出来，总能入心入耳。谁的心灵又能抵抗得住淙淙山泉叮咚叮咚的敲击呢？即使曾经停留在人们眼中的茫然也会因为心灵的柔软而变得欣欣然悦悦然了。

这家伙好生厉害！不动声色之间就把什么叫站在时代的高度，站在国家和重庆市以及贵州省遵义市的高度在思考问题展现得淋漓尽致。他在表彰自己，批评别人么？看不出来。可又分明着有那么点意味儿？

这就是说话的艺术？

也太艺术了吧？

这些话分明就是些大白话。谁还没有听过千百遍呢？可是今儿个被他一综合、一杂糅咋就有不一样的味道了呢？

哦，这难道就是传说中的"雅"么？雅就是有文采，有韵味，有意味，不浅陋。有意味就是有内涵。

"正是基于上述的理由，重庆交委和贵州省交委才决定：暂不考虑原来拟定的建设重庆南川到贵州道真的南道高速公路，先考虑建设重庆江津到贵州习水的江习高速公路问题。"

分管领导兼高速公路建设指挥部指挥长的邹存开此刻心都提到嗓子眼儿上了，深恐周应琪嘴上没把门的，把那句话说出来了。这可不是在家里自家人说话，高言矮语没有啥关系，千万千万别让人以为我们是在搬上级领导来"压"他们呵！

周应琪仍然谈笑风生。唐娟仍然悠悠然、饶有兴致地听周局长讲话。她太了解这位领导的个性特征了。当过律师的人，说起话来真的是滴水不漏的呵。那么容易就因言获祸，他又如何在律师界混？区政府秘书科科长，思维不缜密，能够算是称职的么？

果然，只听他话锋一转，仿佛大江大河航行的舵手那么轻轻一扳动舵把，航向就变了：

"我想告诉朋友们的是，根据中央的安排，重庆市和贵州省的毕节地区结成帮扶对子。重庆市把这个任务落实给了主城渝北、九龙坡、江北、巴南、南岸和渝中六区，每个区对应毕节的一个县。以后将有大批的笔记本电脑、汽车摩托车零部件生产企业等制造业扩散到毕节地区，毕节地区的大量农副土特产品和其他物资将供应到重庆主城区市场。因此，以后的江习高速以及渝赤叙高速都将发挥巨大的作用。

哦，我还差点儿忘了向遵义市里和习水县里的领导和朋友报告说，我们重庆、四川、贵州三省市领导部门正在规划建设'渝赤叙'高速公路呢。其中的'渝'，就是从江津出发，'赤'是经贵州省的赤水市，'叙'是抵达四川省的叙永县。这能有力地带动这三省市毗邻贫困地区群众脱贫致富奔小康，让这些地方的广大人民群众跟上全国发展的步伐，实现中华民族伟大复兴，不让一个地方的人民群众落下。"

"就做一团火，温暖你我他。"周应琪走到哪里都能像一团火一样，把身边的朋友烘得周身暖洋洋的，甚至浑身热血沸腾。

这不，大家全神贯注着，生怕自己听漏了一个字一句话。

既然如此，何不更上一层楼，更加一把柴呢？

"我们拟议中的江习高速的起点设在渝泸高速的慈云北。这样就方便了川南地区乃至川西和成都及陕甘宁方向来的人员和物资通过江习高速南下云贵直达东南亚。而渝泸高速慈云北又是正在做工可研究报告的合璧津高速的终点。如此一来，川中、川东北地区的人员物资也可通过江习高速南下云贵再去东南亚。同理，东南亚和云贵方向来的人员物资不也可以通过江习高速北往上述各地么？到时候你习水的经济还不会带活跃？这，不就是'要想富先修路'的具体体现么？习水的区位优势这才是得天独厚呵！不服气都不行。谁也偷不去，谁也抢不了，只有干瞪眼干着急。"

该打住了吧？

就此打住就不是周应琪。他谈兴未尽？不。他还要把这"火"煽旺。

"我们江津区位优势也十分明显。同志们猜猜看，我们已经有了的，在建的和规划中的高速公路有几条？"

"4条？"

"大胆点儿。"

"6条？"

"再大点儿。"

"8条？"

"再再大点儿。"

会场突然就一下子雅静了，大家双目圆睁盯着周应琪。

这家伙偏偏不快人快语。这是在干啥？要把人憋坏么？真的憋坏了咋办？有药医么？有医生会医么？

好久好久之后，周应琪才慢慢吞吞地说："不多，也不少，就10条。不过10条而已！"

好一个"10条"还加了个"而已"，这家伙差点没把别人的下颌给惊落掉！

吁——嘘——

惊叹声一片。

"还有呢，还有呢？"待到贵州朋友吁嘘、感叹、惊艳、羡慕乃至不解，等待且听下文分解时，刚刚那个姓周的江津朋友却戛然而止，不再讲下去了。他们瞪圆了双眼，直愣愣地看着他，嘴里呢喃自语。

是呵是呵。江津，我们习水的邻居，像亲朋好友一般的来往密切，谁还不了解谁呀？这才几年时间哇，咋呼咋呼的怎么就突然冒出那些条高速公路来了呢？为什么还要修那么些条高速公路呢？你原来不就是一个县么？简直太天方夜谭了吧？几年工夫就整出个千亿工业强区！听说再过几年就要达到2000亿了，简直就是变戏法似的。几整几整就搞得来比我们贵州好些地级市的工业产值都高，并且还高得不是一点点！

果真是"要致富先修路"么？果然是高速公路带来的效果么？果然是……

这个砍脑壳的周姓局长哟，你倒是说话呀！

悬念。悬念。悬念。深谙人情世故、说话技巧的周应琪偏偏就哑口闭声，硬生生把"且听下回分解"塞给了听众。

探微索隐，求解奥妙乃人类的本性，即天性。所谓的艺术作品就是抓住了人性的这个特点大做文章，求得自身的生存与发展的。

或许是感觉到自己把大家伙儿推入到"迷宫""泥淖""惑域"而不得"拔"，过于"残酷"了些吧，过了一阵子，周应琪才补充了这么一句："欢迎各位朋友到江津来做客。到江津新城旧城转转，到珞璜、到双福、到德感、到白沙四大工业园区逛逛。哦，对了对了，还差点忘了，我们江津境内即将有10座长江大桥了。江津城区20公里不到的长江上就架了5座大桥，到时候我带大家一座一座地去走走，感受感受。"

这个背时的周应琪哟周应琪，你也太过分了吧！别人那好奇，那悬疑，那迷惑心理才刚刚开始平复，准备开始下一个会议议程，你这么"漫不经心"的几句话，更大地引起了人们的骚动，使人们议论纷纷。一个县，10座长江大桥？说得那么轻松容易，像我们习水人喝菜豆花一样的容易，哧溜一下就吞下肚似的。

习水人家的菜豆花就是待客主菜了。豆浆磨成，也不过滤豆渣呀什么的，往锅里一倒，烧开之后，往里倒些蔬菜叶之类，上桌后拌入调料，便可喝了。简单是真简单。

是呵是呵，江津人口中的长江大桥的不值一提，那是因为它仅仅只是高速公路的一个部分。高速公路不还包括隧道呀什么的么。

哈哈，哈哈，副区长邹存开、高速公路建设指挥部综合服务部部长唐娟的心里倒是有点数的：周应琪早早地把那句话放在那里等待着呢——请你们来江津做客，顺便考察考察江津这些年的发展与进步。

贵州朋友的修路积极性能否调动起来，是江习高速公路项目能否获批的关键。能否与江津段同步开工同步完成，顺利全线通车是这条路能否成功，并发挥应有作用的关键。

遵义的美景让人不由得感叹韩愈当年写的"天街小雨润如酥，草色遥看近却无，最是一年春好处，绝胜烟柳满皇都"是不是"抄袭"了遵义景色呢？不大一会儿，随着山雨渐止，山势柔缓的曲线不见了，生机从视野中退去，山开始显露它刚劲雄浑的一面。错落有致的山头像是奔跑着，充满着动感，嶙峋突兀。野性不羁，带着兽的狂野。这边踞着一只绣边的金钱豹，那边奔来一只花纹华丽的华南虎，气势逼人、刚健雄壮，仰天长啸。遵义城就在群山的呵护与怀抱中璀璨晶莹着，给人一种别样的美的享受。大街小巷随处可见餐馆食店、农贸市场，还有万千人家里溢出的酸汤味道弥漫着，把整个城市包裹得严严实实，让初来乍到的几位江津人舌下生津，满嘴都是酸酸溜溜的了。

还好还好，嗜酸如命的遵义人为人处事并不酸溜溜地举棋不定，纠缠不清。

这不，主持座谈会的遵义市李副市长在做总结发言时就非常直截了当，态度鲜明："谢谢江津朋友给我们传经送宝。你们的一席话真的让我们大开眼界。你们在思考江津的发展时，把它放在时代的背景下观照，放到全球化的阈野里筹划，放在国家的战略中部署，放到重庆市的使命中安排。一条江习高速公路建设的思考，实在令人感动。你们提高自己的站位，主动作为、大胆创新的发展理念给了我们极大的启示。在准备这次座谈会的时候我做了一些功课，翻阅了一些关于江津这些年来的发展情况，真为你们所取得的巨大成就感到由衷的高兴。至于我们今天讨论的江习高速公路建设问题，我将向市委常委会议汇报、讨论，然后向省里汇报。会后我们出个座谈会纪要，根据纪要精神，与市交通局和省交通厅取得联系。习水县的王副县长回去后要向县委县政府汇报。市县各相关业务部门现在就开始陆续开展筹备工作，一俟得到正式通知，立即开始行动，力争能够和江津同步施工、同时建成通车。"

就在李副市长说到出座谈会纪要时，唐娟打开了随身携带的公文包，取出了事先在家就准备好了的座谈会纪要，呈送到邹存开副区长面前。邹副区长瞟了一眼，转过头，将赞许的目光投向唐娟，点点头，之后便双手将那座谈会纪要呈送给了李副市长。

惊愕、疑惑、诧异。李副市长的神色好生复杂，他盯了邹存开一眼，转眼草草瞟了纪要一遍。"谢谢，谢谢，还是江津同志想得周到。你们可真的是把好些事情都做到了前面呵。太好啦，会后我们认真研究一下，做些修改、补充和完善，再寄给你们。"

江津朋友的这番举动也实在是太出乎参会的贵州朋友的意料了。对于他们而言还是破天荒的第一次见识到这种情况，算是开眼界了，也是确实惊艳住他们了，以至于他们久久不能回过神来。

会后，邹存开副区长把唐娟大大地赞赏了一番，弄得唐娟满脸通红，急忙申辩："哪里嘛，周区长吔，你这回真的是谬赞我了，我可不敢贪天之功为己功。"

"哦？是么？"

"当然啦。这可是李书记让我做的呢，这些功课我们在家就早做足了。"

"是这样的么。还是老领导想在先前，做在前面了哇！"邹存开好生感慨。

历史上学了为摆脱国民党军队的围追堵截，红军当年四渡赤水，四渡赤水的故事就发生在习水县城。如今为了协调贵州的同志们一起同步共筑江习高速公路，周应琪是几度赴习水呢？他这"计算机脑袋瓜"也无法计算了。

几十年的基层工作经验和领导岗位工作经验都反复告诉李德良：凡事都必须一鼓作气，趁热打铁才能成功。认准了的事情，就得抓紧实施。抓紧抓紧！抓而不紧就等于不抓，好多机遇都是在怠惰因循中丧失了的。并且贻误的不仅是战机，还会莫名其妙地冒出许多意料不到的事情出来，教训不可谓不深刻。具体到这次的座谈会，从提出动议，到具体筹划，再到双方同志坐到一起，相互交流各自的意见和建议，过程一波三折，没有少费周折。这个座谈会的成果，当然得有一个纪要记录下来，固定下来，并且双方都还得照纪要取得的共识执行。双方要一次一次地累积共识，直到把这个事情办结，直到取得成功。

这次座谈会是我们江津提议召开的。起草个座谈会底稿，把座谈会开的目的意义和达到的效果、达成的共识，都记录下来，成为会议讨论的基础，这本也是应该做的事情。

所谓务实，就是把事情做到实处。那种会上发言海阔天空、不着边际的高谈阔论的神仙会，无主题音乐似的热热闹闹，会后大家只不过双手一摊，什么都没有留下；那种虽然有主题，大家发言也积极热情高涨，可就是议而不决，或者即使有了决议，却没有文字固定下来，这样也不行。会议后又决而不行，没有严肃性、约束力等都是应该坚决杜绝的问题。

为了杜绝种种弊端，提高会议效率，搞这么个会议纪要初稿是十分必要的。这是我们江津人务实精神的具体体现和展示，也是江津人做事讲究效率的具体体现。凡事预则立，不预则废。这是先贤留下的工作的古志智慧，现代人的李德良屡试不爽，十分起作用。这不，初稿当场拿了出来，当场修改定稿之后，照会议决议事项办理，提高的不仅是办事效率，更是双方的诚信和对党的事业的忠诚。

都说江津人厉害。不厉害点能够通过三五年的努力，从300来亿元的工业产值一跃而升至千亿么？能够企望通过几年的努力达到2000亿元的目标么？能够通过10来年的努力，建设成功五六条高速公路，在长江上架起七八座大桥么？

"说起粑粑就要米做"，祖辈父辈的谆谆教诲我们铭记于心，不敢片刻忘记。务实，务实，务实！早已经镌刻在李德良的心底，时时刻刻体现在他的言行举止之中，从自然升华到了一种自觉的行为模式。以至于在周应琪、唐娟回来谈到座谈会上的花絮时，李德良还是那一切如常、波澜不惊的模样儿，似乎原本就是不值一提的事情。

江津人确实厉害

果然有"无巧不成书"的好事么？

还是"心诚则灵""诚能感天"？

抑或是江津区委、区政府的领导们把准了时机，把准了时代跳动的脉搏吧，在最适宜的时机做了最佳的决策：向重庆市委市政府提出了"建设江习高速公路"的建议报告。

就在重庆市江津区政府和贵州省遵义市政府"关于建设江习高速公路座谈会"召开不久，国务院颁发了专门文件。消息传来，贵州全省一片欢腾。不是贵州辖区内的重庆市江津区人民也由衷地高兴，为贵州人民高兴，同时也为我们自己高兴呵！有国家特殊政策扶持，我们拟议中的江习高速公路贵州习水段的建设就困难少多了哇！贵州省政府抓住这千载难逢的好机遇，把江习高速公路项目纳入国家支持扶助项目上报中央。

果然，不久之后就从贵州省交通厅传来消息：江习高速公路建设项目被中央批准，纳入国家扶持开发规划之中了。

之后，一位习水县领导在和李德良聊天开玩笑时说："你们江津人确实是厉害呀，你们咋就知道国务院会颁发这么个2号文件呢？你们硬生生地要我们上江习高速公路项目，就像是专为2号文件准备的一样。时机把握得那么好，难道你们有内线么？还是真有特异功能，能料事如神呀？"

"哈哈，哈哈哈哈哈，玩笑开大了哇！谁还敢在中央插内线呀？这种事情还要内线外线么？贵州由于受到特殊的自然环境约束，经济社会发展速度相对滞后。为了不让一个人在脱贫致富奔小康的路上被落下，到2020年实现全面小康的发展目标，国家的扶助和支持是必然的，只是时间的早晚而已。而"要致富先修路"早已是人们的共识。何况习水县又是国家级贫困县，在贵州省、在遵义市又都是重点扶持地区。就这个意义说来，我们区委、区政府经过认真研究，严格审查之后一致认为现在是建设江习高速公路的最好时机。"

"是你们三番五次，苦口婆心，才终于使我们茅塞顿开，下定决心建设江习高速公路习水段的。"

"话可不能这样子说。"

"还是你们站位高，把握住了时代的脉搏，世界发展的大趋势。同时又与本地区社会经济发展的实际相结合思考问题，谋划发展。你们都是走在时代前面的人。老大哥毕竟是老大哥，俗话说，'有事找大哥'，之后你们可要多多帮助我们哇。"

"这是哪里话？渝黔共发展，是中央给我们下达的任务。我们一定按中央指示办。"

"这就难怪江津这些年发展得这么快这么好！"

"好，我们再一起努力，早点把江习高速公路建设好，早点取得效益吧。"

有来有往

来而不往非礼也。我们江津同志去习水、遵义做客，当然也得礼尚往来邀请他们来江津做客。但是用心很深的李德良、周应琪等同志们都没有安排他们在会议室来议论一些空话白话或没多少实际意义的话。一句话，眼见为实耳听为虚。

这不，邀请遵义、习水的朋友来江津做客，陪同他们参观双福国际贸易市场，看看那每天如潮水般从世界各地涌来的商品，又如潮水般"退"去，分散到全国各地；也参观考察了双福工业园区，看看一年三四百亿的工业产值是如何创造出来的，得运输进多少原材料，又有多少产成品需要运输到全国乃至世界各地；同时也到珞璜工业园区去参观考察。李德良、周应琪都是有心人，因为这两个工业园区和双福国际贸易市场都是由重庆绕城高速公路串联起来的，仅双福南、双福北、珞璜、珞璜西就开了四个下道互通口子。贵州朋友的兴致之高出乎李德良等同志的预料。尽管他们事先做了充分的思想准备，以及计划了接待安排方面的工作，此时还是捉襟见肘、慌乱紧张。他们参观之仔细，询问之详尽，以至于用了好多好多时间，而原来安排的饭点就得一推再推了。例如他们对如此宽广平整的高速公路也时常产生拥堵，尤其对于等待进场出场的车辆长龙兴趣浓厚。有人甚至专注于车辆牌照的记忆，看看究竟都来自哪里。以后我们的江习高速公路通了，习水，不，遵义地区，不，整个黔北地区的农副土特产品都可以通过这条高速公路运到双福国际市场来销售，还不大大地加快黔北甚至整个贵州的脱贫致富么？何况还有云南的东南亚各国的货物，都可以通过这条路运到双福，那时候，你习水县就凭地理优势都可以大大发展起来。

之后，大家顺便也去实地考察了拟建的江习高速公路的江津起点：渝泸高速公路慈云北。这里也是合璧津高速公路的终点，重庆三环也将从此通过，距重庆二环也就10多公里。

干脆，再带贵州朋友在江津区境内走走看看，珞璜工业园、双福工业园、德感工业园、白沙工业园也都参观考察一下。用句俗语说：江津的脚脚爪爪都让你看个够，毕竟我们江津习水是要"联姻"的呵！

每个工业园区都是几十平方里的面积，都有数百家工业企业。现代化的大工业集中展现在这次长年奋斗在贫困封闭山区的同志面前，热火朝天的繁忙景象，让贵州客人眼界大开、兴奋不已、十分新奇。对他们而言这是一次精神的强烈震撼和灵魂的洗礼。令他们更是欢欣鼓舞的是，这里的相当一部分企业在往后的岁月里，将按国家安排、市场化动作，逐步地梯次转移到贵州地区。譬如现在就按国家安排，重庆市中心城区的几个区对口支援贵州毕节地区，就正在落实将一部分企业从重庆城区梯次转移去毕节地区各县。说起来当然是通过江习高速过去最为便捷哟。

"洞中还是腊月，洞外已是新春。"习水的一个客人好生感慨，套用了《红岩》小说中的一句话说，"我们被关在贵州那山旮旯里都关傻了哟！没想到没想到，就在我们山下，伸脚就到的老邻居江津，这才几年工夫哟，就真正地旧貌换新颜，今非昔比了哇。"这位朋友情绪万分激动。"李书记呵李书记，你倒不晓得，前次你们来贵州说，江津再经过三五年的努力，就将实现镇镇通高速，150万市民中的绝大多数可以实现15分钟上高速，一个小时出省的愿望。你们走了，我们中好多人都不相信，认为你们江津人就是会吹牛，能把树上的雀鸟儿都哄下来。"

"哦？那现在呢？"

"这下子我相信了。一个江津城，光长江大桥就建成了3座，没建成的还不算。火车不是推的，牛不是吹的。事实胜于雄辩，该你们牛！如果换作我，我也牛哄哄。"

"哈哈，哈哈哈哈哈。"

　　许是通过两天的一起参观考察，大家熟悉了一些，彼此之间便少了许多客套，交流谈吐也随便了些。

　　"李书记呵，我这两天和你们高速公路建设指挥部的几位同志接触交流，我突然想起来那么一句话，不知道当说不当说。"

　　"咱们不是朋友么？以后不是要常来往么？有些什么顾虑的呢？说！"

　　"我可说了哇。"

　　"我洗耳恭听着呢。"

　　"一人之辩，重于九鼎之宝。三寸之舌，强于百万之师。话是这样说，但是都不如一个事实。百闻不如一见，事实胜于雄辩。你是说最少的，可你又是让我们看到的东西最多的，还是你最了解我们这些山里人的心理活动。"

　　"是不是呵……这都得益于高速公路呵！双福、珞璜二个工业园区都在内环高速公路上，白沙工业园区在外环高速公路上，而德感工业园区是又有成渝铁路，又有长江水运，还有成渝高速公路连接。要想发展快，全靠高速公路带么。公路运输可以实现门对门服务，方便快捷。"

　　李德良笑笑。

　　"我们渝黔双方同心协力，早日把江习高速公路建成通车，早日发挥效益才是真门子。比江津发展得更好的习水完全可期可待的呵！"

　　这位习水的朋友祖上还是江津先锋迁过去的，香草溪边的天葬坟里躺着他的祖先。当年祖先战乱平息后又迁回了先锋，这位同志的这一支系人就留在了贵州繁衍生息了，所以听得懂最地道的先锋乡音。恰恰李德良也是先锋镇人。他乡遇"故人"，加上同根同祖，同血脉的亲缘关系让他们心靠得更近更近了。其实别说习水了，包括遵义在内的黔北五县，在清雍正五年（1727年）前也都还是四川省的一部分呢，属当时的泸州管理。而习水由于和江津山水相连，习水人之中有相当大部分和江津人都有着血缘关系，有的甚至还没有出"五服"。

　　"榜样的力量是无穷的。"江津的发展状况被这批朋友带回了贵州黔北地区。那贵州朋友坐不住了，穷则思变，奋起直追心爆棚，国务院支持贵州地区经济社会发展的文件的颁发，更是让贵州朋友喜不自胜，鼓荡起他们的自信心。再加上随后的李德良等同志们又多次去贵州和当地同志交流，他们再也坐不住了。

多谋善断

这不是么，贵州省交通建设部门和××路桥集团签订合作协议，由××路桥集团出资并承建江习高速公路贵州习水段。消息传来直令江津区高速公路建设指挥部的同志们大感意外，没想到呵没想到，我们起了个大早，他们倒抢了个先。不过他们更多的是高兴和欣慰，功夫不负有心人，大家好长时间以来的努力终于没有白费。

"既然他们约请××路桥集团作为合作伙伴，我们是不是也邀请××路桥集团有限公司作为合作伙伴，这条路全部都委托他们承建、经营、管理呢？就一客不劳二主了。统一规划、统一建设、统一经营、统一管理，这样一来既提高了效率又降低了成本。"对，就这样办。在一番反复讨论之后，集思广益的基础上李德良一锤定音："去趟成都吧，摸摸对方虚实。再说，从人情礼谊上来说，也该去回访一下呀。来而不往非礼也。"在此之前，××路桥集团有限公司的领导来过江津，表达了希望参与建设江习高速公路的强烈愿望。

在去××路桥集团有限公司的上午，阳光翩翩而来，为寂静的竹林穿上一件金黄色的衣服。微风无声地潜入，由竹根至竹梢，轻轻一晃，竹的目光便清明而透亮。好久没来成都了，四处可见的茂林修竹使人们感到怡然自乐，李德良、周应琪、唐娟等同志们的心情也像这竹林一样清明透亮。

可是，哎哟喂，现实生活中怎么就那么多的"可是"呢？是谁发明的"可是"？这个词一出现就知道"事与愿违"打上门来了。

他们要求江津也按投资总额的30%补贴他们。

"乖乖，80亿的30%是多少？24亿！我们江津财政如何能承受得起呦！"李德良等同志们心里一阵咯噔。

不过，李德良、周应琪这两个主谈代表喜怒并没有形于色。这是一种心理素质修养，也是一种谈判技巧。周应琪当过工业会计，懂得成本核算。他从事公路建设管理也20来年，和各种各样的建筑工程公司打交道多了去，什么场合没经历过？他还当了多年律师，对包括公路建设管理运营在内的各类公司的操作管理也并不陌生，不然他又如何去给他们打官司、讨公平、追欠款之类呢？再加上李德良这个儿时曾经买糖精化凉开水卖，一杯水仅赚厘厘钱的事儿干过；把父亲种的叶子烟爬火车到荣昌广顺场、到隆昌迎祥街去卖，冒着生命危险，承受饥寒交迫，一斤就为了多卖一二毛钱的事儿都干过的人也在，所以他们一点也不慌张。李德良太知道老百姓赚钱的艰辛了，现在有机会为老百姓守住钱袋子，他的儿时记忆，即人们常说的练就的"童子功"这阵子就起作用了。

"这个数我们江津是无论如何也给不了的。"话音不大，音阶也不高，音程也不长，但是语气却坚定而厚重，不容置疑，毫无回旋余地。

"那么江津方面的意见是？"

"这个问题我来回答吧。"内心早就按捺不住，但表面却始终不动声色的周应琪说话了。

老周一上来就把整个建设工程的款项问题说了个一清二楚。他把承包商以工程项目做抵押可以从银行贷款多少，通常情况下的工程建设利润率多少，原材料合理压款时长多少等，噼里啪啦地，仿佛一个工程预算会计似的报了个清清楚楚。不仅如此，他接下来又将投资回报率、回报时间等也说了个明明白白。

李周二人的珠联璧合顿时把对方团队成员给镇住了，一时间还真没人说得出话来，除了面面相觑以外，还是面面相觑。他们也是在商场摸爬滚打几十年，什么风浪没经历过，什么难以对付的谈判对手没见过的老江湖了哇，但是像今天这种阵仗还真是破天荒的头一回。

过了好大一阵，主持会议的朋友只能宣布散会。生意不成友谊在，他说了一大堆的客套话后就宣布散会。双方各自回去讨论讨论、商量商量再说吧。

李德良也好，周应琪也好，经常有句话挂在嘴边，那句话是那样的令人值得把玩，令人印象深刻：人在江湖混，就得按江湖规矩办。商场就是最大的江湖。商场，说白了就是利润的博弈场，你算不清楚对手的账，你何以出手？怎么还手？你算清楚了对手的账，却不给对手留条"活路"，让出利润空间，对手也不是傻瓜笨蛋，他不和你玩了，"惹不起躲得起"，你一个人又怎么玩呢？

德泽天下，良润万家。

祖训谆谆，萦绕于怀，李德良不敢半刻忘怀。

应运而生，棋高一着。

企业家的母亲给儿子取名也别具一格，竞争意识爆棚，教诲儿子要在这个激烈竞争的社会生存，就非得棋高一着不可。

君不见其他家孩子取名，不都用"琪"么，斜"王"旁代表"玉"呵。金玉满堂，多么荣华富贵珠光宝气呵！而这个王大修却偏偏给儿子一个"棋"。天下人一谈到棋，谁又不立刻联想到"博弈"？

就明白地说吧，李德良、周应琪等同志们内心还是准备给××路桥集团一些补贴的。只不过我们的心理价位和他们所期望的总投资额度的30%实在是差太远太远了，都有些不好意思说出来。

那也就不说也罢。在生意场上某些时候，还是含糊其词更适宜一点儿。混沌、模糊并不都是贬义的。

××路桥的同志是在贵州朋友那里拿到了"投资总额的30%的配套补贴"后，当然也企望在江津这里如法炮制啰。这哪里可能嘛！贵州有国家的扶持政策了嘛。

"回去休整几天，准备去昆明，和另一个建筑集团公司商谈。东方不亮西方亮。"李德良对周应琪、唐娟等同志说。他信心满满，底气十足："种得梧桐树，自有凤凰来。大家辛苦一点，一定要争取到对江津最好的条件。"

江津人跩

"江津跩得很哩！"在习水，有好多避暑楼盘还是江津开发商开发，自然去避暑的客人中有好些江津人。习水朋友见了江津客既好奇也羡慕。"招商引资，好一副皇帝女儿不愁嫁的架势。跩，真的是跩。""别的地方生怕招不来商，你们江津人还挑肥拣瘦，入不了你们法眼的还不行，真的是跩得不轻！"

"你们江津凭啥子这么跩得不轻呢？"

是呵，凭啥子呢？作为江津人自己平时谁又去思考过呢？平时抱怨乃至咒骂或者调侃挖苦"江津"的倒还并不鲜见，赞美江津的倒是少有听到。是不是"只缘身在此山中"？还是"恨铁不成钢"？此时此刻别人真的问起来了，几个江津人坐在一起一凑，嘿嘿，跩的理由十条八条就出来了。"我们江津人是该跩跩呐！"自豪感油然而生，自己都吁嘘感叹了。

稍做梳理，就会发现，江津跩，就跩在自然条件得天独厚；就跩在江津人思维方式能够与时俱进，跟得上时代的节奏；就跩在能与党和国家的脉搏一起跳动；就跩在永不故步自封；就跩在坚韧不拔，即使"九"怪曲折迂也勇往直前。

中央设立重庆直辖市，交予重庆两大任务，其中之一就是辐射和带动周边省的发展，成为西南地区的经济中心。江津不失时机地主动融入主城，接受大城市的带动。于是就有了千方百计地积极争取绕城高速公路在江津区境内的延长扩容，增加下道互通口子——双福南、双福北、支坪、珞璜、珞璜西，这还不包括和九龙坡区共有的小湾。这条高速公路的建设通车，极大地加快了双福国际农贸市场、双福新区、双福工业园区和珞璜工业园区的发展规模和速度，也极大地促进了江津城区的发展。由于成渝高速公路的开通，江津区自筹资金将津马公路提档升级，加快了德感工业园区建设步伐。同时江津大力促成了渝泸高速公路建设，在其他条件尚不完全具备的情况下，突破传统思维模式，首先开通江津至白沙段，创造条件启动白沙工业园区建设。四大工业园区的建设，极大地承接了重庆中心城区第二产业的转移，为全市实现"退二进三"战略转移做出了江津贡献。同时也实现了江津"主动融入主城，接受主城的辐射带动"的承诺。努力完成了市委市政府交给江津的"渝西地区社会经济发展的领头羊"和"改革开放的排头兵"的光荣使命。

当中央提出"一带一路"发展战略之后，江津的区位优势变得得天独厚了。她正好处在西北地区以及四川省川北、川中、川南地区南下云贵直通东南亚出海去非洲、西亚、南亚及欧洲的海上丝绸之路经济带的交通要道上。交通的水、公、铁齐发展，四通八达是必须又必然的条件。江津自身的社会经济的发展也因交通便利而腾飞也是顺理成章的了。

当中央提出打造成渝双城经济圈，建设中国经济又一增长极的战略，渝川黔经济联动发展时，江津的举足轻重的地位又突显了出来。在这个区域内，唯有江津连接着渝川黔。她的桥梁和纽带作用十分明显、十分突出。做好这个桥梁和纽带是历史赋予江津的使命，江津就应该义不容辞地担当起这个责任，当好这个角色。

而高速公路在肩负起这个桥梁和纽带作用上是不可或缺的基础工程、基本建设。江津的高速公路建设，就理所当然被从事高速公路工程建设、投资的各路大军密切关注着、关心着呢。谁还会放过这个千年难遇的机会呢？各路神仙齐聚江津，当江津通过招商引资方式建设"江津—习水"高速公路的信息一俟传出，各路大神便被全部引来，各显神通、各领风骚那是必然的、毫无疑义的。

对于这一点，在交通建设工作岗位摸爬滚打20多年的周应琪，祖宗三代从事汽车运输事业的唐娟，和虽然以前从未在交通系统工作但是在区级领导岗位工作20来年却一直关注着、关心着全区高速公路建设、交通事业发展的李德良等同志们是有十分透彻的了解的。

从成都回来以后，李德良、唐忠琪、周应琪、唐娟等同志们一合计，还是一致决定在众多投标者中选择中国水电建设十四局集团公司，去他们那看看。尽管公司远在昆明，他们也愿意去，只有一个原因：他们是由中国武警水电建设部队转制而来的。

在国内外众多基本建设工程公司中，给人们留下深刻印象的还是原来的中国人民解放军部队转制的队伍。例如由基建工程兵部队转制的中国建设集团中的几个工程有限公司，由铁道兵部队转制的中国铁路建设集团公司中的几个工程公司以及由水电建设部队转制的中国电力建设集团公司中的几个工程公司。毕竟是曾经的部队，军队的光荣传统仍然保存着。他们值得信赖，深得人民的欢迎与爱戴。

三去昆明和中水电建十四局的交流都很顺畅，至少中水电建十四局的领导和各部门领导都表现出对参与重庆的基础设施建设的强烈愿望以及解放军部队本色的严细作风，实事求是的工作态度，始终保持着温和与友善，没有中央大企业的那种"居高临下"的派头。

只是这个专业化的建设公司，是中国水电建设集团总公司下属的一个分机构。换句话说，和江津合作与否，以及怎样合作，还得听他们的集团总公司的。毕竟事涉80多个亿的资金，涉及隧道、桥梁等，专业公司配合协作以及以后的投产营运管理等。这是一个系统工程，而这些都不是一个分支公司可以决定得了的。

好在中国水电建设集团公司对参与江习高速公路建设表现出浓厚的兴趣。他们决定由集团公司总裁亲自带队，前来江津考察项目基本情况，听取江津同志的合作意见，然后再仔细地商谈合作事宜。

别开生面

"我的乖乖!"也太邪乎、太吓人了吧!中电建这次来访的队伍也是太庞大了吧!包括集团董事长、总经理以及总工程师、总经济师、总会计师在内的高级管理层人员共20多人组成的代表团。这是要干什么?这是玩的哪一个套路呢?以势压人?吓人?唬人么?江津高速公路建设指挥部有人私下议论。

哈哈,恰恰碰上了一个"人来疯"周应琪和沉稳练达、"曾经沧海难为水,除却巫山不是云"的李德良,外表强悍的唐忠琪,另外加一个能在重庆偌大的交通系统夺演讲冠军,在综合服务部部长岗位历练10多年的唐娟等等江津高速公路建设指挥部一班子骁勇善战的干将。

商战,一场不见硝烟的战争。谈判,不见刀枪炮火但并不亚于刀枪炮火残酷的厮杀。其斗智斗勇的激烈程度并不亚于一场真枪实弹的战争。

谈判桌上堆码着一摞摞装帧精美的大部头"书籍",它们整齐排列,仿如列队的士兵。

"这是干什么?我们是不是走错了地方?这里在搞图书展销会?还是要进行学术交流?这江津人在搞哪门子的玩意儿?"客人们一进入会议室就掉进了糊涂泥淖里,弄了满身的"泥浆"。"别开生面!太别开生面了哇!"

"走遍天下路,难过江津渡。"不过就是拥挤而难渡么,多等一下,一天不行就两天,总有一个渡轮可以渡人到彼岸。可眼下,什么可以渡我们到彼岸呢?客人们愣在了那里。

好生让人着急上火。由于别开生面,由于太过可贵,于是便令人着急上火，抓瞎。不过毕竟是央企，毕竟是大集团公司的老总们，表面的矜持、沉稳、老练仍然保持着。

唐娟还在搬砖头样厚的"书籍"，分门别类地摆放着。茶香急急升腾，氤氲着会议室。

谈判？不，更像是联谊活动的座谈会终于开始。双方领导人相互介绍参会双方代表的姓名职务，算是认识了。出于礼貌，江津方面由前期工作部部长、区交通局正处级副局长周应琪代表江津高速公路建设指挥部就"江习"公路建设的基本情况做主题发言。

做过律师，当过区领导秘书和区政府秘书科科长，被区委、区政府众多秘书尊奉为孙悟空一样神通广大、本领高强的"大师兄"的周应琪就江习高速公路在今后的"一带一路"倡议，"成渝双城经济圈"建设，渝川黔旅游"金三角"打造，"渝川黔毗邻地区扶贫攻坚，美丽乡村"建设中的重要战略意义做了精彩发言。相关数据像"吐枇杷籽儿"一样噼噼啪啪从他嘴里蹦出来。完了还不忘说一句："相关资料都在各位朋友和领导面前的文件汇编中。"

"乖乖，乖乖哒。"这些客人也是走南闯北、走州过县、见多识广的人"精"呃，又何曾见过把与项目相关的决策过程、领导批示和各相关领导部门工作跟进情况以及相关会议的会议纪要、情况简报、政策法规、政府文件、新闻报道等收集整理、精心设计装帧成册供人查阅的。他们把江津人办事的严谨认真、严肃严格、方便周到等优秀品质彰显无遗。其用心之良苦，思虑之周到，心怀之坦诚由此可见一斑。令人惊叹，令人折服。这个举动在令人震撼之同时更潜移默化着翻阅者。

紧接着，周应琪报出的该高速公路通车后的车辆通行量的测算、高速公路的投资回报率、回报期限的预判等等，数据之翔实，数据来源的合乎程序，依据之可靠性都无可辩驳，而这些都在那一摞摞资料中必能找到佐证，不容置疑。为了佐证他的预测的正确，他一一报出了将和这条江习高速公路连接的渝泸高速、合璧津高速、江永高速、重庆三环、重庆二环以及江沪北线高速等高速公路，以及现今的车流量和将来的车流量预测，更报出这些高速公路可能输送多少车流经江习高速南下。这就有力地保障了江习高速公路的车辆通行量，所有这些也都有桌上的"大部头"可以佐证。

这一招着实厉害。客人们不知参加过多少次高速公路建设项目的业务谈判，不知做过多少次的工程预算、投资概算，还从来没有见过江津人这样子的干法。你不佩服、信服都不行！

李德良、唐忠琪、周应琪等同志太清楚了。投资人最为关注的是所投资次月的投资回报率、投资回报时间、资金平衡点等指标。通俗地说就是赚不赚钱？每年能赚多少钱？什么时间开始可以赚钱？至于说李德良之所以让唐娟和综合服务部的同志把那些"大部头"搬出来堆码在会议桌上，只是想证明，他们所说的每一句话都是有依据的。无论是从政策层面、形势发展层面、领导决策层面，还是从工程建设层面，以及此事物和其他事物相互关联层面等等都有详尽的材料佐证，而不是信口开河，或者靠拍脑袋、拍胸膛的。

至于是不是有"吓唬""威慑"或者其他什么的作用，那就不是他们所能预知，甚或控制得了。至于是不是客观存在呢？他们也不知道，只是他们主观上没有这样的想法。一句话，只是想方便客人们查对，只是想表明江津人诚信招商、诚信待客、诚信取胜的本色而已，岂有他哉！千万别想多了。

这个砍脑壳的周应琪还没有完。

这个当过成本会计的家伙甚至把整个工程建设的资金来源、资金占用、财务成本等也都在会上说了个一清二楚。这家伙要干什么？要当别人的家么？

"各位领导，我下面再将大家关心的问题分门别类地向大家汇报。"

周应琪一共分7个问题向双方与会代表做了详尽汇报。

在商言商，既然是业务谈判，既然是甚大决策之前的谈判，且中水电建集团的老总们又十分重视这个谈判，所以才带来了个大型代表团。其实他们中除了有各部门的主要负责人之外，还有该领域中的业务骨干。只是这些业务骨干没有参加这个座谈会而已。他们是预备对各自相关领域的问题进行详尽地审核，最后决定是不是"下叉"——拍案。

于中电建集团公司说来，"江津—习水"高速公路建设项目是他们开辟重庆市场，在重庆打开局面、树立形象、站稳脚跟的第一个项目，开头的一炮必须放响，必须夺得头彩。所以他们对这个项目确实十分的谨慎，十分的严肃认真。此外，对进军高速公路建设领域，他们长期就渴盼着有这么一个机会。毕竟高速公路建设是基础设施方面的工作，也是一个重头戏，是有举足轻重的作用和地位的。若把目光再放远一点、放开一点，江津区域内还有若干的高速铁路项目、深水良港项目，以及其他基建项目都将逐步开展起来。这次的江习高速公路建设项目必须得承接，这也是进入江津基建市场的一个契机。

对于这一些，肖文军也罢，李德良也罢，唐忠琪、周应琪等同志们都看得十分清楚。"知己知彼，百战不殆"，他们事先没有少做功课。

没有鲜花，没有掌声，却有中电建老总的一句话：

周局长把我们的疑问都一一做了精彩的回答。我们之所以来这么多同志，原来是打算住下来，按照各自的专业领域，仔细地调查研究、评估测算，然后再做定夺。现在江津同志已经做得这么仔细这么好，有理有据，我们没有理由不相信江津的同志，我们就没有必要再留下来了。

客人的满意和放心，这才是最好的奖赏！

"我还想告诉中电建的朋友们的是：经过一定的程序和有关部门的批准，我们将一些包括区委常委会文件在内的机要文件也复印后整理装订成册，供领导同志查证参阅。"

李德良常务副指挥长做了补充。

"谢谢，谢谢江津同志的真诚。你们把我们当作了自家人，我们也不能把自己当作江津的外人咯。俗话说，得人一礼，还人一拜，我们知道我们下一步该做什么。"中电建集团老总十分激动。

"刚刚江津的周局长、唐局长代表江津高速公路建设指挥部就江习高速公路江津段前期工作进展情况的精彩发言让人印象深刻。你们既解答了我们投资建设单位同志们心中所有的疑惑问题，又解释了我们心中暂时还没想到，以后必定要碰到的问题。这是我从事工程建设工作几十年里第一次遇上这样的合作伙伴，着实让人大感意外，同时更多的是欣喜和感动。此外，我不得不多说几句：我们的同志在边听两位局长的发言的同时也边翻阅了面前的资料集子、大部头。我们走遍了神州大地，也去过世界好多地方，关于建设工程项目资料收集得如此及时详尽、整理装订得这么精美的情况，真的还是第一次，真的让我们大开眼界。能够把一件看似简单、随意的事情做得如此完美精湛，真的让我们看到了当年毛泽东主席着力倡导和培养的三老四严作风在新时代的再现。做老实人、说老实话、办老实事，以及严格的要求、严肃的态度、严明的纪律、严谨的作风。既然你们把连收集整理资料这样的小事都做到了极致，我们还有什么理由不相信你们的工可研究报告、预可研报告、资金盈亏报告、投资回报率报告、投资回收期预测报告等的准确真实呢？"

"谢谢你们对我们的江习高速公路建设项目前期工作的肯定和赞扬，更谢谢你们对我们的高度信任。我非常赞同中电集团会前在我们办公室谈的尽早结束关于'配套政策'的协调谈判。"李德良心里盘算着：既然你们对我们的前期工作给予充分肯定，较高的评价，何不趁"热"打铁，一举拿下这个难题，为江津区争取利益最大化呢？市场经济条件下，争取己方利益最大化天经地义。斗智斗勇斗时机的把握，少支出就是多收入了。谁说高速公路建设指挥部不能创造效益？试看天地翻覆。以"协调、监督、指导、服务"为宗旨的高速公路建设指挥部也要创造效益——不算太差的效益。如今不是有"服务经济"一说么？

常委决议

2014年1月27日下午，区委书记在区委708会议室主持召开了十三届区委第55次常委会议。

会议听取了江习高速公路项目重庆段前期工作暨招商引资核心条款有关情况的汇报。

会议指出江习高速公路是江津乃至重庆出境的又一条重要通道，对带动我区南部山区发展，加快打造四面山周围"五A"级旅游景区等都有重要作用。项目招商、设计等前期工作推进有力，为工程尽快开工创造了有利条件。

会议同意：

一、对项目投资方的标准控制在每公里600万元内。

……

出席此次会议的14位常委中除2位因事请假外，其余包括辛华、秦敏、杨利在内的12位常委全都参加。

"对项目投资方的补助标准控制在每公里600万元内"和总投资额度（80亿元）的30%，即24亿元相比是个什么概念哩？江习公路江津段共计60多公里，加上抵达四面山景区大门的那段6点几公里，一共才70余公里。7乘6，才4点几个亿呵！整整相差20个亿呢。20个亿，多少江津农民奋斗多少年才能够挣得这么个"天文数字"呵！20个亿，又可以用来解决多少民生问题哟！20个亿，对于任何一个区县财政来说都绝对不是一个小数目！真是说起来令人咋舌，想起来令人心寒胆战。为了这20个亿，肖文军、李德良、唐忠琪、黄培荣、周应琪、郑伟宪、唐娟等同志们走南闯北、披星戴月，四方寻觅、八处考察，绞尽脑汁、说破嘴皮，招商引资的同时还不遗余力地苦练内功，倍加努力地加强内部管理，提高"监督、管理、协调、服务"工作水平。

独出心裁

都说"诚招天下客"。

但是社会发展到市场经济的今天，只凭以前的"诚"是远远不够的了。"资本逐利而驱"的本性再明白不过地告诉我们：资本是"唯利是图"的。客商们是哪里有钱赚便往哪里奔、往哪里投资的。

于是，时代要求我们必须顺应时代潮流，努力打造良好的营商环境，创造一个"招得来商，稳得住商，客商能赚得到钱"的良好营商环境。就这个意义说来，高速公路建设指挥部既是一个区委、区政府所属的办事机构，同时也是一个平台，是招商引资获得经济效益的平台。服务也要创造价值，服务也能创造价值，并且是高价值、高效益。

可不是么？如果这次和中电建的谈判能在区委常委会定下的每公里补助600万元之内达成协议，就不是比先前节省了20个亿么？少支出就是多收益了么。20个亿卡车都要拉多少卡车哟！想想都让人心潮激荡、热血澎湃。能够通过我们的努力，创造20亿的价值，为江津人民做出20亿的奉献，那该是多么令人骄傲自豪的事情呵！李德良等同志们决心再奋力一把拿下谈判。

"都说饭后百步走，定活九十九。"吃罢午饭，李德良、唐忠琪提议："我们出去随便走走吧。"

周应琪先是懵了一会儿，在唐忠琪一句"上艾坪山走走吧"之后他心领神会了。哎，这些年江津发展哪儿都好，就是没有一个稍微好点，能够和江津城市形象相配一点，能够当得城市客厅的休闲娱乐活动的场所。呃，好的没有，差一点儿的也拿出来将就吧。周应琪太了解两位指挥长的意思了。借外出走走逛逛的机会，调整一下气氛，也再探探对方的底，争取下阶段的谈判进程更加顺利，结果也更多多的有利于我们江津。江津财政远不宽裕，民生问题欠账还多，急需得到改善呢。

艾坪山公园之妙在位置。站在山顶，只见多情的大江环绕着她，柔情蜜意、缱绻缠绵，江津城在山脚铺展开来，在山与水间蓬蓬勃勃、活力四射，把山的坚强和水的妩媚调和成了一阙如歌的行板，一首动人的弦歌。

客人们被眼前的这山、这水、这城市震撼着，他们激动着、感慨着。一句"江津是个好地方"自心底深处涌出。

"陈总可还记得那句颂扬合川钓鱼城'独钓中原三十六年'的著名诗词？"李德良站在艾坪山，西眺鹤山坪，不无骄傲与自豪地说："其实那是出于文人的表达之便以及文学艺术的需求。当年我们的鹤山坪、艾坪山是和钓鱼城互成掎角之势，共同抗击着蒙元大军。钓鱼城抗击沿嘉陵江而下的侵略者。鹤山坪、艾生坪（又名艾坪山）则击败了五次顺长江而下、企图在重庆与顺嘉陵江而来的蒙元大军相会合的侵略者。五次大战，惨然悲壮。江津以一己之力，力挽狂澜，硬是没有让蒙元大军越'雷池'半步，没有让侵略者的铁蹄越过鹤山坪、艾坪山半步。合川钓鱼城因为令上帝之鞭折于城下，蒙元大军统帅蒙哥汗殒命城下，而声振历史、名贯中西。而鹤山坪下丢盔弃甲的只是稍逊风骚的蒙哥汗的军官统帅而已，于是鹤山坪、艾坪山就不那么声名显赫了。但是这丝毫没有减损江津人为民族复兴，为生灵幸福安宁而英勇献身的壮志豪情。艾坪山上烈士碑上千余名先烈英名光辉千秋就是明证；艾坪山下江津中学走出开国元帅聂荣臻、"两弹一星"元勋邓稼先、周光召就是明证。艾坪山对面的江津德感中学，一所极其普通的农村中学竟然走出10余位中国科学院、中国工程院院士，这在中国西部地区也是极为罕见的，这也是明证。

李德良、唐忠琪、周应琪、唐娟等同志各自激情洋溢地向远来的客人介绍着江津的前世今生，真听得客人们也啧啧称赞、热血沸腾。

李德良更向客人们介绍了江津花椒如何创造中国农业之最，二度进入国家高科技发展"863计划"的辉煌与荣光。迄今为止，江津花椒是中国农业项目中二度进入国家"863计划"的唯一。

转身向东，李德良指着远处那隐隐约约的橘林，离城8里的叫作高崖的地方，那是联圣钟云舫出生成长的地方。

江津哟江津，你究竟是怎样的一片神奇的土地，怎样一个灵山慧水、人文荟萃的地方？诞生了联圣钟云舫已经很是了不起的了，你更养育了开国元勋聂荣臻元帅！

山下就是江津长江大桥，"江津长江大桥"几个金光闪耀的大字就是聂帅亲笔题写的呵。

"这是我们江津人没有要国家一分钱投资，也没有从银行贷款，通过改革开放，招商引资，全中国首个由一个县级市人民政府在长江干流上修建的第一座跨江大桥。那还是20世纪90年代的事情呢。"

"你们江津人真的非常了不起！"客人们一听说江津朋友竟然在20世纪90年代就有如此的一股子冲劲闯劲，"太厉害了！太多太多的了不起了！"

"呃，老周，你来给客人们介绍一下观音岩大桥是怎么样的一回事吧。"

李德良转身指着远方可以看斜拉索桥的高高耸立的拉索塔以及斜拉索，说："要说这座大桥可有故事了！"老周聊天可有特异功能，同志们说的什么话题到了他那里，他都可以聊得你热血沸腾乃至冲天而起，然而他自己反倒风平浪静、波澜不惊。不过仔细想想，他对问题的深透理解和尊重，之后深情挖掘其中的积极意义，再竭力扩大与彰显它，最终形成效益最大化，这就是他的过人之处。就说这座重庆市内环高速公路上的过江大桥，按照市规划部门的规划是一座将建在离开江津城市区较远的顺江场附近的大桥。离开江津主城越远靠近重庆主城区越近，这就将使江津融入主城区的战略实施更困难，将严重地影响江津的经济社会的发展。这怎么行呢？为了江津的发展，就必须力争让内环高速尽量靠近江津城，同时也让它在江津境内多经过一些地方，多给江津上下高速开些口子。区委、区政府将这个任务交给了老周。经过老周和区里一段时间的努力工作，市里有关部门也认为江津区同志的要求也有其合理性，符合国家给重庆直辖市大城市带大农村的战略定位，和江津区更快融入主城的战略指导思想。于是修改原有的内环线路设计，加大了外圈直径，向江津城方向外推十几公里，江津主城也因此而包括在重庆内环了。这对江津往后的发展具有举足轻重的意义。江津的经济社会的发展得到重庆内环高速的有力带动驶入了快车道。我们此时此刻来谈论当年的举措，对我们今天讨论的江习高速公路却有着格外的意义。它最直接的意义就是更加有力地支持和推动了"渝黔高速公路复线"的形成。直白地说，江习高速公路的建成，就是渝黔高速复线的建成，如此一来，它就有力地分流了原本只能走渝黔线的车辆使其转道内环到江习高速南下云贵，去东南亚，直到出海走"海上丝绸之路"去西亚、非洲、欧洲。就凭这一条，以后的江习高速就不愁车流量的问题。

这个周应琪呵，对于李德良内心的隐喻心领神会，把这内环高速公路上的观音岩长江大桥和江习高速天衣无缝地紧紧联系在一起了，仿佛这路这桥都是为江习公路奠基的——至少也是埋下的伏笔。

奇怪么？不奇怪。在我们人的成长历程中，昨天又如何不是在为今天埋伏笔，为今天奠基呢？

只是常常被人们所忽略了，甚或是故意视而不见、听而不闻而已。

充满期待

　　按次序呢，该介绍一下他们正前方的鼎山大桥了。这座大桥的来龙去脉复杂，隐形其中的故事很多，周应琪参与了其从策划到施工的全部过程。"这是区委领导的决策，我作为交通局分管领导，自然该去贯彻落实啰。这其中的故事和咱们今天讨论的江习高速有没有啥必然的联系？那就在此请君各自去想象了啰。"他有些狡黠，又有些滑稽地笑了笑。好生欢喜，好生得意。

　　前面我们所说的观音岩江津大桥因为是重庆市内环高速公路上的一座桥梁，自然由重庆市高速公路集团负责筹资规划建设。而眼下的这座鼎山长江大桥则是我们区政府为了更快更好地融入主城而自己筹资建设的公轨两用长江大桥，这座大桥的建成通车，让九龙坡区的西彭组团与江津主城真正地隔江相望，十来分钟的车程到达江津主城就成了现实。这对于提升江津在重庆的地位具有举足轻重的作用。就仿如南岸区、市中区和江北区到江津主城一样的方便快捷，使他们真正成了一体。尤其是我们和九龙坡区共同出资建设了小湾立交，更是大大方便了江津城区进出主城的朋友。更令人拍案叫绝的是江津区委、区政府打通艾坪山将鼎山大桥和江津大桥相连接成为一个体系。这就使江津主城和德感工业园区、双福新区的西彭组团串在一起形成了一个闭环。

　　于是，鼎山长江大桥就理所当然地成了城市市政设施的一部分，自然而然就享受到市政设施工程的优惠待遇了。

　　有人说这是江津人的智慧，有人说是江津人的远见卓识，说什么的都有。反正一句话，江津人就是善于把什么事都谋划在前，行动在前。自然就能如广东话中所说的："头啖汤最靓"啰。这也难怪，江津人中的相当一部分人的祖上就是"湖广填四川"时从广东迁移过来的么，争尝"头啖汤"早就融入血脉基因中了的呵！

李德良、唐忠琪、周应琪、唐娟等江津同志对着那一座横立在长江上的大桥，还有与大桥相联系的一条条高速公路建设故事，仿如看图说话一般的听得清，看得见，实打实。他们个个神采飞扬，远道而来的同志们听得情趣盎然。转身之间，3座长江大桥就实实在在耸立在长江上。一个县城，居然有3座长江大桥，这规模、这气势、这图景，在即使走遍天下、长年奋战在基建领域的中电建的领导和专家们看来，也是种震撼，是一种感动。"在江津，我们算是真正见识了什么叫作干事创业，什么叫作敢为人先，什么叫作发愤图强。"带队的陈总好生感慨。

就在这时，又是周应琪，硬生生地插上一句：

"李书记那时早已是区委常委了，参与了这座大桥从萌发想象到具体策划、招商引资到建成通车，一直到从外商投资企业手中回购的全过程。"把话题引向了别的方面，这家伙。

"呃，从外商手中回购？有这样的事儿？有些意思，书记，您谈谈，谈谈嘛……"远方客人中年轻些的同志格外有兴趣。

因为不一样，才能引起大家的好奇心，才催生了求知欲望。

"人生有梦就不算穷。至少还有梦，还不至于什么也没有嘛，梦万一实现了呢！"李德良来了个单刀直入。不是么，就有那么一些人呱呱呱个不停，说什么：江习高速公路，国家都没有规划，就你市委市政府几爷子在那里瞎折腾，能够建成？做梦去吧。"江津人做大桥梦做了多少年？五千年不为过吧？五千年前的新石器时代江津这块土地上就有人繁衍生息，他们不想能有一座桥，过江去看看？五千年后的20世纪90年代，新时代的江津市委市政府领导决定带领全市人民建设这样一座长江大桥，把折磨了江津人五千年的梦想变成现实。"

这群江津人也委实太富想象力了。全国范围内还没有一个县级市行政单位斗胆做这样的一个梦：凭借自身的能力把这样的纯属异想天开的事情付诸行动的。

江津人不笨。早就准备着一句口头禅等在那里：借力打力。

不就是财力有限么？我们可以引进民营企业投资建设。当然的，世界上的所有投资都是有风险的，这风险得由投资者自己来承担责任，这也是市场经济规律所决定的。

思路一变，这也不可能那也办不到的"死路"一下子就活泛、活跃、生机勃勃了。投资，让死钱变成了活钱，让"钱生钱"成了可能。

实践证明我们的思想观念、思维方式都是完全正确的。经过三年左右的努力，一座崭新的载着江津人几千年梦想的江津长江大桥耸立于江津长江之上。江津人至少比同等条件下的其他长江沿岸区县朋友提早十年八年享受到大桥带来的幸福和快乐。江津经济也因此而插上了腾飞的翅膀。

"事情还远没有到此结束。"

李德良没有故意的"语不惊人死不休"，也不打算惊住谁、震撼谁。只是不动声色，如实述来。他深深地知道，在这些老总专家们面前，所有的华丽辞藻都是徒劳，都只能弄巧成拙。

也唯有平朴、淳厚、扎实，才更具撼人心魄的魅力。

"我们也有两个想不到。"李德良瞄了瞄大家，然后侃侃而谈，"一是咱们国家的发展速度惊人的迅猛。原来我们和投资商都担心车辆过桥量长时间地上不去，影响了投资者的投资收益率，或许会长时间地亏损。因此才同意投资方的要求，在相当长的一段时间内，距离此桥上下游50公里之内不再建设新的桥梁。可是大桥建成不到10年就发生过桥车辆严重拥堵，以致桥梁给压得严重变形的情况。为了分流车辆，减轻江津长江大桥的负担，不得不在此后的10年时间就在这桥附近接连修建了2座重宽更大的大桥。现在看来仍然满足不了车辆通行的需求，我们又在筹划建设两座新的大桥。另一个想不到的是，随着国家财政收入增长，国家为了支持地方经济社会的发展，对于以前各地无论以什么方式建设的二级公路，以及公路桥梁，统统回购，之后二级公路和与之有关联的大桥全部取消收费。

给大家分享一个数据吧，我们江津享受中央这个优惠政策达到将近

150个亿。这在重庆全市是独占鳌头的。而有些区县仅仅三五十个亿，甚至最少的不到10个亿。我们江津是那些县区的两倍三倍甚至十倍百倍之多。这从另一个侧面证明了这些年我们区抢抓发展机遇，工作扎实，敢拼敢闯，在公路建设和公路桥梁建设上取得了巨大的成就，大大方便了全区城乡市民的出行和物资交流，促进和拉动了我们区经济社会发展，才有今天这片欣欣向荣的繁荣景象。如今的江津区是由国家《成渝城市发展规划》所确定的重庆市先进制造业基地，四化同步发展的示范区，和川渝、渝黔合作共赢先行区。因此，我们今天来讨论江习高速公路建设正当时！机不可失，失不再来。"说到这一向沉稳的李德良也激动了起来。

"走吧，我们下山吧，到我们江习路的江津起点看看去，到了那儿，你们肯定会顿生出别样的感慨与激动。"唐忠琪唐局长不失时机地抛出一句话来，让大家伙儿燃烧起一团团期待又向往的火焰。

将会看到什么呢？大家充满了期待。

大家紧嵌在精神深处的壮怀激烈情不自禁地怦怦弹跳起来，恍如春天响过密密光线的鸽哨，悠扬、飘逸、灵动，还有几分的醉人。哈哈，都近60岁的年纪了，还浑身散发出青春活力似的，成天有使不完的劲儿。为了这次招商引资的成功，李德良和唐忠琪副指挥长，周应琪前期工作部长没有少跑路，没有少一家家拜访各个对投资江习高速公路建设经营有兴趣的单位，话不知道说了好几百箩筐。迄今为止，中国电力建设集团公司是我们最为中意的单位。只是他们的要价尽管比我们接触过的单位要价低一些，但是离我们的心理价位还是高了不少，还得"搓"。尽管和80个亿的引资总额相比较而言，配套十亿八亿元也不算要求过分。同一条江习高速公路的习水段贵州朋友不是按引资额度的三成配套的么！如果我们也按那比例80亿的三成是多少呵！24亿！吓死个人哟！相比较而言，中电建要求配套十亿八亿元真的是优惠得很了。但是我们还是感觉太多了。少1个亿，少1000万，也是好的呀！我们江津尽管这些年来，经济发展还算不错，在重庆市也算是名列前茅，可是我们毕竟还有15个市级贫困村，近上万建卡贫困户没有脱离贫困呢。1个亿、1000万又可以解决多少亟需要解决的民生问题呵！当家方知盐米贵呵！辛华、秦敏、何建平、李德良、蹇泽西、邹存开、肖文军等在区委、区政府担任领导职务的同志思考、运筹、谋划、决定任何问题的出发点和落脚点都得在全局上。

争取一把吧！

再努力一下！

少支出就是多收入了。监督、管理、协调、服务也是可以出效益的！如果通过我们的努力工作，能够争取到少配套100万、1000万、1个亿，我们区财政就可能少支出相等数额的金钱，不也等同于我们创收了这么些吗？

当然，如果他们实在不肯让步，我们也只能"忍痛割爱"，此处不留爷自有留爷处，另攀高枝了。

万一应了那句话："胜利的曙光就在最后坚持的五分钟出现"呢！

于是座谈会暂告一段落，大家到外面透透气、爬爬山，调节一下情绪，调整一下思维，创造新的商谈契机。

给双方一个喘息换气的机会，让大家都转换一个思维方式，有一个思考路数的机会。

李德良等同志们信心满满。他们相信，江津一定会给客人们一个"干事创业的好地方"的印象。

江津的山水可是钟灵毓秀的灵山秀水，可谓仁山智水啊！

江津的人民可是干事创业的优秀儿女啊！

江津是个好地方。好就好在它在哺育我们成长的同时，给予我们智慧和力量；好就好在谁见谁爱，谁见谁都会激情燃烧，都会跃跃欲试，非干出一番事业不可。

这是一般意义的游山玩水么？不。

这是礼拜之旅、学习之旅、领悟之旅、感动之旅，更是拿主意下决心之旅。

转机会在这短暂的旅行之中出现吗？

会的，一定会的。李德良、唐忠琪、周应琪、唐娟等同志们充满信心，充满期待。

慈云北，习惯称呼的刁家互通就在前面不远处。

慈云北是渝泸高速上的一个互通下道口，同时它是重庆外环高速的合璧津段的终点。换句话说这段高速是渝泸高速公路和重庆外环高速公路共同拥有的。江津人把这里又选作江习高速公路的江津起点，真的可谓是用心良苦呵！纸上得来终觉浅，绝知此事要躬行。遵循古人教诲，李德良、唐忠琪、周应琪等同志们策划了这次"游山玩水"：到江习公路起点来实地考察、调查研究一番，亲身经历感受一下。在办公室守着地图、设计规划图颠过来倒过去反反复复地看，看得头昏脑涨、目眩神迷却仍然不甚了了，可到现场一看便一目了然，让人印象深刻。

客人们兴致勃勃，趣味盎然，爬上最近的山坡极目远眺。看什么呢？当然不是看层林尽染，也因为山并不很高，自然不会"极目楚天舒"。可是他们能够看到蜿蜒通车不到十年的渝泸高速几近饱和的滚滚车流，看到远方渺远处隐约的重庆内环高速，看到不远处从渝泸高速分岔而出的江綦高速，还有正在建设中的合璧津，还有正在规划设计中的渝赤（水）叙（永）高速，更有正在同志们腹中孕育的躁动不安的江习高速。

站在这不高的山头，江津区交通局分管高速公路建设的副局长兼区高速公路建设指挥部副指挥长的唐忠琪，这个军人出身的年轻人指点江山、激扬文字，虽然没有"粪土当年万户侯"，却正描绘着江津高速公路建设发展的最新最美的画图。

"咱们先说合璧津吧。"千里之行始于足下，当然从最近的说起。

合川处于重庆主城正北方向，和四川的邻水、广安、遂宁等地毗邻，接纳川北方向的南充，川东北方向的达州乃至鄂西北的襄阳、十堰等地南下云贵甚至是东南亚，出海去西亚、非洲、欧洲，走合璧津再走江习高速比到重庆主城区去兜一圈便捷上百公里是可能的，并且还免受城市交通拥堵之苦。而璧山呢，更可接受成渝高速公路和成渝高速公路复线，乃至以后自甘（肃）渝高速公路而来欲去云贵的车辆的分流，通过合璧津和江习去云贵，那是一件多么爽的事情呵！何况还有离我们现在站地50公里左右的地方还有一条永津高速公路呢！永川离四川的内江、资阳所在的川中地区不远。这些地区车辆南下云贵，当然走永江高速来和渝泸高速并路，再转行江习高速公路上云贵高原……那多好哇。而主干道的渝泸高速公路的端点泸州，历史上就是川南、川西南的物资集散地。如今更有自贡、宜宾、雅安、西昌等城市群的崛起，这些地方的人员物资和云贵、东南亚的人员物资的交流，通过渝泸高速公路不就更趋合理了么！

事怕干，再多再难的事情只要去干，终归是会被干完的。账怕算，再多再复杂的账都会被算清。唐忠琪这一阵"肉算盘"噼里啪啦，直"算"得远方客人瞠目结舌。"厉害，厉害。江津人真的不简单，什么都了然于心。"张总和旁边的人议论了起来。

其实，核心就是一句话：投资下来吧。车流量不会小了的。车子一响，黄金万两哇。其他别的东西都是可以暂时忽略不计的，车辆的过路费总归是要交的么，有足够车流量，就有赚头。

当年我们修渝泸高速的时候，我们重庆都修到白沙了，四川方面还没动静。我们也只能将余下白沙到塘河段的20多公里暂缓建设，等待四川段开工的消息。当年四川也是通过招商引资来修四川泸州的境内段的。原来他们卡在投资商那里了，最后只好答应投资商的条件：在泸州到重庆的同一方向在今后的几十年时间里不能新修高速公路。一句话，对于渝泸高速公路的车流量没有足够的信心，担心亏损么。这话只是能说出口的道理，说不出口的不也是有"垄断"的意味么？哎，尽管四川方面也心知肚明，可是碍于自己条件有限么，只能答应了。结果怎么样呢？这才全线贯通几年呵？车流量迅速飙升。你们现在看看这车流量，已经几近饱和了。形势发展反逼迫着我们不能不未雨绸缪，规划修建一条新的江泸高速。可是考虑到四川方面和客商签有协议在先，不能在合同规定时间内再修一条同方向的高速公路，我们得尊重已有条约规定。市场经济得讲契约精神，我们不能让四川的同志为难。但是条约并没有规定长江对岸也不允许建设泸州至重庆方向的高速公路。因此，我们就把江泸线修到长江对岸北岸去。这样也好，我们正好解决了江北几个镇街不通高速公路的问题。这样还有对我们江习高速的另一个好处，那就是今后的渝泸北线上的车流也可以方便地驶入我们江习高速了呢。哈哈，我们的江习高速可是真正地"左右逢源"了哇。

这件事说明了一点：谁也估计不到我们国家经济社会发展的速度会有这么快！真的是应了那句话：计划不如变化快。

我们的江习高速公路的盈亏平衡点在哪里呢？我们现在还在考虑江习高速会不会也如渝津一样，建成通车几年后就拥堵，就不堪重负，就后悔当初为什么不选择双向六车道八车道？

眼界格局

令客人印象尤为深刻的是江津人做事的眼界和格局。眼界决定境界，格局决定结局。从当初开始接触江习高速这个项目，江津人就给人强烈的心理冲击力量。江津人可真的是敢想呵！那么是什么撑开了他们的眼界，开阔了他们的视野，壮阔了他们的襟怀，从而铺展开来他们的格局的呢？一句话，是使命、是责任、是担当。自觉地把本地社会经济的发展放到国家的经济发展战略中去谋划去考量；放到打造成渝经济圈，国家新的经济增长极，渝川黔联动发展的大局中去找准自己的发展位置，加深对市委市政府交办的"先行先试""领头羊"任务在全市发展大局中重要意义的理解和贯彻落实，于是才有了石破天惊的建设江习高速公路的意志和决心。今天又听到江津同志介绍江泸北线的筹备申报情况，就更加令人为江津朋友真正地把交通运输当作国民经济建设"先行官"角色的深刻认识，并切实加强落实的精神喝彩、欢呼了。一个区（其实就是原来的一个县）已经建设和正在规划建设10条高速公路，有多少人会相信？建设10座长江大桥，又有几个县能够办到？什么叫"不用扬鞭自奋蹄"，主动作为？什么叫勇于担当？什么叫提高"站位"？在今天之前我们也只是当作"龙门阵"听听而已，谁还往心里去？呃，当你站在艾坪山之巅，目力所及的3座长江大桥就摆在那里，桥上车辆川流不息。当你站在这渝泸高速慈云北互通旁边的山头那么旋转一圈，远远近近的几条高速公路在阳光下舒展着身体，挺直着脊背，奉献着、担当着它的使命与重任。你还会对江津区同志的谈话不屑一顾么？

我们是"中"字头的国家队，是中国基础设施建设的骨干和中坚力量。我们有责任和使命帮助江津人民实现愿望与梦想：建设江习高速公路，打通中国西部的又一条南下通道；实现国家"打造成渝经济圈"，建成中国又一经济增长极的战略部署，拉动渝川黔旅游"金三角"的发展；为加快渝川黔毗邻地区脱贫致富，建设美丽乡村前进的步伐做出我们的贡献。

可是我们毕竟是一个企业，赚取更多的利润始终是一个企业不变的目标。为国家创造价值，为国家提供更多的建设资金是国有企业的职责使命。企业经营效益如何，不仅仅是关系到企业职工经济收益的丰歉，更关系到企业对国家的贡献大小，自然也是国家考核企业管理者、经营者业绩的重要指标之一。

如何使社会责任和经济效益这对相互对立的矛盾能够得到统一、相互兼顾始终是摆在企业家，尤其是国有企业，特别是央企的高管们面前，时刻都得做，却永远也做不完的必答题。

江习高速公路建设项目确实是个相当不错的好项目。这是肯定的，确信无疑的。江津高速公路建设指挥部同志们所做的前期工作做得相当不错，是卓有成效的，令人信服的。企业接手做这个项目，钱也是可以赚到的。只是我们的心理预期和他们所答应的条件之间还有小的差距。这该怎么办呢？

我们不干，有别的单位会去干。这是肯定的，毫无疑问的。情报表明，已经有几十上百家企业去咨询、索要相关资料了，其中，表现出浓厚兴趣的也有几十家，志在必得者也不在少数。

这就是市场，这就是市场经济，市场竞争——残酷而激烈。

如何权衡利弊得失，怎样才能争取到利益的最大化，始终是对企业经营者意志品质、知识智慧、市场洞察力和把控力等全方位的检验。

中电建集团郭加付总经理的头脑一刻也不停地思考着、权衡着。

他是个心思缜密的人。这已不是他第一次来江津了，他没有少做功课。关于重庆，关于江津甚至重庆市，以及江津区的主要领导同志的资料，他都没有少收集起来阅览。尤其对江津区高速公路建设指挥部的同志的情况也都做了尽可能详细的了解。其中当然也包括高速公路建设指挥部的常务副指挥长李德良。

他体魄健壮，无处不显露出雄健的丈夫气，却没有人们常说的气宇轩昂、风流倜傥，或玉树临风之类，倒像是一个邻居大哥，有一种自然的亲切亲和。没有刻意装出的什么低调、讨好似的谦和，一切都是那么的本真。"淡妆浓抹总相宜"，天然去雕饰。没有那缀在某些身居高位的人刻意的骇得人退避三舍的"估倒乖"。他的容貌也没有和他的声音、风度违和不相称的地方。他的步子不大，迈出的每一步都是那样的稳当扎实，让看见的人都那么放心，也没有忽快忽慢，似乎这世上事就没有令他着急的。这是不是地方出、山水育的结果呢？你只要仔细观察，从先锋，尤其从夹滩走出来的同志中又有几个是毛手毛脚，心浮气躁的呢？一条笋溪河舒缓沉寂地回环盘绕着这片土地，硬生生将这片土地滋润颐育成了膏粱之地，把个"润物细无声""久久为功"之类的词句诠释得淋漓尽致。如果用李家祖宗的话来说，就是"凡事不在慌上不在忙上，出在师傅的手上。""慢工出细活。"

也许就因为这些吧，李德良顿生出一种亲和力。有人把它抽象为可神会、可感觉却难以用言语表达的人格魅力。不然的话就无法解释江津高速公路建设指挥部那么十几个同志是那么的朝气蓬勃，那么团结奋进，那么卓有成效地工作着。他们的工作在重庆市交通系统的区县高速公路建设指挥部历年总结考核评比中，一次不落地将桂冠夺取！

不过，如果要让这20来个各行各业各领域的精英、行家里手，并且也曾在不同的工作岗位担任领导职务，诸如书记、处长、主任、科长多年的人服气、服从、拥护、执行，就肯定不只是一个人格魅力就能做到的了。

60多岁的人了，他的头发并不斑白，握起手来非常亲切有力，一点都没有老态龙钟的样子。他的一切举动都明确而坚决。他的皮肤露出健康的微红，一双诚恳的眼睛吐露出远大的目光，永不疲倦地仔细观察着这个城市，敏锐坦率地观察着这个城市生活着的人们。他的思想在一次又一次的各级党校教育中接受系统的训练，之后又在社会这所大学校中接受血与火、生与死的淬炼。有条理且多锋锐，行动起来使人觉得像是利剑出鞘般的一往无前，又像钢钳一般的坚定不移。他是一个理性的，决不把个人情绪、情感、情愫带到工作之中的人。当然装腔作势，渲染他个人知识、本事、功绩、权势之类的行为就更没有了。

他是一个真正做事业的人，浑身上下都露着这种特点。

中国电建的朋友们和李德良相见，一见如故。似乎早在800年前就神交似的亲切。

和谁做生意，一直都是生意人时刻都会碰到的首要问题。生意伙伴的选择当否往往不仅是关系到生意合作过程的愉快与否，甚至是关系到生意的成败。更有甚者，生意合作伙伴选择错误不只是生意失败，血本无归，还可能结下怨仇乃至惹上杀身之祸、血光之灾。

商场即战场，尔虞我诈、钩心斗角有，刀光剑影、血肉横飞照样可能有。所以作为生意人选择生意伙伴仿如男人女人选择人生伴侣，甚至更为看重更加谨慎。生活伴侣选择错误大不了离婚，生意伙伴选择错误就有可能倾家荡产，乃至惹上杀身之祸。生活伴侣选择错误，损失的是一个人的幸福，一个人的人生。而生意伙伴的选择错误，毁掉的就是一个企业，成千上万户人家的幸福呵！而于央企说来，损失的更是国家利益！

江津高速公路建设指挥部屡创佳绩，年年全市考核第一，声名鹊起。而他们创造的高速公路建设拆迁"无强拆，无上访，无投诉，无拖欠"的"四无"更成为重庆市各区县高速公路建设指挥部的标杆和榜样。

江津高速公路建设指挥部创造的"一条高速公路的拆迁，从动员大会的召开到建设土地的交付施工仅仅用了一个月"的纪录更是轰动了全国高速公路建设工程界，成为全国典范。

所有这些都成了无声的广告，成为窗户外的喇叭——名声在外。这才有了江津要修高速公路的消息传出，各路投资商趋之若鹜、蜂拥而至的热闹景象。中国电力建设集团公司只是这波投资大潮中的一个支系而已。

我们在此次活动之前已经几度派出代表团队来接洽、了解、商谈过了。这次来前还做了功课，此番前来，势在必得。

中电建老总郭加付说："最是能打动我的还是江津同志的'服务外包'。"

所谓服务外包，就是江津高速公路建设指挥部组织一套专业班子，承接投资建设单位的委托，代为办理所有的相关于高速公路建设工程手续。以及代为协调处理工程施工建设过程中出现的除了施工工程本身问题外的问题。这就极大地减轻乃至彻底消除了除却施工建设、运营管理之外的所有烦恼和忧愁，解决他们即使使尽浑身解数也难以解决的后顾之忧。

几乎所有的基建工程建设施工队伍，在具体组织建设施工过程中，没有少受上述问题中的一两个或者三五个问题的烦扰。停工、阻工现象时有发生。时断时续的施工给整个工程建设造成的严重伤害、惨重损失难以数计。甚至因此而活活拖成胡子工程、烂尾工程、豆腐渣工程。这些问题给工程项目造成严重后果：或者造成严重的安全隐患；或者久久不能交付使用，不能够形成效益，给企业带来实实在在的经营亏损；有的甚至让企业长久地处于各种各样莫名其妙的麻烦和纠纷之中，脱不了身，没有时间和精力去承接新的建设项目，企业因此而拖垮倒闭的也不在个数。

江津高速公路建设指挥部的"服务外包"是一个伟大的创举！她急外来投资者人地生疏、办事程序生疏、办事途径生疏等带来的困难之急，充分利用他们人熟地熟，上和政府部门沟通方便，下和村民群众感情融洽的优越，极大地提高了办事效率和成功率。于我们外地人办起来棍棍棒棒的事情，在他们手中办来，便一切都变得顺顺畅畅，把我们外来者看来不可能办成功的事情变成了可能。

就在从慈云北回来的当晚，中电建的同志就在下榻的酒店会议室召开会议，决定接受江津方面的条件，签署协议。

令中电建的同志们万万没想到的是他们和江津区政府的这份协议的签署仪式将放在重庆市人民政府举办的一个大型招商活动现场举行。这让他们好生喜出望外！这极大地提高了中国电力建设集团公司的知名度和美誉度的同时也增强了他们企业的竞争力和影响力！他们可是在众多的竞争者中脱颖而出，夺得江习高速公路的投资建设经营权的呵！

投桃报李。中电建的同志们也决心把江习高速建成样板工程，在祖国的西南大地树立一块丰碑，回报江津人民的深情厚谊。

仪式结束，中电建的陈总和江津高速公路建设指挥部常务副总指挥李德良四手紧紧握在一起，久久，久久。俩人眼中闪烁着晶莹的泪珠。

"我们的生命都将因江习高速掀开崭新的一页啦……"

"是呵是呵，这才是真正的'千里姻缘一线牵'呢。"

"哈哈，哈哈哈哈。李书记又诗兴大发了哇？"

"这点小爱好你也知道？"

"这段时间里，我可没有少拜读李书记的大作啊。"

"不会吧？"

"我让办公室的同志将你发在网上的文章都找来拜读过了呢。"

"不会的。"

"你每年都在报刊上发表许多作品真的不简单，并且坚持了几十年，这种精神，这种毅力让人佩服，我在网上都能看到哇！"

"是这样，让你见笑了。"

"学习了，学习了。"

其实，双式签订的合同文本中，还加了一条："江津方面的补偿款，自通车开始营业之后的第十年开始支付，分十年偿付完毕。"这又给江津财政缓解了一些压力。到那时，江津的财政经济状况肯定会好得多。

江津创造

江津的服务外包，在协助办理各种手续之外，是全方位的自创，如：协助投资方和建设施工方解决在工程施工建设过程中碰到的种种问题。而且这其中有许多问题是"千载难逢"的，做梦都想不到的偶然事件。更令人头痛的是它毫无规律性，随时都有可能发生，并且一旦发生就是火烧火燎般的急切，稍许迟缓就有可能酿成重大事件，非得急速处理妥帖不可。然而，对这种事件的处理无先例可循，更无政策法规之类所依照、参考。江津高速公路建设指挥部急客商之所急，想客商之所想，把服务做到极致，把温暖送到客商心坎，别出心裁地对每一条拟建的高速公路都设置一个"总协调人"制度。从策划建设这条路开始，就研究选派一个业务精、事业心强、能办事、能办成事的同志来担任这条路的"总协调人"。从此之后凡是有关这条路的所有事宜都由这位同志牵头，负责组织协调，一直到这条路建成通车，交付运营后仍然由这个同志协调凡是有关这条路的所有事宜，即人们常说的"终身负责制"。中电建集团公司郭总对这一点赞不绝口："没想到江津同志连这一点都给我们想到了。你们真的是急客商之急，帮客商之需，简直是急到帮到关键点上了哇！'总协调人'制度是江津的创造，好！江津创造出来的营商环境真的是无与伦比！"

而当常务副指挥长李德良将江习路总协调人周升明介绍给中电建老总认识的那一刹那，郭总那灿烂如花儿的笑靥让满屋子的朋友都仿佛馨香扑鼻，沁入心脾般的舒爽惬意。随即李德良同志将周升明同志的简历稍做介绍：具有研究生学历的警官；本科学习法律专业，研究生时学习企业管理专业；学校毕业之后，从事公安工作。现今的公安队伍，也应适应新时期公安工作的新要求，需要各个方面的专业人才共同组成。周升明同志曾任派出所所长、教导员，他现在在我们高速公路指挥部工作，可他仍然任职区公安局治安大队民警。由于他有深厚的理论修养、丰富的公安工作经验，区委多次抽调他出来从事急、难、险、重、繁、乱、杂等工作。他被誉为"一把永不卷刃的钢刀""一头不知疲倦的老黄牛"。他在社会治安综合治理方面建功立业、创造佳绩，同时，积累了十分丰厚的处理社会复杂问题的经验。不仅如此，这位同志出生农村，又长时间在基层派出所工作，长年和农村、农业、农民打交道，熟悉他们，了解他们。为了加强我们指挥部的相关工作，我们专门向区委打报告，由组织部门点名将他抽调过来的呢！周升明抽调来高速公路建设指挥部工作都十来年了，干得相当不错，积累了丰富的经验。他是我们公安系统的老先进，这次这位多次被评为优秀共产党员的同志被派来做"总协调人"。

考虑到江习高速公路建设的重要性，我们特把我们在座的各位请过来。尽管大家或早或晚地离开了农村，不再从事农业，不再是农民，但是，我们的父兄，我们的祖辈，甚至是我们自己的儿时乃至青少年时代仍然是他们中的一员。我们深深地知道农民的所思所想、所念所盼。现在修高速公路，他们将失去赖以生存的土地，失去承载着他们血脉根源的祖屋，甚至还要惊扰迁动那安息着他们祖宗遗骸的祖坟。这其中的哪一条都迫使着他们承受着锥心之痛、刻骨之苦呵！就这一点说来，如今为了修建高速公路而让他们承受如此巨大痛苦，做出如此巨大的奉献，他们是伟大的、令人尊敬的。我们全体人民都应该感谢他们，对他们表达无限的崇敬。

也许因为我们的工作没有做好，也许是因为别的其他什么原因致使他们偶尔有点情绪、有些意见，甚至有些不太理智、有些出格的言论和行为，但是也都是可以理解的、可以谅解的。这也正是我们做群众思想工作，表达我们对人民群众无限热爱，对党的工作无比热忱，对国家无比忠诚的机会。我们应该十分珍惜机会，和广大人民群众建立起血肉联系。

几十年的电站建设、电力设施建设以及其他基础设施建设等工作经历，让郭总深深地感受到做好沟通协调工作对工程建设的顺利推进，保证工程的按期完成和正常投入运营以及运营之后的工程维护保养，顺利安全运行等等都具有的极端重要性。"江津同志真是好样的，什么都想到前面了。"

他十分感慨。就这几点而言，这个总协调人的能力、素质、敬业精神等便是极端重要的了。郭总今天终于见到这个人了，久久悬吊于心的石头咚地落地了。

于是，才有他先前的刚刚一见周升明的笑靥如花儿。谁说人不可貌相，海水不可斗量？对于有丰富社会经验、阅人无数的人说来，瞟人一眼就能八九不离十地判断出这个人来。

张大爷拆迁记

一见周升明就想笑，不信你试试。因为他总是喜笑盈盈地看着你，看着这个世界。你不受感染？不是有"近朱者赤，近墨者黑"之说么？除非你没心没肺。于是你特别喜欢和他打交道，因为他特别有亲和力、亲切感。

一见周升明就嫉妒。一口牙齿洁白晶莹，让人直为那牙膏商家没有请他去做产品代言而惋惜得跺脚："牙好胃口就好，吃嘛嘛香，身体倍儿棒。"难怪他身材魁梧壮硕、伟岸挺拔，仿佛一座黑铁塔。他是个干公安工作的料：镇得住邪，降得住魔，识得破妖，控得住怪。可是谁还会想到就是这么一个雄赳赳气昂昂、威风凛凛的铁汉，做起协调工作来仍然是得心应手、屡建奇功、卓有成效。他把"侠骨柔情""俯首甘为孺子牛""老百姓是天，老百姓是共产党的无限挂念"演绎得淋漓尽致。

周升明是在长年累月的社会治安综合治理斗争中涌现出来的优秀人才，是立过功、受过奖的英雄模范。而当江津区的高速公路建设高潮迭起，被誉为"天下第一难"的大量征地拆迁工作急需一大批政治强、业务精，敢于面对挑战，坚持原则不动摇，面对威逼利诱面不改色心不跳，又善于做群众工作，和人民群众情深谊厚，一切从群众利益出发，真正做到整体和局部、长远和暂时、个体和群体对上级组织负责和对群众负责的同志充实到"征地拆迁部"的时候，他来到了指挥部，挑起了"天下第一难"的担子。

刚学剃头就碰上一个"癞痢头"。

江习路是江津现阶段已建和在建的高速公路中线路最长，地形地貌最复杂，地质结构最多样，施工难度最大，所经过的地区居民贫困面最大，贫困人口最多，贫困程度最深，脱贫致富步伐最艰难的一条高速公路。这些无一不给征地拆迁带来额外的困难和麻烦。这是对主持征地拆迁工作的同志极大的挑战。

沙河村的张大爷是村里出了名的贫困户，同时又是最难沟通的麻烦户。周升明对这位大爷在历史上遭受过的不公对待表达出深深的理解与同情。在拆迁动员开始前的摸排中，周升明就开始了对这位大爷的工作。接近他，关心他。可是拆迁动员刚刚开始，他的"桀骜不羁"和"拼个你死我活、鱼死网破"的架势就显露了出来。作为协调组长的周升明看在眼里，谋就在心里面了。"一行服一行，茄子服麦酱。四面山人就最钟情腊猪大肠。"换句话说，无论是个什么样的奇人怪人、难沟通、难动员的人，总会有一个降得住他、治得了他、能够让他服气的人。即人们常说的再难开的锁，总是会有那么一个钥匙放在某个地方，找到这个钥匙，这锁就好开了。周升明苦苦寻找着。

多年的公安机关工作经验告诉周升明，这个张大爷一开始便摆出一副死硬到底、不达目标决不收兵、当钉子户到底、"四季豆不进油盐""死猪不怕开水烫"的架势。摆出这个架势，无非是为了提高要价，暗中还有一股出气、报复、雪耻去侮的心理在作祟。

想要多一点钱，这个想法没有什么不好，只是要"取之有道"。高速公路建设指挥部和投资业主方共同协商达成了一个协议："凡是在规定时间内签署协议并交付房屋钥匙，随时可以拆除该房屋的屋主，在政策规定的补偿数额之外，给予50%的额外奖励。凡是自建房者，再给20%的建房补贴。超过期限不签出让协议，拒不交出房间钥匙者，所有额外的奖励统统都没有。"补偿额度的70%了哇！多大一笔钱呵！谁还会嫌弃钱多了赘手么？

无奈"公家人"说话张大爷心生抵触情绪，你说得越多他越烦。

周升明来了个迂回。他打听到这个张大爷有个嫁到李市的妹妹，因为父母死得早，他们兄妹俩相依为命。出生于李市大桥村的周升明略略一个打听，没有费多少工夫就找到张大孃。张大孃子孙在南京、北京生活工作，她偶尔也去子孙处走走看看。周升明把情况一说，张大孃倒是个爽快人。"别的事我做不了主。这件事我可以当我哥的家。你把协议书拿过来，我签。"

张大孃这些年没有少支援哥哥嫂嫂、侄儿侄女。哥哥有两次病危，还是她让儿子开车去接出山来送到江津城去抢救过来的呢。大城市开惯了车，儿子太不习惯山区公路了，何况去舅舅家的路太难走了，又陡又窄又弯急，有好几次都差点掉悬崖下面去了。"母命难违，又是自己的亲舅舅，不然的话，打死我都不会去干这种骇死人的危险事情。"

其实，张大孃也很少回沙河老家。回娘家的路实在是太难走太危险了，儿孙们也不让她回去。然而这次为了拆迁的事，她却三番五次地回到沙河娘家做哥哥的工作。

"算你周同志厉害，你十次八次往我家里跑还不算，硬是还把我的七寸拿捏住了，把我在李市的妹妹都搬出来了，我算服了。你的真诚、实在，你的热心和为我们这些山里人着想，我算是服了。人心换人心么，我也不是那种蛮横不讲道理的人。哪天我请你吃腊大肠，安逸得很啰！"

在漫长的岁月长河中，四面山人待最稀罕的、最尊贵的客人必须要上的一道菜：土豆鲊腊大肠。

"要得，要得，到时候我整瓶好酒来。"周升明答应得十分爽快。

"周部长，你……"同行的村干部有些不解。这是纪律，绝对不允许我们的村社干部和指挥部工作人员对任何人"吃拿卡要"。

周升明笑笑。笑得那么开心、那么自然。这就更弄得那个村里的年轻同志搔耳挠腮一头雾水了。

村里的年岁大一些的同志倒是心中明镜似的，大家心里仿佛推掉了扛着的大石头似的长长地吁了口气："张大爷，你光是请周部长不请我们么？不公平哟——"

年轻人们更不解了。

其实，这是再明白不过地表明张大爷同意拆迁了！年轻人只是一时还没有回过神来。

祖屋难舍，故居不离呵！要永远永远地离开生他养他、陪伴了他大半辈子的祖屋，永远永远再也见不到这故居了，心难舍情难却。这种锥心的疼痛，人皆有之，搁谁谁都一样，谁都不是石头缝里蹦出来的"孙悟空"。周升明也食人间烟火，也是父母生养的性情中人。他知道，这是张大爷准备腾房交屋，和这祖屋故居做最后的告别：祭奠祖宗，告慰先人。这怎能不令他喜出望外、欢欣鼓舞，欣然允诺前来赴宴呢？这些内含丰富的隐喻当然是村里那年轻的朋友不了解的啰。当时情景下又不方便给他们年轻人详细解释，也就只好让他们暂时的迷惘与不解了。

在妹妹和周部长的帮助下，张大爷终于认识到俗话说腿肚子拗不过大腿了。土地是国家的，国家征收去修高速公路，还不是为了大家！家，反正都是要搬的，还不如在规定时间之内首先搬。

何况是还有那国家规定补偿标准外的70%的奖励呢？赌气？挣面子？气是炮的，面子能够值得几万元钱？谁还能和钱有仇有恨过不去呢？面朝黄土背朝天干一年到头又能挣来几万？见钱不挣、有钱不拿还不被人笑话的口水给淹死么？

再说了，反正都是要搬的。拗到最后，不仅仅丢人现眼，奖励的几万块钱得不到不说，好的屋基都给别人选去了，剩下的都是些孬的位置，风水不好，进出又不方便，子孙后代住起来都不舒服，还不把我这老先人板板责骂么？

何必呢？

好汉不吃眼前亏。

一段房梁，一节屋橼，一捧香盒后面的老墙泥，一捧灶膛土，几块屋瓦，还有老娘床下的黄土地，几块从墙脚石上敲下的石头，一瓶院子边的老井水，一齐摆放在祖宗牌位前的供桌上。张家老少行着三拜九叩大礼。

作为张家的特邀嘉宾，周队长和他的同事也在张氏先祖牌位前毕恭毕敬，顶礼膜拜。

典礼之后，张大爷把那土、那水、那木、那石统统都装在了一口精美的箱子里。他要把它带到新的家去。这里有祖宗的烟火，祖宗的生命气息，祖宗的血脉，祖宗的魂灵。

哦，对啦，张大爷还没忘记取下大朝门门额上的那两个叫作"户对"的做工精美的荷花造型的木头。这就是人们常说的"门当户对"的户对。在四面山区，门当，即支撑着大门左右门枋的那个成三角形状、雕刻精美的木头厚板，已经不常见了。而门额上的户对倒是司空见惯，老四面山场街上几乎家家户户都有。也只能是几乎，并非所有。因为户对是代表着这户人家的社会地位的，社会地位不一样，户对的个数和造型都是有分别的。

张大爷手拿户对，在周升明面前讲述了一阵先祖的功德，着实炫耀得意了一番。周升明呢，听得也很投入。入乡随俗么，他感觉自己也长了一番见识。

此时，村里的小罗来叫周部长去处理拆迁中出现的新情况，见到他听得那么专注用心，也不忍心打扰。直到张大爷讲完了，她才走上前去，拽起周升明，边走边说。

至于土豆鲊腊大肠，就留到搬新家的时候再吃吧，这一次就只能心领了。责任在肩，身不由己了啰。抱歉，抱歉。

扎紧"篱笆墙"

说一千道一万，拆迁补偿安置工作顺利开展、按期完成的最大推动力还在于坚决贯彻落实相关的政策法规制度，真正做到"公平、公正、公开"的"三公"原则。

这个道理谁都懂，谁都能说得出来一套又一套，冠冕堂皇、振振有词的道理，可是要真正做到"滴水不漏"，又谈何容易！修一条路倒下一批干部的惨痛教训屡有发生。

当高速公路建设高潮即将掀起之际，中共江津区委未雨绸缪，选派主持区委纪检、政法工作近二十年的李德良同志前往新组建的负责全区高速公路建设"协调、监督、服务、管理"工作的高速公路建设指挥部担任常务副指挥长，主持日常工作。其决策之英明和用心之良苦，被这近十年的实践反复证明是正确的，他是拥有远见卓识的人。

高速公路建设工程是一个"烧钱"工程，动辄几个亿、几十个亿、上百亿人民币的进出流水。并且其中有相当一部分钱"埋在了地下""淹没在水中""嵌入了山洞"，难以复检核实。这种"特殊情况"就给贪腐分子在客观上提供了贪腐的可能和契机。

当然，加强对相关部门的工作人员的法律法规教育，提高其思想政治觉悟是必须的。但是仅仅只是如此也是不够的。人性的贪婪往往会冲破思想意识、立场观念的笼子，恣意妄为、肆意泛滥，甚至一发而不可收拾。

然而这近10年的时间里，无论是指挥部的工作人员，还是高速公路建设过程中所涉及的镇街工作人员都经受住了考验。没有人因为涉高速公路建设款项"进去"的。

那么他们是怎么做到的呢？

俗话说："篱笆扎得紧，野狗不得入。"经验和教训使我们聪明了起来，还是得有一套行之有效的制度才能有效管束"人情之恶"的贪腐行为。

李德良和指挥部领导班子成员一起精心设计了一整套行之有效的办事程序，为管理制度设计一道道"篱笆墙"。且以征地拆迁补偿安置工作为例。对于征用土地、拆迁房屋的面积丈量，镇街村社干部或者工作人员一律不得介入，甚至记录、登记造册都不行。房屋的丈量由指挥部聘请区房管局专业测量人员负责。土地丈量计算则是区国土局专业测量人员负责。并且请镇党委纪委书记现场监督，之后由镇纪委负责组织复查审核、丈量。最后所有数据交高速公路建设指挥部复查、丈量。如此"三回为定准"。如果三个数不统一，则三方各派人参加复查小组，重新再测再量。如此一来所得数据就保证了准确无误。因此，近十年来没有发生一起因为测量数据疑义而引起的分歧纠纷事件，真正地做到了令人口服心服。所有补偿款项，则一律由高速公路建设指挥部委托银行给每一个受益者办一张银行卡，所有应得款项全部打到每个人的银行卡上。一分一文都不通过镇、村、社的任何工作人员、领导干部之手。如此一来就彻底消除了受益群众的疑虑担忧，彻底阻断了镇、村、居、社、组等组织机构截、留、挪用甚或贪污强占的任何可能性。这就从制度和程序的设计层面上就能以诚信和清白清廉、公正公平公开取信于民。从而赢得了广大群众的信任与支持，使得征地拆迁补偿安置工作得以顺利完成。同时又最大限度地保护了我们指挥部和相关镇街村社干部。安全和干净清白，让这次修路实现真正的双赢。

诚然，这样做给我们指挥部自己增加了海量的工作内容。譬如财务部，要是按惯常做法，我们在某某镇征了多少亩土地，拆除了多少平方米房舍，各自乘以亩、平方米的单价，就算来了总价。多少百万千万，业主放款一到指挥部的账，指挥部立即转给各镇便万事大吉了。至于镇上什么时候分发到户，分多少到户就与指挥部无关了。如此一来，我们倒是简单方便洒脱了，可是老百姓就……最后，我们指挥部财务部同志毫无异议、毫无疑问地选择了"麻烦我一个，方便千万家"的工作方法。

房屋拆迁补偿安置、土地征用、林木青苗补偿等问题的处置，一个问题比一个问题更加严重复杂，处理好这些问题一点儿也不轻松。这是对我们开展支持、协调、拆迁的具体工作的同志政治觉悟、思想意识、政治理论水平、社会生活常识、人情世故、组织协调能力、随机应变能力等等方面的全方位的考验。至于对企业单位的拆迁因为类型的不同，所遇到的情况更是千差万别，处理这类事情的繁杂程度简直远超人们的想象。不过事情还远没有到此为止，更大的考虑还在后面。因为选定的高速公路线路中还将会碰到许多人们难以预测预料到的地下天上管网设施，迁移它们更是一个十分棘手的工作。例如，渝泸路经过的地方地下就埋设了一段天然气输送管道。千万别小瞧了天然气的输送问题。天然气在管道中流动会因为摩擦而产生的阻力慢慢地就流不动了，所以抵达不到所企盼的目的地，更无力爬升楼房，供应用户。这就需要每输送一定的距离后，通过压气机加压后再前进，而给天然气加压是个高科技问题。将正在运行使用中的大口径天然气管迁移位置，就需要大面积的停止供气。这就将造成相当一部分的企业停产、歇业。之后还需要切割管道，重新选择线路搭接。按照供气部门的测算需要花费300多万元，并且还是非常优惠了又优惠的价格。那么这个开价是不是合理呢？能不能找到更为优化的设计、施工方案，降低费用？这本应该是由供气部门和中电建双方共同友好协商处理的，中电建方面偏偏要拜托我们指挥部全权代理。受人之托忠人之事。对于这个问题，具体承担这个任务的江习高速公路建设总协调人周升明完全是个门外汉。

怎么办呢？

急用先学？

显然是来不及，并且也缺乏权威性，得出的结论也难以被认可和被接受。

不是担心缺乏权威性和公信力么？我们就选择个权威部门来做出具有公信力的结论不就成了么？

　　长年累月和政府部门打交道，自然对各政府部门的内部机构设置、职能等有了相当的了解。周升明去找财政局的朋友一起商量，下属的评估机构对对方提出的改道设计方案、施工方案、原材料品牌选择，甚至施工队伍选择都一一进行了详细地分析审理，并且和供气方面的同志一同进行了各种方案的优化，硬是将所需费用从原来的300多万元降低到100多万元。并且还缩短了停气时间，输气管道质量、输气效果都优于改道之前。最后形成了供气部门和中电建双方都满意，皆大欢喜的结局。

　　值得一提的是，供气部门先前的报价之所以会高一些，是因为对市场了解少一些。他们哪里能够如地方政府部门那样对各类市场情况都那么熟悉呢。并且政府部门还具有一般的企业单位没有的优势：无论是设计单位、施工单位还是原材料、耗材供应商、零售商都希望长期得到这些部门的关照，多照顾一下他们的生意。同时，他们都知道政府掌握着市场供应的大数据，于是谁都不敢漫天要价。而某个企业单位偶尔一单生意找到他们，他们还不敲一棒算一棒啰！尤其见到你是央企，家大业大，你人生地不熟，他们还不趁这千载难逢的机会，狠狠敲一笔哟。

　　"可是央企也是企呵，能够省一分就一分吧。那是全体国民的财富呵。"周升明不无感慨地说。

　　只是他没有少花精力和时间，没少跑路："这又有什么呢？协调协调嘛，就吃这碗饭的。职责所系，使命召唤呗。"

　　俗话说，人在做天在看。令周升明、周应琪、唐忠琪、唐娟、郑伟宪、黄培荣等同志没有想到的是他们所做的这一切都被"天"看到了、记下了。不过这个"天"与我们通常所说的"苍天"没有什么关系。那么这个"天"又是什么呢？

　　估计是不会有人能猜到的。

　　这正应了那句烂熟于耳的话——"好心有好报"。不过，这个"报"，却报在了江津150万父老乡亲身上了。

　　究竟怎么回事儿呢？

龙凤容的故事

在征地拆迁补偿安置过程中，难免会遇到"坟墓"问题。宗族文化，追根溯源血脉传承关系，族裔、宗祠、宗庙等是中国传统文化的一个极为重要的组成部分，它是中华民族团结起来的纽带和桥梁。而掘祖坟之类则是被子孙后代视为最是大逆不道、最是不共戴天的挑衅，是最不能接受的侮辱；享受子孙万代香火、顶礼膜拜是为人之最大幸福、最大成功。

迁移祖坟，这对于任何一个中国家庭而言，都是不可接受的。这根本就不是钱不钱的和钱多钱少的问题。即使再穷，穷得衣不蔽体食不果腹，也不会有人会想到通过迁移祖坟来博取一些收入，改善恶劣的生存环境。

同样是中华民族传统文化哺育，中华民族祖先一脉相承的土地征迁补偿协调组的同志们对被征迁坟墓的朋友在情感上的难以接受，和对先辈们的愧疚等感同身受。谁不愿意死者能够永享平静与安息！死者已逝，这时候还去惊扰他，是为大逆不道哇。

为了修建高速公路，为了国家的整体利益，为了全民族子孙后代的繁荣昌盛，而不得不牺牲小我的这个家族、这支血脉的情感，只好委屈先人了。迁移他的坟墓，打扰他的安息。他们这种牺牲小我的一家一族一支一脉，成就大我的整个民族的兴旺发达的精神值得赞赏。

一条江习高速公路需要迁移的坟墓就多达2000多座。恼火的是有的坟墓已经因为农田水利建设、乡村道路改造、省道国道建设、乡村场镇扩容、农民新村建设等需要而多次迁建了的，这次高速公路建设又需要迁移，这就更加难免当事村民有些怨言，有些抵触情绪。当然更多的情况是人们从情感上难以接受。

慈云镇的高速公路拆迁补偿安置工作总是走在其他镇的前面。镇里负责拆迁补偿安置工作的协调人，副镇长龙凤容情感细腻、思维缜密，总是能站在当事者的立场、角度去考虑问题，把话说到群众心坎上，把事做到群众要紧处。俗话说"瞌睡来了正好遇上枕头"。龙凤容总是那个送枕头者，送的时机和位置恰到好处。这是一个做事认真，又肯动脑筋思考问题的人。当然这更是需要对群众有深厚的感情，对党的工作有极大的热忱，对党无比忠诚才能达到的。

譬如这个迁坟事，她去做群众思想工作时，总是会带上看风水的和做法事的。这是现阶段乡村迁坟移墓安葬死者必不可少的程序。入乡随俗么。

尊重了群众的习俗，他们把你也看作是一家人。一家人了还有什么话不能说的呢？将心比心，你尊重了他，他迁坟移墓，支持你的工作时也更乐意爽快了。

并且这人的工钱还不用当事人支付，是政府按政策规定的补偿标准一文不少地支付。

龙凤容这样做的厉害之处在于堵死了当事者"没有迁坟葬墓的日子""找不到合适的穴位"等拖延、推诿的理由、借口，让当事者无话可说。

是呵，人心都是肉长成的。将心比心吧，人家工作都做到了这个份儿上，你不买账，还为难别人，你就不感到亏心么？不惭愧么？她这样做，还不是为了全民族的利益和国家的繁荣富强么？

每每碰上迁坟移墓做法事的时候，龙凤容也会和这个家庭的成员一起，点上三炷香，表达对先祖的哀思与无限尊敬与怀念之情。她把"我是人民的女儿"之情表达得酣畅淋漓，迎来乡亲们一片赞叹。

慈云镇是一个具有光荣革命传统的镇。在20世纪三四十年代白色恐怖最嚣张严重的时候，以刁光明为代表的慈云人民坚持党的地下斗争，尤其是在重庆发生"挺进报"事件之后，慈云人民把大批的在重庆城里被国民党反动派追杀的共产党员迎接到自己家中隐蔽起来的同时，还积极地开展地下斗争，为迎接新中国的诞生，立下了丰功伟绩。到慈云工作不久的副镇长龙凤容在走村入户和村民交谈中，听着村民讲述着过去的故事，时常激动得热泪盈眶。"多好的人民呵！"为了我们党的事业，人民的解放，甘愿冒着坐牢杀头的风险，也无所畏惧。

刁家场，刁家厅，像座丰碑耸立在她的心中。每每行走在这块土地上，她心里便有一种温暖和力量在心中升腾，使她对这片土地和无数先辈肃然起敬。

有这些故事垫底，龙凤容对于这次的江习高速公路的拆迁工作的顺利完成充满着信心。

第一次拆迁补偿安置动员大会就是在刁家场附近的院坝召开的。老书记刁光明早早地就来到了会场。哦，对了，此刁光明非彼刁光明。刁家是个大家族，同名同姓并不奇怪。如果那个刁光明若在世，怎么也过了100岁。而这个刁光明呢，才不过70多岁呢。不过有两点是一样的：都是共产党员，都是党的基层领导干部。

会议开始，老书记刁光明当仁不让地发言：江习高速公路是我们江津人自己修的高速公路，是脱贫致富路，是新农村建设路，我们要支持。

一花引来百花开。老主任谢树高紧接着也发了言。

老党员周锡田更是激动万分地提议：龙镇长，你要是不嫌弃我们这些老头子的话，我们几个老党员来给你打个帮手，保证不会拖你的后腿。

"好哇！好哇！"多好的乡亲！多好的普普通通的党员！"谢谢！谢谢！"一向嘴巴还算利索的龙凤容却语塞无词了！除了"谢谢"之外没有了任何词语可以把此时的心情表达，这也许就是人们常说的最简单也就是最复杂吧。

有了这些和村民群众朝夕相处、沾亲带故、血肉相连的老党员们的支持和帮助，拆迁工作进行得非常顺利：

刁国富家的被占土地一测量完毕，他当场就签字同意征收。

黄宗福在开完动员大会后第二天就找工作组同志见证了花椒树的开始移栽。"早移晚移，反正都得移，早移说不定还会多活几根。"

49岁的王彪病了，龙凤容去看望他，谈及拆迁补偿安置问题。王彪没有当场就此表态："得和在外打工的女儿女婿商量一下。"

　　谁知道，没过多久，王彪便因胃癌与世长辞了。得到消息的龙凤容当即买了祭品前去送别。父老乡亲么，乡亲仿如父老一样的亲。"龙镇长，实在不好意思，父亲临行前说了关于征地拆迁的事情。他非常后悔当初没有亲口答应你。"这是王彪女婿见到龙凤容的第一句话。

　　"我非常理解他，他这是要把决定权交给你们呵。"龙凤容也很动容，"人之常情：人之将死，其言也善，其情也真，其意也诚么。"

　　"你们把地测量完了，我们就把字签了。"

　　"好好。"

　　"我父亲还有一个愿望，就是将他葬在高速公路边的高坡上，他要和高速公路相伴。"

　　"好好。"

　　王彪安葬在龙井沟的山坡上。那里可以看到繁忙的筑路工地，看到乡亲们新建的楼房，看到江习路刁家互通日夜的繁忙。他应该感到一种慰藉，因为这一切中也有他的一份贡献。

　　说到慈云人的奉献精神，那真是没得说。王荣宽的房子才建成没五年，可漂亮了，独门独院的小别墅。这次又是"红线"范围内。

　　怎么多出个"又"呢？

　　因为五年前修建渝泸高速公路时，他的房子就在红线内了。"啥子吧？我咋个运气就这么好呢？又中奖了嗦！"

　　"哈哈，又得麻烦您老人家了。"龙凤容心里无比理解与同情。"谁也不可能未卜先知么。谁也料不到五年后会修江习高速公路，更加料不到起点会选择渝泸高速的刁家互通。"

　　"搬，我搬。为了国家建设么。可是千万别让我再搬家了哇。"说完，65岁的王荣宽老人自个儿哈哈朗笑了起来。

　　"那可是说不一定啰……"随龙凤容一起去做群众工作的罗江桂玩笑着说。

　　"那就再搬家啦。又住新房子，哪里不安逸呢？"

　　满屋子的欢声笑语把"天下第一难"挤兑得无影无踪。

为了百姓的利益

修建高速公路，对于拉动当地乃至一个区域的经济社会发展都会有巨大的作用，实在是一件利国利民的事情。"要致富先修路"是千百万事实所证实了的真理。但是修路也会给高速公路沿线的当地居民带来生产生活上的诸多不便。当地老百姓为了这条高速公路的顺利建成通车和正常运营做出了巨大牺牲与奉献，这也是不争的事实。因此当我们在享受高速公路给我们带来的种种便捷、种种优越与幸福时，也千万不要忘记了沿线居民所做的牺牲与奉献。

为了让沿线居民所遭受的损失和不便更少一些，受到伤害和损失之后能够得到适当的补偿，我们的高速公路建设指挥部专门设置了一个工程协调部。在高速公路建设的早期、中期，以及建成后都负责协调如何减轻因为建设高速公路给沿线居民带来的损失和对损失给予补偿事宜。

可别看刘光明成天笑哈哈的样子，干起活儿较起真来，可是一个不好对付的角色。这个初中毕业就从父辈手中接过铁锹推车的护路工出身的中年汉子，为了工作需要向实践学习、向书本学习、向专家学者学习、向一切行家里手学习，硬生生地把自己"学习"成为了一个道桥建设的工程师。明年，最迟后年他就可晋升为高级工程师了。

没有这么点本事，怎么敢对江习公路建设设计图纸横挑鼻子竖挑眼地"说三道四"，并且说得设计师们点头称是，频频伸出大拇指，称赞不已。

原来，设计单位是外地的，所设计的高速公路图纸从规范上说，并没有什么毛病。但是就是不符合我地深丘、山地的地形地貌特征，更不符合飞速发展的交通运输模式的发展需要。因此照那图纸施工而建成的高速公路，除却使沿途普通民众和地方政府怨声载道外，更多的是遭到一部分道路交通运输业者的抗议，最终后果就难说了。

刘光明是个办事极其负责任、极其踏实认真的人。"打水到井边"是他的口头禅。拿到设计图之后，他带领着工程协调部的同志到现场去，和应邀来的镇、村、社和村民代表一米一米地图实对照检查。一个最为突出和显著的问题是：为了减少施工难度和投资额度，涵洞设计过多且过低过窄。修建车行同时又兼具人行乃至牛羊通行的天桥所需费用明显高于涵洞。而要保证能够通过大型重载车辆的通行，又兼具人畜通行的功能，还要保证高速公路自身的结构强度，就得保持高速公路具有一定的厚度。太单薄则承受不了车辆通行的碾压，负荷一大就有坍塌之虞。于是涵洞就只能往深里挖。这一深，就又会带来涵洞排水困难的问题。一遇山洪，涵洞区域就将成为深渊泽国，长久浸泡又恐招致次生灾害。

令设计单位更加没有想到的是如今的农业机械化水平越来越高，农机应用十分广泛而普通。农机转场常常由载重汽车运输。载重汽车的高度再加上农机——收割机、旋耕机、播种机、插秧机的自身不低的高度。又岂是一般高度的涵洞能够通过得了的？

也许是为了节省投资吧，有些车行天桥设计标准太低，要么载荷强度太低，运行中有被压坍塌的危险；要么桥面太过狭窄，没有留足人行通道，容易引起交通安全事故。

而桥涵过少过稀则是普遍的现象，尤其是在靠近人口密集区的地方，乡村场镇附近缺少人行桥涵会给附近居民的出行带来诸多不便。在轿车、摩托车、小型拖拉机等已经非常普及，并且车辆将越来越多的情况下，更需要道路设计者具备超前意识，至少要能满足今后的10年、20年发展的需求。如果刚刚建成通车就拥堵，事情就麻烦了。

……当然，全盘否定这个设计图既不现实也没有必要。刘光明把设计单位的同志、投资业主单位、施工建设单位、镇村社和村民代表召集起来，"协调"，群策群力，一事一议，共同商量出一个办法。这就避免了建成之后的补充、修改乃至拆毁重来的麻烦。因祸得福，节省了好多好多的投资。

这些问题是明显的，容易被发现的，刘光明和他的朋友们深入实际，调查研究中发现了提了出来，防患于未然当然好。可是有些问题是事先不容易发现的，即在建设过程中才能暴露出来的。这就需要及时发现，及时处置。

筑路机械要进场施工，运输灰沙石及钢材等原材料的车辆要进场，这些都离不开比较结实宽阔的道路、桥梁、涵洞等基础设施。显然原有的机耕道、乡村便道等之类的道桥涵设施是不可能担此重任的。这就需要新修或者扩建改建若干道路桥梁、涵洞之类，也就意味着需要占用土地。而这些土地是不在高速公路红线范围之内的，换句话说，是没有办理征地手续的。土地是国家控制管理极为严格的重要资源，不经十分复杂严格的申请审核批准手续而占用则是违法犯罪行为，将受到《中华人民共和国土地管理法》的惩罚。在整条江习高速公路江津路段内，这种归纳为"临时占地"的就达2000多亩。占用耕地之前还得通过国土资源部门和农业部门的批准，占用林地之前还得经过林业部门和国土资源部门的批准。所以，这些用地得首先有用地指标。而每个区县的用地指标是有定额限制的，用了之后还得复垦偿还，没有偿还则次年就不再批准新的用地指标了。当然，也有的临时用地占用之后就不可能复垦或者失去复垦价值而成为永久占地，这种情况则应当按照规定程序办理永久占地手续。对于这系列的手续办理、各种申报材料的准备，各个部门机关的具体方位，甚至于交通线路等等对于外来投资者、外来施工建设方，真的仿如迷宫般的让人望而生畏，想而头疼。这时候江津高速公路建设指挥部所独创的手续代理制就应运而生，充分发挥自己人熟、地熟、部门熟、办事程序熟、材料构成材料制备熟等等优势，大大地提高了办事效率和办事成功率。因此深受客商的欢迎和赞赏。

不过，办理成功手续也还是第一步，当然这一步的成功十分重要。而要落到实处，成为现实，则还得和相关镇街村社和村民取得联系，得到他们的支持与理解，协商好占用补偿条件，签署相关协议，方可进行临时使用工程的施工建设使用。而这后一项事情的落实则是需要工程协调部刘光明等同志们的鼎力支持和帮助了。在他们的大力协助下，把各方面的利益相关方都召集到一起，各自阐明自己的诉求。在刘光明等同志们的协调下，找到了一个能够兼顾各方利益，达到皆大欢喜目的的方法，最后签署协议。各方按协议办事，最后使得公路施工建设顺利进行。

高速公路施工建设过程中，给当地老百姓的生活生产造成的干扰、困惑、困难是最多的。他们千百年习惯的生产生活形态都将因此而改变。安宁和平静被打破。噪音、灰尘污染，出行道路或切断或被挤占，原来的自然生态系统被破坏，由于施工而造成的泥石流和山洪暴发，农田被毁，庄稼绝收，人畜安全受威胁……许多的不习惯不方便硬生生塞给他们，让他们为难，甚至难堪。尽管也给了一定的补偿。在此且不讨论补偿的多少，是不是和所受的损失得失相当。构成人们平静安宁、温馨和谐生活生产的要素有很多，其中有相当多的部分又是金钱所能替代、所能计量的么？有些东西一旦失去了，就是永远，再也找不回来了。这又如何能忍心指责我们的农民兄弟狭隘自私呢？换作你就未必能"忍"，说不定比他们反应更激烈，反弹更厉害，干出的事情更荒唐、更出格。这也是施工方与当地居民容易产生矛盾、对立甚至对抗的阶段。偶尔发生的"阻工"事件，实在需要我们认真仔细对待，毛躁不得，大意不得，偏颇不得，主观臆断不得。

"化干戈为玉帛"才能够使我们的人民团结起来，使得我们的高速公路施工建设顺利推进，早日建成通车。这是刘光明的职责所系，是他的使命与担当。

"穷山恶水出刁民？"

既然是穷山恶水，就表明人的生存环境极其恶劣，人的生命挣扎在生死存亡的边缘。在这种状况下的人们每天都生活在恐惧之中，害怕稍有闪失——尽管这种闪失在别的生存环境中是微不足道的，可是对生存于穷山恶水的人说来，却是大过天的，就会足以令人生命都将呜呼哀哉，不复存在。太过恶劣的自然环境，让人丧失了抵抗哪怕是别人看来实在不好意思提及的微不足道的风险的能力；太过恶劣的穷山恶水，使得他们即使一把汗水摔成八块，也挣不来一分钱，脸朝黄土背朝天地勤耙苦耕一年到头都不得温饱。是个人都有自尊，谁都想操大方，谁都想潇洒，谁都想洒脱。可是那是需要实力、需要经济做支撑的呵。经济永远都是上层建筑的基础哇！这是亘古不变的真理。

于是，生活在偏远山村的人们，连生命的存续都堪忧，朝不保夕，在任何细微的利益侵犯都将置人于死地的状况下，对于任何的利益侵犯，出于人性本能反应，他们也是要誓死捍卫的啊！这又如何不让他们斤斤计较、锱铢必较？这，也许就是人们口头常常所说的"刁"吧。

如果换作是你，你又将是如何呢？也是难免"刁"的吧？

到了哪个山头唱哪支歌。你之所以不"刁"，只是因为你没到那个山头罢了。

这个"刁"，正是为了捍卫他们已经少得可怜的"自尊"，捍卫他们已经舍无可舍的"生命权"。

这个"刁"是生活在相对自然环境优越，甚至鱼米之乡的人们无论如何也都难以理解的。人的经济地位决定他的政治态度，也决定他对人间百态的判断和评价。尽管并没有什么特别的恶意，但是那种鄙夷、不屑意味还是不可掩藏和否认的。

山区里生山区里长的刘光明最能理解山里人的性格情感，因为自己也曾是他们中的一员。尽管他的父亲是交通局的职工，可是母亲却是山区农民。按当时政策，子女户口随母，于是他的户籍就是农村户口了。

新修高速公路，能拉动沿线地区经济社会发展，改变恶劣的生存环境，使得这个地区的父老乡亲彻底摆脱贫困，不再挣扎在生死存亡的边缘，不再为吃穿担忧发愁，让他们和山外的城乡居民一样生活得潇洒、洒脱一点。

不过，任何事物的变革都有一个过程。而在这个变革的过程中，刘光明尽其所能地小心翼翼地维护着父老乡亲们的正当权益不受到任何的伤害。而有些伤害又是不可避免的，对于这类情况有两种解决方法：一是使这种不可避免降到最低限度，二是最低限度的伤害也尽量争取得到必要的补偿。

群众利益与国家利益，对老百姓负责和对组织负责、对国家负责的高度统一，是刘光明这些年工作的不懈追求。

一条高速公路将一座山齐展展分割成为上下两截。这一截，就截断了自然灌溉体系，失去山水自然灌溉的高速公路下半截的水田就只能改为旱作农业田了。可千万别小瞧了这一个"水"字改成"旱"字，当地村民的生产生活形态都将因此受到严重影响。原本种水稻的田从此以后就只能种玉米、红薯、高粱之类。区别大吧！此外，当地居民先前还饮用山泉水的，高速公路这么一拦截，山泉水没有了。此时刘光明就得和高速公路业主方代表一起去寻找水源，铺设输水管道。当然能找到足够人畜用水又满足庄稼浇灌用水的水源就最好了，万一浇灌用水保证不了，人畜用水是无论如何都要满足的。而对水改旱的地块则按照实测面积，依国家标准给予补偿。

而高速公路上半截山坡的流水，被高速公路这么一拦截没了去处，总不能让这些山水在高速公路上横冲直撞、肆意泛滥吧。刘光明得协调业主单位修建专门的排水沟渠。一般来说，收集归拢山水的沟渠好办，排泄山水的沟渠难办。首先面临的问题是山水往哪里排。山水太大冲毁农田咋办？山水之中总会裹挟沙石，于是修建专门的沉沙坑、凼是必须的。沙石填满坑凼之后，清掏是必须的。清掏出来的沙石又往哪里去？

刘光明一天到晚，甚至是没日没夜忙的就是这些看似简单，甚至都是摆不上台面的啰啰唆唆、婆婆妈妈的小事。但是你不给群众解决处理好，老百姓的生活又何来安宁幸福？社会又何来安定团结呢？

群众生活无小事。这是刘光明的座右铭，也是他对自己无声的命令。

刘光明的协调工作，相当部分的时间和精力还花在了解决村民之间的矛盾纠纷之中。譬如人行天桥、人行涵洞的位置选择上引发的问题。作为工程设计部门考虑的依据就一条：自然环境条件。而人行天桥、人行涵洞的根本依据还在于高速公路两侧的人的"行"得方便。而且这个行得方便即有一般意义上的出行，更有下地干农活的行。一条高速公路将沿路而居村民的责任地分隔了两边，给春播秋收和日常田间管理带来极大的不便。绕道二三百米过桥涵，再绕道二三百米到达责任田是常态。平时还可以勉强克服。而到了往地里送肥、浇水和挖红薯收稻麦的季节，肩膀上压着一百多两百来斤重担的时候，多走那么一步两步就都得多付出若干的汗水与力量。尤其是在骄阳似火的正午，肚皮饿得咕咕叫的时候，那每一步向前挪动都是在拼命呵！

于是，每一个村民都希望桥涵的位置更多地方便自己一些，下地时少"绕道"，哪怕是两米三米也是好的呵。关键时刻的两米三米可真的是要人命似的哇！

可是过多过滥的桥涵设置又显然是不可能的。

于是离你家近一点就必然离开别人家远一点，这是难免的。谁都想它离自己家近几米的心情都是可以理解的。但是事实上却是做不到的，矛盾和纠纷由此而起。调解这些邻里关系纠纷之类的事情本来是属于村社乃至镇里的相关部门和领导的职责范围。作为区高速公路建设指挥部的同志去插手，大有越俎代庖之嫌。但是话又说回来了，人行天桥、涵洞的位置设置之类与高速公路相联系的其他工程设施建设问题又在刘光明的工程协调部的工作职责范围内。于是，纠纷双方当事人都来找他了，希望他去和高速公路建设业主单位协调，桥涵位置安排尽量靠近自己一些。

在自然环境允许的条件下，坚持"一碗水端平"，大平小不平，尽量照顾大多数吧。

心底无私天地宽。刘光明苦口婆心地尽量做好群众工作，但是要让人人都满意事实上是不可能的。

总之，总体满意度测评结果，刘光明的得分还是相当不错的。

走进四面山

这是一个凉爽的夜晚，空气中洋溢着一种神秘的兴奋。家家户户宁静的灯火仿佛是在向外面的黑暗吟唱，天上的星星仿佛也有繁忙的活动。这是流火的七月，重庆的后花园，旅游休闲度假康养胜地的四面山客人爆棚。客人们还在潮水般地涌来。为了当好主人，安排照顾好这些远道而来的客人，区委常委、四面山风景名胜区管委会主任秦敏带领着全体机关干部和员工一起都投入到了接待工作之中。夜正在向深里滑去，他必须好好休息一下。再过几个小时天就要亮了，天一亮，他就要赶到市里，和区人大常委会副主任张德华、区交通局副局长周应琪会合，然后一起去"渝勘院"，即重庆市勘探设计研究院，也就是江习高速公路的勘探设计单位。在一般情况下，他是可以前一天下午回到江津城里，第二天和老张、老周等同志一起去重庆的，可是这段时间里四面山的事情实在是太多太多了，他脱不开身。

且不说这段时间里来四面山旅游度假、休闲康养的朋友蜂拥，一房难求到得找关系托友人开后门的程度，只说那江习高速公路建设的事情，就够让人伤心费神的了。全区干部群众上上下下经过了几年的努力，在包括市长、副市长的亲切关怀和支持帮助下才终于进入国家高速公路网规划中。之后又争取到国家发改委的审批同意，才进入到其他的前期工作阶段。就在我们打算弹冠相庆，准备正式开工建设之际，却传来一个石破天惊的消息：江习高速公路无法抵达四面山。说是只能擦肩而过么也都还矫情了些，毕竟隔着六七公里远的空间距离哩。

建设江习高速公路的目的之一，甚至是最主要的目的就在于开发建设服务四面山，打造"渝川黔"旅游休闲度假康养区的哇！如今这高速公路不能直接抵达四面山，这还不要了命了么！真的是急死个人。

怎么办呢？

怎么办呢？

江习高速公路的建设方案是有3个的，分别是左中右3条走向。右边一条从复兴场经马家坪，沿茶坝河穿越四面山去贵州习水。这个方案因为直接穿越四面山风景名胜区，直接违背国家相关法律法规，不被允许。又因会对森林造成严重破坏，为国家森林法不允许，环保法也通不过。这一下就被彻底否定了，没有任何讨论的价值。中间路线么，从复兴场出发沿笋溪河左岸靠四面山一侧前进，去往贵州习水。可是地质灾害频发，钻探百来米深还没抵达硬底层，就全是流沙软土，无法承载以后的高速公路重负和车辆碾压，并且还会因为地层不稳而致使地质灾害隐患无法根治导致高速公路无法正常通行。剩下左边的一条是唯一可供选择的线路。这条线路的条件还是不错的，就是离开四面山远了一点。一条长长的山脉阻隔，如果建设一条支线，线路全长七点几公里，其中得穿过一条四点几公里长的隧道，支线建设投资得10多亿元。

四面山管委会是拿不出这十几个亿的，区财政也没有这么个安排。更何况这支线即使建设成了，以后还涉及运营管理等一系列的问题哩。

急，是肯定的。说不急，那是一种矫情，是不实事求是。

但是光是急又有什么用呢？在这浮躁的社会氛围中，又有几件事情是急出来急成功的呢？

"泰山崩于前而面不改色心不慌"，这是大将风度。"处变不惊，临危不惧，遇事不慌"，这是男人成熟稳重的标志。

常言道：沧海横流方显英雄本色。又说：好事多磨。就内心讲来，秦敏并不需要什么"沧海横流"来显示什么"英雄本色"之类的虚名浮誉，倒是希望办什么事都少些波折和折腾，否则劳民伤财又空耗时间和精力，有那么些精力和时间去干啥不行呢？

但是有些波折，有些"沧海横流"却是不以人们的意志为转移的，就譬如这江习高速公路线路走向选择中所碰到的问题。

我们的队伍中有同志就主张："实在办不到就算了吧，这也怪不到我们工作不努力么，问题是客观存在的哇。"

"这也不可能那也办不到？那要我们共产党人干嘛呢？"秦敏的意见干脆明了。"整个一个懒汉懦夫！"没有豪言壮语，也不是慷慨激昂，有的是实实在在："老周呵我们现在需要的是找到问题的突破口在哪里。你是老交通了，情况熟，善于与人相处，人缘好，头脑清醒，办法多，江习高速公路建设的前期工作你跑得多，你和相关各方面同志都交上了朋友。其实你的最大长处还在于你的市场经济观念尤其强，市场运作的手法娴熟。高速公路的建设和运营既然是采用市场运作方式，那么建设运营中出现的问题就理所当然地应在'市场经济'的框架下找到解决的办法。"

"问题还是出了，唯有沉着应对了。"秦敏叮嘱着。

还是那句话：既来之则安之吧。不掩饰不回避，认真对待，尽快拿出解决问题的办法，并尽快解决好。

这段时间以来，德华同志、应棋同志都没有少为高速公路走进到四面山淘尽神费尽心，在大家的齐心协力下，事情发生了惊人的变化，就要看到胜利的曙光了。

成功与否，就在今天的一举了。

一想到即将到来的胜利，秦敏心里就有一种莫名的兴奋。

对面农家乐客房中住了一位女中音歌唱爱好者。她悠扬的嗓音在这寂静渺远的山村夜空中听了使人陶醉。高低起伏的声音把每一个音符都唱出了前所未有，以后也不会再有的韵味。当曲调升高时她的嗓音也跟着改变，悠扬婉转，正是女中音的本色。她的嗓音的每一点变化都在空气中弥漫着她那温暖的人情味和浓郁的魅力。

睡意是没有了。秦敏干脆披衣起床，重新整理他将向渝勘院的专家教授和江习高速公路投资建设运营的中电建集团的企业家们表达江津区以及四面山管委会的意见和建议，希望能有一个比较令人满意的成果。

空谈误国，空谈害人。秦敏是一个务实的人，为了今天的会谈，秦敏、张德华、周应琪等同志们做了好多好多的功课。

渝勘院的专家教授和中电建的老总和高工，和江津的秦敏、张德华、周应琪都是多次见面的老朋友了。男人五十最具魅力，成熟深沉，内涵丰富，神情中带着深入社会体验人生百般磨炼的从容和豁达，肩上有责任，胸中有道义。双方因为江习高速公路建设而结识并成了好朋友。这几个江津同志给他们留下了深刻印象。尤其是秦敏，服装潇洒整洁，仪表英俊而富有魅力，炯炯有神的双眼明亮而充满智慧，整个外表可爱可亲，毫无矫揉造作、装腔作势，非常平易近人。尽管50来岁了吧，可是那有征服性的青春活跃，有感染性的愉快和无穷尽的精力，立刻和在场所有人引起同感与共鸣。单从仪表上就足够令人仰慕的了，他还有一种奇妙的镇静神态从他那缄默性格中自然流露出来。他并非出色超群地引人注意，但是对人却有一种奇异的控制力。

在负责江习高速公路建设工程勘测设计的渝勘院总工程师详细介绍了江习高速公路勘测设计过程之后，秦敏快人快语，单刀直入，直抵问题核心和关键：就中电建集团所关心的四面山支线投资回报问题做了详细说明。

中电建的老总们（总工程师、总经济师、总会计师和总经理）一合计，尽管和他们的心里定位稍许差那么一点，但是还是勉强能接受。最后总经理还是有些不放心："你们凭什么保证你们的承诺的可信度呢？"

问题一出，四座皆惊。

有这样当面锣对面鼓的，当着这么多人的面提问题，给人难堪，不好下台的么？毕竟这说话者也是江津区委常委、四面山管委会主任，堂堂副厅级的领导同志呵！

尤其是渝勘院的朋友为江津朋友捏了把汗。

不过，让朋友们白操心了。

"哈哈，哈哈哈哈，我们早就知道中电建的朋友会给我们把问题准备在那等着喃。"

"这个么……"

"是我刚才没把问题说完，让中电建的朋友担心了。"秦敏不失时机地赶忙补充了上去，把"责任"抢了过来，把朋友从尴尬中解脱出来。

"我们把解决问题的办法向市领导和相关部门进行了汇报，市里有关部门经过了严格认真地讨论，决定对江习高速公路给予特殊政策。"

"特别政策？"

"什么特别政策？"

"不可能吧？市政府对某一条高速公路出台优惠政策？"

不待秦敏做进一步解释，大家便议论纷纷。一直等到大家伙儿安静了下来，秦敏这才一本正经地说："是的。如果没有得到允诺，我们就不可能坐在这儿讨论江习高速四面山支线的建设问题了。"

"那就太好了！太好了！江津同志真的了不起！了不起！想我们客商之所想，急我们客商之所急。这样的营商环境真的是少见哦，少见。"

几年以后，四面山支线和江习高速公路主线工程同时投入使用。如此，高速公路直接修到景区大门口。这在全国范围内来观照，也是极为少见的哩，不仅极大地方便了到四面山旅游度假、休闲娱乐、康养的朋友，而且还有力地推动了四面山的开发建设和脱贫致富奔小康目标的实现。

地名从一开始就有着先天的优势和使命，它可以毫不费力地用最简单、精炼的笔触，刻录下文化的、地域的、历史的，甚至是朝代的生命痕迹，包罗万象又极其简易明白。

四面山，最直白的表达就是四面皆山。200多平方公里的原始森林，地球上同一纬度上唯一保存完好的物种基因库。2000多种珍稀野生物种资源争奇斗艳。分属四川、重庆、贵州3省市共7个国家级森林公园、风景名胜区，是为闻名于世的旅游"金三角"，同时又是美酒"金三角"。这里的中国白酒三大类型：清香型、浓香型、酱香型各领风骚。

其实，四面皆山这个概念实在是太宽泛、太没有地域特色了。江津四面山是说环绕着四面乡场确实是有4座十分有趣、有料、有味、有特色的山峰：笔架山、玄武山、凤凰山、狮子山。这4座山只是山名就让人浮想联翩，兴奋不已。

四面山是重庆市的后花园，同时又是会客厅，是广大市民群众旅游、休闲度假的胜地的同时又是市民的康养基地。如果新建的高速公路分明就在几公里远却狠心地因为某些原因就抛下她而去，那该多遗憾！这又如何狠得下这心呢？这又将给进出四面山的市民群众带来多大的不便啊。这可直接关涉共产党人"为民众谋幸福"的使命和初心问题哩。

江习高速公路可是重庆市新千公里高速公路建设的第一条，其中意义非比寻常。当今世界，先进工业化国家的高速公路普及率达到每万人口1公里的水平。换句话说，重庆市3000万人口拥有3000公里高速公路，就已经达到世界先进工业化国家平均水平了。我们正在开始建设第一条千公里高速公路，这第一步一定要迈好。开个好头，为以后的第二条、第三条、第四条做出个好榜样。

更为重要的是江习高速是重庆市第一条由区县政府采用"BOT"方式，市场化运作模式新建的高速公路，具有极其重要的示范带动作用，务必要保证其成功。

于是，市政府办公厅出台优惠政策给予扶持，帮助江津解决一些工程施工建设以及以后的运营管理中的实际问题，也是情理之中了。

秦敏带领着包括区人大分管领导张德华，区交通局副局长、高速公路指挥部前期工作部长周应琪将在实际工作中碰到的而又是江津区政府难以解决的问题实事求是地向市政府有关部门报告，向市领导汇报，积极争取上级领导和政府部门的支持。看似简单，叙述也不繁复，可是要真正地去做并且做好，就不那么简单了。其中艰苦非亲历者不得知。

中电建的朋友们是能体会到的。从事基础设施工程建设少不了和各级政府领导和部门办事机构同志打交道，所以他们对于江津同志把工作做好到这种程度，早已经是感慨不已、感动不已了。于是才有那么一再的"不简单"和"了不起"的赞叹。于是才对秦敏行着注目礼，表达着崇敬与谢意。

当然，江津朋友也记下了中电建同志的支援和友谊。

支援和友谊比什么都重要。

渝泸北线

　　江津人也太富想象力了。3200平方公里的辖区面积，150万人口，29个镇街，还有4个工业园区，居然要镇镇区区通高速公路。更加不可思议的是市民可以实现15分钟上高速，一个小时出省（市）。这些指标就别说放在国内与兄弟区县比较了，就是放到全球最发达的工业化国家相比较也是了不起的。君不闻当今世界先进工业化国家每万人拥有1公里高速公路就是了不起的了。而我们江津区呢，到"十四五"结束就将拥有400多公里高速公路了，几近先进工业化国家的3倍！

　　必须强调的是这绝对不是水中月镜中花，也不是吹牛醒瞌睡，实现这宏伟目标最后几十公里的高速公路，无论是渝泸北线还是渝（重庆）赤（贵州赤水）叙（四川叙永）高速公路都已经启动。渝泸北线已经完成拆迁、土地征收，渝赤叙已经完成线路勘测设计。

　　如果不出意外，这两条高速公路都将在自己的任期内完成。一想到这，副区长、区高速公路建设指挥部指挥长刘晟和区交通局副局长、区高速公路建设指挥部副指挥长余梅就感到非常高兴，浑身充满了力量。

　　渝泸北线重庆段起于九龙坡区陶家镇，止于永川区朱沱镇。在江津区境内经双福新区、双福工业园区、双龙街道、德感街道、德感工业园区、油溪镇、吴滩镇、石门镇、朱扬镇等。因其主要线路都是在江津境内，故而人们就习惯称之为江泸北线了。之所以江泸高速公路的后面多吊缀了个"北线"是为了和已经在十来年前建成通车的渝泸高速相区别。原来的渝泸高速建在长江南岸，如今新建的渝泸高速公路在长江北岸，故有了"北线"的后缀。也因了这个"后缀"，惹出了为局外人所不知道的还有些难以启齿的非一般人所能解决的不少的麻烦。

渝泸北线重庆段由江津牵头完成。

也因了这"牵头"，事情就多了去。

重庆直辖，川渝分家，各自成了一个省级行政区。就这渝泸高速而言，线路走向和两省市所建部分的搭接连通问题要协调。这是大家所能想到的，令人想不到的还在于要不要修这么一条路。这是一个前置性的也是决定性的问题。

要不要修这条路呢？当重庆朋友提出建设渝泸北线的动议时，四川的朋友也很坦率：做梦都没有做到过。重庆同志当然十分理解四川朋友的难处：泸州到重庆原本就有一条黄金通道长江，长江水道运能远没饱和。再加上泸州重庆已经有了一条高速公路，尽管渐趋饱和，可是不是还没有饱和么？还可以再拖几年。毕竟就四川全省而言，交通运输条件比泸州更差的还多的是呵！手背手心可都是肉，伤了哪面都一样的疼，一碗水可得要端平啦。

可是建设渝泸北线高速公路对我们江津而言的极端重要性却是不言而喻的：实现我区人民群众"镇镇通高速，半小时上高速，一个小时出省"的愿望，拉动我区江北地区各镇街发展，做大做强德感工业园区和双福新区。

可是高速公路可不能建成一条断头路，不能只是建设到了江津界边或者重庆边呵，得和别的高速公路相接，形成一个闭环呀！

仔细了解，才知道四川朋友所陈述的理由也是的确存在的客观事实。不过，他们其实也有难言之隐：在建设渝泸高速（南线）的时候，也是采用招商引资的方式实现的。在招商时答应了客商"不再建设泸州重庆方向的高速公路"这个条款要求的。

刘晟副区长带着余梅副局长以及周应琪前期工作部长一次次地跑成都去泸州协调"渝泸"高速公路建设问题。只有双方取得一致意见之后才能向国家报告，争取纳入国家高速公路网规划，才能进行下一步的工作，直到把好事落到实处，办理成功。

理由是充分的。其一，建设成渝双城经济圈，建设国家新的经济增长极是国家重要战略部署。渝泸北线应运而生，正当其时。借用国际贸易方面的一个习惯用语：不可抗力。"不可抗力"确实是一个十分重要的"免责事由"。其二，原来的渝泸高速已趋饱和，不能够适应未来发展的需要。未雨绸缪，早做准备以适应新的发展形势对交通运输的巨大需求是势在必行。其三，重庆新机场在璧山建设，从泸州到渝西国际机场比到天府机场近几乎一百多公里，是泸州通往世界的便捷通道。机场就在规划的渝泸北线近侧，因此渝泸北线泸州段就是泸州的新一条"机场高速"。其四，四川方面和客商所签署的协议，对我第三方不具有约束力。其五，从严格意义讲来，江南江北不具有地域上的同向性。

当然的是，作为副区长刘晟理所当然地应该为江津人民谋幸福，为人民谋幸福是共产党人的初心和使命。但是仅仅于此还是不够的，上级领导部门还交给我们江津区另一项重要使命：江津是《成渝城市群发展规划》确定的"重庆重要先进制造业基地，四化同步发展示范区和川渝合作共赢先行区"。江津区的站位就理所当然地应该站在国家发展战略的高度，找准自己的位置：渝川黔合作共赢先行区。就这个意义来观照"渝泸北线"的建设，眼前豁然开朗，信心百倍。他知道，打造"成渝双城经济圈，建设国家又一个经济增长极"是国家战略，是属于时代、属于国家的宏大叙事。但是宏大叙事依然应该选择小的切口做起，任何伟大的事业都是由一件件的具体事项汇总而成。当务之急便是抓紧使"渝泸北线"川渝双方取得共识，然后川渝双方都向中央有关方面报告，争取早日纳入国家高速公路网规划。

不是故意地拔高和夸张，渝泸高速的建设与否和什么时候建设，在一定程度上会影响成渝城市群的打造，影响国家新的经济增长极的早日实现，从而影响民族复兴的速度。

正因为如此的重要，重庆市人民政府才将"渝泸北线"项目定位为"十三五"规划市级重点项目，纳入重庆市交通三年行动计划。根据重庆市委市政府"重庆向西"和国家建设"成渝双城经济圈"的战略部署，高速公路发展方向是：进一步连点成线、连线成网，逐步构建"高效衔接，功能互通"的高速公路大网络格局。于是，市里才提出要求：渝安（岳）、渝武（胜）、渝泸（州）3条由重庆市出发连接四川三地的高速公路务必同时开工建设。

"功成不必在我""功成必定有我"一想到这句铿锵作响、掷地有声的话语，"渝泸"高速就浮现眼前，正当干事创业盛年的刘晟只觉着浑身热血沸腾。他以满腔热情感染周围的人，带领着大家一起向前迈进，创造属于他们的辉煌。

还是江津厉害

就在我写作这部《圆梦之路》文稿的时候，2020年12月《重庆日报》载了这样一条消息：中国水电建设集团公司正式宣布成立。

这是一条普通得再普通不过的消息，往往不会引起多少人的注意。

"还是江津厉害！祝贺江津！祝贺祝贺！"

此时此刻正在接待来访的四川泸州作家协会和泸州诗联协会朋友的我突然地收到一个泸州朋友的祝贺，心里一震，随后就心花怒放，喜不自禁了。中国水电建设集团在重庆的事业是从江津的"江习高速公路建设"开始起步的。重庆公司的成立，首先表明他们在重庆站稳了脚跟，事业有了起色。我向他们祝贺，为重庆高兴。又一个央企把公司总部设在重庆，这表明重庆的总部经济又增添了一个生力军。他最直白最明确地表示了，把企业经营中的税和费都留在了重庆。重庆的经济总量就有了提高。

其实，在此之前，阔别几年的中电建公司的郭加付总经理还专程来和江津与老朋友李德良等同志们亲切会面。他是专程来感谢李德良和高速公路建设指挥部的同志们的：中电建集团在渝西输水工程招投标中斩获了160亿的合同。同时，他们商定把建设渝西输水工程的专门公司总部设在江津，其理由是江津的营商环境最好。这是他们在建设江习高速公路和之后的运营实践中亲身体验到的。

李德良和江津高速公路建设指挥部的同志们对中电建中标渝西供水工程建设表示最热烈的祝贺，同时也对他们把公司总部设在江津表示最衷心的感谢。当然也坚决地表示将在他们以后的施工建设中提供更优质的服务。

消息传出，相邻区县的朋友在大加赞赏"江津厉害"之余也顿生羡慕：160亿的合同，光是税、费的收益就不是一个小数目。如果再加上原材料采购，后勤物资供应等，于地方财政说来是一笔不少的收入。有人粗略地扒扒手指，怎么也少不了五六十个亿。

漂亮。江津干得太太漂亮了。

于是我激情难抑，决定去采访一下唐娟，这个高速公路建设指挥部的公关部部长。

后 记

她忙得不亦乐乎，不停地打电话，仿佛临战前的指挥员在向下属的各作战部队下达战斗命令，一个又一个。

也好，正好天赐给我偷窥漂亮女士的良机。

哦！终于想起来了，样板戏《沙家浜》中的"阿庆嫂"哇。

随之而来的自然是那耳熟能详的经典台词啰。"来的都是客，全凭嘴一张。相逢开口笑，过后不思量。人一走，茶就凉……"

想到这，我心不禁一紧，整个人都震颤了一下。

不过回转一想，又释然了。

作为高速公路建设指挥部这样的代表区委、区政府出面工作的窗口单位的集办公室主任、公关部部长、宣传部部长、文化大使、党支部组织委员、指挥部内部工作协调部长等于一身的人，每天接待的人，打进打出的电话还不去的千千，来的万万？哪里能够都记得住？还不只能是"相逢开口笑，过后无思量"么？人脑毕竟不是电脑可以储存多少亿万的信息的哇。

于是，我在大脑中已经原谅了她了。

"陈总，陈总。"就在我头脑风起云涌，乱云飞渡的时候，只听得唐娟一边大声喊着，一边追了出去。

"江习高速的陈总经理来了。"同样是在唐娟办公室等待她"召见"的另一位同志轻轻地告诉我。

"江习公路的老总？江习公路已经都建成通车几年了，老总还来干嘛呢?"我好生不解。

不解的当然还有那个陈总的身影儿只是在唐娟办公室门口晃了那么一瞬间,唐娟便认了出来,并且还喊出来,更加令人不可思议地追了出去。这一切都是一刹那之间完成,如行云流水一般,一气呵成。

谁说"相逢开口笑,过后不思量,人一走,茶就凉?"人生经验告诉我,没有相当的相识相熟,没有过后相当的思量的人,怎么会在几年后的猛然出现的一刹那,便被认了出来,甚至她还叫了出来,追了过去。何况还是在她一边记录着什么一边在打电话的情况下呢!

这引起了我极大的兴趣。也许这也算是最时髦的"问题导向",而不再是贬义的"见异思迁"。

唐娟追出去,马上就折返了回来。"陈总来办事儿的,准备来和我打个招呼,见我办公室有客人,就转身离开了。"唐娟边进屋边解释道。

我以为唐娟接下来会把这个话题继续下去。我赶紧收拾心情,提振精神,准备洗耳恭听呢。

可是一个电话又见缝插针地打了进来。

我好生失望,沮丧至极。

三五分钟之后,刚刚转身离开的陈总重新出现在了门口:"事情办好了。我走了。"

简明扼要,清楚明了,礼节周到。

"这办事效率!"

一声慨叹,自我心田发出,我心中的哀怨瞬间消失殆尽。

"中电建,不,不只是她,还有中核建、中铁建、中交建、中建国际等等凡是和我们指挥部有过合作的企业,无不赞赏我们的办事效率,我们的服务质量。"

一种发自内心深处的骄傲和自豪,满足和喜悦洋溢在音节与音色之间,荡漾在这满屋的空气之中,让我们吮吸,让我们分享。可是呵可是,我人性中的贪婪与不满足被激发了,并且它疯狂地膨胀:"讲讲,讲讲。"我催促着。我知道这十多年里,高速公路建设指挥部的同志们为了攀上这

"办事效率"这"服务质量"的高峰，沙尘滚滚，寒暑交替，沐风栉雨，披星戴月，奔波与寂寞相伴，攀登和磨难为伍，付出的心血与汗水，才华与智慧，为一般的人难以想象，难以置信。

就因为这效率，这服务，中铁建集团公司将她的一个下属公司总部迁驻江津，尽管迁出地地方政府部门竭力挽留。这都是钱呵，公司总部设在哪里，其税收收入就缴纳在哪里。这就是人们常说的"总部经济"。就企业而言，总部设在哪里，只要是在中华人民共和国境内，税收交缴哪里都一样。而对地方政府而言，差别就大了去。如此规模的大型央企，每年都得向国家交纳多少千万甚至多少亿元的税款哇！

如今，中电建集团也要将渝西输水工程建设公司总部设在江津。100多亿的工程项目，其税收该是多大的一笔款项哟！郭总说：我就赞赏江津人的办事公道，办事效率高，服务质量好。他拒绝了若干区县的邀约乃至种种优惠条件的诱惑，坚持着把公司总部设在了江津。

如果说这还有些抽象含糊的话，那就还是说和中电建集团公司合作之事吧。

如果江津和××路桥集团公司合作，按照他们坚持的和习水方面签的合同协议条件，即按合同金额的30%支付配套资金，江津区政府就得向××路桥公司支付24亿元资金。乖乖，如果我们答应这个条件，江津区财政负担得起的么？这20多个亿可以解决多少民生问题呵！江津区政府一旦掉进这个财政深渊，多少年才能爬起来呢？想想都让人不寒而栗！可是这条江习高速公路又是不能不修的。别的道理不说，单就沿线六镇的社会经济发展，几十万市民的脱贫致富奔小康，四面山风景名胜区的发展，四屏镇度假康养产业基地建设等都需要它来拉动。李德良率领周应琪、唐娟等同志们不辞辛苦，与××路桥集团有限公司的老总们几经磋商，条件始终降低不下来，江津只能放弃，另寻合作伙伴。江津凭什么斗胆放弃这么"优惠"的，兄弟县习水都可以接受的条件，另寻他伴？底气在哪里？用江津高速公路建设指挥部常务副总指挥长李德良的话说：服务是有价值的，是会产生效益的。而效率就是金钱，就是效益。我对我们指挥部所能为客户所提供的服务质量是有充分的信心的，对我们的办事效率是满意的。此外对于我们重庆市，我们江津区在整个国家的战略地位是有信心的，对她所具有的吸引力、号召力是有信心的。所以我们"傲"得起。找，非得找到我们称心如意的合作伙伴。结果江津区政府和中电建集团有限公司达成协议：江津区方面按每公里600万元的标准支付中电建配套资金。70公里，共计4.2亿，和××路桥公司的要价相比较，整整少了20亿。20亿哇！百元大钞得用多少辆卡车来拉呀！得有多少农民干多少年才能挣回来？李德良、周应琪、唐娟等农民的子孙们能不感慨万千吗？并且还缀了个"小小"的尾巴——10年后开始支付，10年付清。这对缓解江津财政困难，方便江津资金的筹措都具有重大意义。

就这个意义说来，重庆市、江津区在国家战略中的特别地位值不值钱呢？然而又有多少人意识到了这一点，并且充分利用了这一点，把它变成了实实在在的真金白银呢？

同时，不能提供高效率、高质量的服务，你又如何招得来商？招来了又如何留得住？招不来留不住，明明摆在那里的一堆金灿灿的金砖、白晃晃的银锭，还不犹如梦里媳、井中天么？就这个意义说来，服务、效率又值不值钱呢？是可计算和可估量的么？

那么看上去明里中电建少收入了20亿元，吃亏了么？由于江津高速公路建设指挥部的高效率工作和良好的服务，整个工程建设过程中没有发生一次阻工事件。而这种因为种种原因而导致的当地居民和施工单位、业主单位发生纠纷而阻碍工程施工的现象时有发生。并且也没发生一次因为种种手续不齐备而导致的停工事件。就单说临时用地这一项吧，2000多亩呢。谁也事先估计不到修一条高速公路会有多少临时用地需求。什么时候需要？需要多少？什么地方需要？需用多少时间？用后能够复垦多少？什么时候复垦？不能够复垦的又是多少？就这些手续的办理就是一件十分繁复的事情。当然，临时用地和最后不能复垦，转为正常征用土地都是需要付费的。这些事都让业主单位去办理烦也烦死了！由区高速公路建设指挥部去代为办理，就方便多了。这省下的人力、物力、财力又该是多少？

省下来的人去干点别的事情又会创造多少价值？

在江津同志高效的工作和优质的服务配合支持下，中电建在江习高速公路建设中，一次次地被中国交通部在建工程大检查中评为优秀。中电建所设计建造的笋溪河大桥创造出多项世界第一，申请多项国家专利，最终还夺得建设工程最高奖——鲁班奖。中电建在重庆、在西南、在全国声名鹊起。在西南地区，尤其是在重庆牢牢地站稳脚跟。这些，价值又几何呢？

江津区、中电建共同演绎出一部叫作"双赢"的精彩绝伦的大戏好戏。

"我们能在重庆的渝西输水工程中夺得100多亿的项目，真的得好好感谢江津的朋友们。"中电建的老总郭加付不无感慨地说，"江津的经商环境好哇！"

如果让你回答一个问题：自改革开放40多年来，历届国务院总理都曾经声色俱厉，三令五申，并且写入大大小小的红头文件中，还作为各级政府政绩考核指标的话是什么？你将怎样回答呢？

零拖欠。

你以为呢？或许表述的文字有差异，有些出入，但其核心内容是一致的。

拖欠，就是一个社会顽疾，但在江津高速公路建设指挥部就没有发生。零拖欠，他们把它写在自己的旗帜上，镌刻在了他们的心坎里。这是一个综合考核指标，是他们对党的事业、对人民群众饱含深情的无声表达，是他们对社会、对人民的庄严承诺，是他们对自己工作的最基本也是最根本的要求。

他们做到了。

这不，就在笔者下笔写作此文的前几天，传来国家审计机关审计通过了中电建集团有限公司和江津区高速公路建设指挥部《关于江习高速公路的审计报告》的确切消息。该审计报告中有一条核心内容：合同双方"无拖欠"，还清了所有的债权债务。

于是，本文作者才敢于放心大胆地写作本文。这既是对受访者负责，也是对读者、对社会负责，同时也是对作者本人负责。尽管只是江津区高速公路建设指挥部和若干条已经建成的高速公路投资建设合作项目中的一个活生生的事例，但是它已经足够有力、有效地说明了问题。因为那几条高速公路的建设完成都是通过了国家审计，也都做到了"零拖欠"。

而就在完成本文写作之际，发生了一件令世人，不，令即使想象力最是丰富的小说家、其他艺术家枯肠搜尽、心思挖空、脑汁搅干也想象不到的事情：银行朋友找到高速公路建设指挥部来了，感慨万分地说："江津人真的是不缺钱呵。"

财务部部长小谢好生惊讶："什么意思呢？"

"哪里嘛，江习高速公路建设撤迁补偿款都到账五六年了。还有二十来户没有来领取。银行卡老让我们给他们代为保管也不是个事了嘛。我们也结不了账——"

江习高速也罢，其他高速公路也罢，该支付给补偿户的，总是及时全额支付给补偿户。由高速公路建设指挥部直接到银行给每一个受益户建立一个银行卡，所有应得款项分文不少地打到银行卡上。中间没有任何环节，不通过其他任何人、任何组织机构的手。受益户凭卡到银行支取现金，支取多少由自己决定，随心所欲，不受任何人干预。此举深得广大市民群众的欢迎与赞誉。

"这表明市民群众对你们银行的信任么。"小谢说。

"哪里嘛，这表明市民群众对政府的放心。"银行朋友十分动情地说。

怎么办呢？问题总得有个解决办法吧。

最后还是由高速公路建设指挥部牵头，将银行同志和各镇街的领导同志召集了起来，共同商量出一个办法：所有暂存银行的补偿户的银行卡全部交由相关镇街领回去妥善保管，随时准备交还给受益人。反正银行卡的密码都是由受益人保存着，别的人谁也不能领取卡中金钱。这样比较方便群众领取。如果由指挥来代管，以后群众要用钱了来领取银行卡有诸多的不便。

事情就这样定了下来。

时时处处都想到群众。设立银行卡，将补偿款及时全部打到卡，让受益群众直接去银行领取，防止了如果将补偿款交由镇街村居发放可能发生的"吃拿卡要"和"拖延""挪用"之类弊端，取信于民。如今又委托各镇街政府代为保管银行卡，是为了方便群众的领取。

事情虽小，却反映出指挥部的同志们一切从人民利益出发的思想根基的牢固，令人好生感动。

于是作为后记，补叙记录。